九重禁

第2季

茶又清 著

百花洲文艺出版社
BAIHUAZHOU LITERATURE AND ART PRESS

目 录
Content

序・亡者归来 \ 1

第一案　漂流芦苇

引子 \ 002

漂流芦苇 \ 003

痕迹追踪 \ 009

罪案侧写 \ 016

无声证词 \ 023

第二案　岩底坠车

引子 \ 034

岩底坠车 \ 035

颅像重组 \ 043

无形毒药 \ 049

连环谋杀 \ 055

第三案　工厂爆炸

引子 \ 064
连环爆炸 \ 065
错位思维 \ 071
撒谎者死 \ 077
卑微爱恋 \ 084

第四案　窥女画家

引子 \ 092
报案送画 \ 093
窥女画家 \ 100
正义审判 \ 106
误入迷途 \ 112

第五案　奇诡新娘

引子 \ 120
咬喉奇案 \ 121
奇诡新娘 \ 127
分裂先生 \ 134
妄想空间 \ 141

第六案　卧底摸排

引子 \ 150

诡异猝死 \ 151

边境人贩 \ 158

卧底摸排 \ 165

雷霆出击 \ 171

第七案　英雄葬礼

引子 \ 180

吊瓶续命 \ 181

定时救人 \ 186

瓦斯爆炸 \ 193

英雄葬礼 \ 199

第八案　无间计划

引子 \ 206

灭门惨案 \ 207

血液分析 \ 212

真凶落网 \ 217

无间计划 \ 223

第九案　双面亡者

引子 \ 230
黑夜追踪 \ 231
生死时速 \ 236
内鬼现身 \ 240
双面亡者 \ 246

番外 1　记忆晶片 \ 251
番外 2　狱中猝死 \ 256
《九重禁》（第三季）剧情预告 \ 261

序·亡者归来

2014年6月28日，夜雨滂沱。偌大的万山墓园死一般寂静，微弱的灯光照亮伞下的两人。一串串雨珠顺着伞面下滑，她徐徐转过身，闻到一股熟悉的薄荷香味。四目交对的瞬间，她浑身的血液仿佛凝固住了，神色难以置信，眼眶却渐渐蓄积了晶莹的泪光。

尚未开口，对面含情脉脉地凝视她的人，柔声道："寒雨，我回来了。我很想你。"

她的眼泪轰然倾泻而出。

"凌、凌峰？"唐寒雨自嘲般讥笑一声，"说什么梦话呢？他怎么可能回来？夜这么黑，我肯定是在做梦。"

"不，你没有做梦，真的是我，我回来了。"

"太可笑了，我不仅爱做与他有关的梦，居然还出现了幻觉！"

从得知凌峰殉职的消息至今，已经过去了1400多天。这四年间，她就像得了心病一样，总是失眠至半夜三更。每每一闭上眼，就会梦到那个阳光刚强的男子。很多次，她都梦到他们结婚之后，黄昏时两人迎着晚霞上街散步，睡前互道晚安，清晨睁开眼第一个看到的是彼此。

然而，这一场场的梦，却让她在睁开眼之后，意识到他已离去很久，那种真真切切的心痛就像洪水猛兽般侵袭，直到将她彻底淹没。

"凌峰，离开我的梦境吧。虽然我很不舍，但请你离开吧。"

“寒雨，我真的回来了，以后再也不让你一个人担惊受怕了。以后我 24 小时都开机，你难过了可以找我喝酒，半夜饿了可以让我买糕点，看不见眼前的路时可以一起去旅行，然后再回来面对生活中的困难。你看看我，我真的回来了。”

男子看着她捧着脑袋，渐渐蹲下去，无声地抽泣。听到她哭着求自己离开时，他胸口“咚”的一声巨响，仿佛被沉重的钝器砸中，痛得浑身僵硬。他从未想过，自己有一天会给喜欢的人带来如此巨大的痛苦。

他丢掉雨伞，蹲下身拥住哭泣的人儿，轻轻地拍她的背。彼此无须多言，就这一个拥抱，仿佛已经解释了他穿越万水千山抵达她身旁的渴望。

他的话音刚落，她便止住了哭泣，抬头深望着被淋湿的男子，他怎么知道自己的那些小习惯。她缓缓伸手去抚摩那一张轮廓分明的脸，确定眼前的人就是凌峰，心底却有一股怨气涌上来。几十秒之后，“啪”的一声，她赏了对方一耳光。

“寒雨，你怎么了？”

“凌峰，我不是完美的圣人。你问这句话之前，难道不该想想换作我装死四年，你作何感想？既然你没有死，为什么从来不联系我？你知道我曾经有多难过，有多担忧吗？为什么你现在才出现？”

唐寒雨一口气说完，神色更加悲伤。看着对面错愕的男子，她感觉积累在胸腔的委屈逐渐增强，眼眶又开始泛红。

凌峰亦红了眼，一时之间泪雨凝噎，深知自己没有及时回来兑现承诺，害她空欢喜一场。等待一个失联许久的人，她的日子都是数着时间度过的吧。难过的时候没有可以聊一聊的人，疲惫的时候全是自己承担。为了一句诺言，她至今已等待了五年，而且是最美好年华里的五年。他，欠她的实在太多太多。

“我恨你！呵，最可悲的是，恨意远远比不上对你的思念。”

“寒雨！”

他轻声呼唤她，望着那双“你快解释啊”的眼眸，开始叙述在当年落水之后的经历，却绝口不提养伤期间的事。

但唐寒雨是何等聪明的女子，疗养四年的伤口，当时必定遭受了常人难以隐忍的痛苦。

她凝视他脸上的红印许久，心生歉意：“对不起，我刚才太失态了。”

“寒雨，我们之间，你永远都不用和我说那三个字。”凌峰顿了顿，“说对不起的人应该是我。四年来，你为了抓到‘铁玫瑰’，独自承担所有，肯定很辛苦吧。但请你相信，这四年里，我从未放弃来见你和完成任务的决心。”

凌峰从口袋中掏出一个刻着精美图案的黑木盒子。

唐寒雨指着他手上的盒子，顿时瞪大双眼，满脸惊愕。

“黑匣子？”

“没错。它可以定‘铁玫瑰’的罪行，这也正是我这次回来的主要原因之一。”

“你去见过沈老了吗？”

“没有。正等着你带我去见他。”

凌峰拾起地上的伞，打算与她一起下山，转身微笑着看她，却发现她满脸忧伤。她是个聪慧的女子，一定知道自己来找她帮忙，其中的缘由很简单——他现在是个没有“身份”的“死人”，而她是他最信任的人。

第一案

漂流芦苇

玫瑰正因为有刺，才在阳光下尽情地开放。

——易卜生

引子

2014 年 6 月 30 日，河流上游徐徐漂下一具尸体，被参加划船比赛的特案组在芦苇荡附近发现。死者的面部已经轻微腐烂，模糊的瓜子脸上爬满了尸虫和白蛆，死者身高 164 厘米，右侧的肢体部位已呈白骨化，脖颈处有紫色勒痕，留着一头染过的酒红色长发，身上穿着黑色碎花裙，脚上只剩一只红色绣花鞋，脚底被文了一朵玫瑰花，其身上的财物均不知所踪。

经法医于风吟初步鉴定，死者右肩膀有轻微骨裂，右脚有打击痕迹，很可能是劫财后杀人抛尸。但是，脚底的玫瑰花纹又该如何解释？难道又是监狱里的“铁玫瑰”从中作梗吗？

漂流芦苇

6 月的最后一天上午 7 点 50 分，清武里市的警局来了一男一女。从他们快步走进大厅开始，几乎每个角落的警察都冲他们打招呼，可神色冰霜的女子始终只是微微点头回应。随后，警察们都停下步伐，望着两个离去的背影，凑在一起窃窃私语。

穿过一条宽敞的长廊，两人来到闹哄哄的办公室。看清门牌上写的“特案组专办”五个黑色粗体字之后，女子推开了门。室内的人望过来，原本嬉皮笑脸的特案组三人，在看到唐寒雨那一刻怔住了。等他们的目光转移到她身旁的人的时候，三人的笑容都僵住了。

其中，陆明飞最为惊讶，目瞪口呆地指着门口的男人，眼神露出一丝恐惧，说话结巴起来：“你你你，是凌峰？”

凌峰与陆明飞也是初次相识，腼腆一笑，握住他悬在半空的手：“我是凌峰。你们好！初次相见，往后请多指教。”

陆明飞的手被握住时，不禁浑身打了个激灵。缩回手后，他嘀咕道：“我的妈呀，难道人真的可以死而复生吗？”

站在他身旁的于风吟听见了这句话，下意识地脱口而出：“复你个头，这种违背科学依据的话，亏你一个刑警队长说得出口。”

陆明飞也不知怎么了，和于风吟较真起来，两人在一旁争论不休。

姜云凡倒是记起了前几日唐寒雨提起过这个名字，可当时她明明说了，四年前凌峰已经殉职在港口的快艇上了。

难不成他还能从坟墓里爬出来？

另外，他“生前”的所有事迹都已被封存在SSS级机密档案中，现在已经是个没有身份也没有国际刑警资格的人，他来到这里的目的又是什么？

姜云凡仔细打量门口的一对璧人，发现唐寒雨正笑着凝视凌峰，那双冷如冰窖的眼眸，如今释放出一种惊喜万分的炙热光芒。他故意轻咳两声，语气中释放出一种从未有过的冷淡：“你好，我是姜云凡。请问，你来到这里是要加入我们特案组？”

凌峰摇摇头，看了一眼唐寒雨：“不是，但是我手上有……”

“哎呀，大家别站在门口叙旧好吗？”话说到一半，于风吟懒得理陆明飞，跑过来挽着两人的手臂，“凌大哥，唐老大，我们打算去划船，你们也一起去吧！”

“可我们有件重要的事情要和你们说……”唐寒雨的话说到一半，就被于风吟推着往市局大门口走。

五人坐在陆明飞的黑色SUV警车上。

于风吟坐在唐寒雨身边，埋怨道：“组长，今天好不容易放个假，你不能一回来就剥夺我们的假期啊！你不知道，这两天我们抵抗了外界多大的压力，再不去划船解解压，人都要出毛病了！”

其实，唐寒雨明白，虽然“铁玫瑰”被抓住了，但特案组手上的证据根本不足以给他定罪。况且他又是祸害多人的罪魁祸首，是民众都痛恨的恶人，这宗案子自然会引起很多人的重视。假如他被无罪释放，又在江湖上兴风作浪，恐怕大家以后都不敢随便上街了。现在，特案组背负的重担堪比巨山，压得他们心神烦忧。

于是，她看向窗外，发现道路上的车辆越来越少，便问道：“我们现在要去哪里？”

“去南风河，那里人少，周围安静，五百里之内只有一个村庄。划完船，我们还能去附近的水库抓鱼吃。”说完，陆明飞冲他们回头一笑。

谁知下一刻，心思灵动的于法医一听到“鱼”就忆起了往事，幽幽地说：“说起吃鱼，我就想到曾经的某个案子。某条河中大量肥鱼同时死亡，在附近垃圾站发现了碎尸，后来蛙人在河底搜出碎尸袋，打开一看，全是像葱蒜一样大小的尸虫，密密麻麻地黏在尸体上……”

“停！”唐寒雨脑补了那个画面，顿时胃里一阵翻滚，皱眉说，“我们可爱的于同学，你再说下去的话，我吃进肚里的早餐就要吐出来了。”

“我现在一点儿也不想吃鱼了。”陆明飞头皮发麻，实在想不明白于法医为何总在谈到美食的时候，说些血腥的案子来破坏常人的胃口，而她自己却能一如既往地胡吃海喝。

于风吟似乎看透了他的疑惑，奸笑两声：“那正好，我会替你吃完你的那份肥鱼。”

车上另外两个男人一直没有吭声，但在他们三人拌嘴的时候，坐在同一侧的两人透过后视镜偷偷地打量彼此。四目相交的那瞬间，姜云凡双唇紧闭，嫌弃地扫一眼对方，随后看向窗外广袤无边的田野，一手放在窗边撑着脑袋，迎着熹微晨光，任凭微风吹拂自己的发丝。

凌峰亦收回目光，感觉到姜云凡的一丝敌意。他知道前座的男人不欢迎自己，更觉得自己的到来破坏了特案组四人这面完美的镜子。

忽然，于风吟拉了拉他的手臂，激动地问道：“凌大哥，你不打算解释一下吗？你该不会真的是从坟墓里爬出来的吧？”

凌峰哭笑不得：“来之前，寒雨就介绍了你们。她说于法医想法天马行空，性格也是古灵精怪。现在看来，果真如此啊！”

唐寒雨微微一笑，承认自己确实说过这样的话。

接着，凌峰回忆起来警局见特案组成员的前一天，他和唐寒雨前去见沈厅长的场景。由于凌峰的身份特殊，沈厅长特意叮嘱寒雨，要约在一个酒店的包厢里借吃饭的名义见个面。

沈厅长向来是个特别注重诺言的人，经常提前到达约定地点。

6月29日上午11点40分，距离约定时间还有二十分钟，他就已经抵达包厢内，怀着十分复杂的心情等待着久别重逢的那一刻。

十分钟之后，唐寒雨和凌峰推门而入。沈厅长惊愕地盯着门口朝他敬礼的男人，缓缓起身朝门口的男人回礼。礼毕之后，他双眼已含着泪光，嘴唇微启："小凌子，你让我们等了这么久啊！"

凌峰顿时眼眶一红，冲上去抱住如同生父一般的老师，发觉那张宽厚的背已经不再硬朗，后脑勺的白发和脸上的皱纹一样明显，处处都显示他已经年老的事实。人生不过百岁，而师父老矣。一想到这里，凌峰就落泪了。

"小凌子，你小子这几年到哪里去了？为什么现在才回来啊？寒雨……"沈厅长看了一眼对方身旁的女子，发现她被方才师生重逢的画面感动了，正在擦泪。他顿了顿，继续说："她等你很久了。"

凌峰轻轻拍着唐寒雨的背部以示安慰，然后请沈厅长落座："老师，我们坐下来慢慢说，四年的时光三言两语道不清。"

三人落座之后，唐寒雨传来服务员，点了几道菜，倒了三杯茶。包厢再次剩下三人时，凌峰开始将四年的经历娓娓道来。

四年前，凌峰携带黑匣子逃亡时，自己的快艇不幸被敌人的火箭炮击中，快艇的火势从尾部快速蔓延到船头。与此同时，他整个人被一股巨大的气流推出快艇，从船头掉进了水中。在水中憋气几十秒之后，听见敌人离去的声音，他才努力地往上游。可没一会儿，他便觉睡意昏沉，浑身乏力，身体好似一块沉重的巨石般快速往下沉。就在他闭上眼的时候，隐约感觉自己的手腕被拽住，眼皮外似有越来越明亮的日光。

待他醒来，已是五日后，救他的人是一位渔夫。

然而，被救的凌峰由于之前被大火包围，不仅背部有一大片肌肤被烧得血肉模糊，还浑身发烫，迷迷糊糊的昏睡中，嘴里还在念着奇怪的词语。渔夫一看便知，他的伤势非常严重，很有可能会昏迷不醒，必须立刻送去治疗。但渔夫不敢把凌峰送往大医院，只得请医生朋友来家中替凌峰治疗。

医生当时不禁感慨，这个人的求生意识太强大了，他叮嘱渔夫，患者若是五天后醒来，就可以脱离生命危险。

凌峰被治疗了足足三年，身上的皮肤才渐渐恢复。之后的一年，他一边治疗，一边托人确认黑匣子中的消息是否属实。

故事还未说完，于风吟忍不住捂住嘴唇，惊叹道：“我的天，你的心理承受能力很强大啊！据我所知，肌肤被严重烧伤的话，是要植皮的，而且你当时还浑身发烫，在恢复肌肤期间，肯定也断断续续发过高烧吧。”

唐寒雨听后盯着凌峰，泛红的眼眶含着泪光：“你怎么不告诉我？这些痛苦，你怎么能一个人独自承受呢？”

凌峰迎上她心疼的目光，心脏跳动的节奏忽然加速了。他强装镇定，微笑着安慰她：“没事，都过去了。只要人活着，那些曾经折磨得你死去活来的事情，那些当时你觉得无望的时光，终究会过去，甚至会使你变得更加强大。当时我在执行任务期间还有点人脉，虽然没有身份证和护照了，但生存下来不算困难。”

陆明飞透过室内后视镜看见他们相互疼惜的模样，打趣道：“凌大哥当时想的肯定是组长，所以求生意识才那么强烈吧。不过话说回来，于精灵，你怎么知道这么多？”

“拜托，我也是学医的啊！如果我连患者受伤的处理方法都不清楚，就不用来当法医了。你问的问题很没有水平哦，你以为我只知道和冰冷的尸体打交道？”于风吟轻声叹了口气，露出一种“没文化很可怕”的表情。

陆明飞看到室内后视镜里的俏脸，打趣道：“哟呵，看来我们以后要好好保护唯一的医护人士啊！”

姜云凡快受不了车上弥漫着的浓浓的温暖之情，不耐烦地拿身旁的司机开涮：“陆队，你就不能安静一下吗？”

陆明飞抿住双唇，委屈地看了他一眼，似乎在说：关我啥事？

姜云凡被他看得浑身起鸡皮疙瘩，连忙拿出一份报纸，盖着脸佯装睡觉。

很快，五人抵达南山河。陆明飞一下车，就对戴草帽的船夫打招呼，两人在一旁说了几句话，渔夫便同意借两艘船给他们。虽然工具是搞定了，但是五个人怎么分组比赛呢？

大家商量了一会儿，决定让于风吟当裁判，但两艘船只能有一人划船，经过自愿选择队友之后，唐寒雨和凌峰自然成为一组。而陆明飞和姜云凡凑近彼此低声耳语，两人点点头，两手一击掌，像是达成了什么协议。

在于风吟一声令下，两艘船离开岸边。凌峰和陆明飞充当主力，扬着两只满是硬邦邦的肌肉手臂，疯狂地向不远处的浮标驶去。

“陆队，你赶紧划啊，用力啊，再用力啊，就差一点儿了哦，差一点儿就追上了哦！”姜云凡在船尾替他加油打气。

“喂！姜大神，我又不是生孩子，催我用力干啥？我都已经使出吃奶的力气了！”陆明飞咬紧牙关，划得满头大汗。

“好吧，那你尽力而为，反正要输也是一起输，一起丢脸。”姜云凡悠然地坐着看天水合一的风景。

陆明飞却被他的语言成功刺激了，要强的好胜心一下子爆发，两只手臂好似机器人一样不会困顿，发起猛力往前划船。

就在两艘船都将抵达岸边的时候，闻得西北方的芦苇荡里传出一声尖叫，姜云凡立刻警惕地望去，暗叫不好，恐怕是出了什么事故。

很快，芦苇荡里有个当地妇女跌跌撞撞地跑出来，对岸上不远处的于风吟挥手求助。她气喘吁吁地跑到于风吟面前，手指哆嗦地指着芦苇荡：

“那里、那里有一具漂浮的尸体！”

于风吟看妇女手中沾满泡沫，有一股洗衣粉的香味，连忙跑过去一看，眼前的画面惨不忍睹，若是常人看了必定要呕吐。死者的面部已经轻微腐烂，模糊的瓜子脸上爬满了尸虫和白蛆，右侧的肢体部位已呈白骨化，脖颈处有紫色勒痕，留着一头染过的酒红色长发，身上穿着黑色碎花裙，脚上只剩一只红色绣花鞋，其身上的财物均不知所踪。从穿着打扮来看，应该是个约莫 30 岁的女性。

划船的四人闻声赶往岸边，姜云凡和陆明飞率先将船只停靠在岸边，一同把发现尸体的妇女扶到案发现场，那里除了尸体之外，还有一个装满孩童衣物的木盆。

在姜云凡的询问下，妇女道出自己在河边洗衣服的时候，看见南山河上游缓缓漂来黑色的东西。到了近处才发现，那是一具脸上爬满黑白两种颜色虫子的尸体！

陆明飞连忙打电话给老何，让他立刻带刑警们前来。不一会儿，警车的鸣笛声传遍南山河方圆百里，引来附近村庄的部分居民前来一探究竟。刑警们快速地封锁了案发现场，在于风吟的指导下，几名刑警上前小心翼翼地抬起那具尸体，再装进黑塑料袋中。

痕迹追踪

不远处，唐寒雨下车后，飞快地跑到警戒线外，凭借自己的证件进了现场，但凌峰却被刑警拦住了。

“对不起，这位先生，你不能进去。”刑警冷冷地说。

“我也是警察，和唐组长他们一起的，你让我进去吧。”凌峰焦急地呼唤了一声往前冲的女子，可这时姜云凡出现在他身边了。

唐寒雨回头一望，却见姜云凡与凌峰面对面，四目相交的瞬间，他们的眼中似有杀气。

姜云凡叼着一颗棒棒糖，上下打量对面的男人，挑衅地问：“你有刑警证件吗？”

凌峰一怔：“没有。”

姜云凡点点头，讥笑一声：“那你就没资格进现场了。”

凌峰刹那间脸色微白，仿佛有一股寒气从脚底升上来。他望向唐寒雨，似乎在向她求助。她却紧蹙眉头，若有所思。眼下，自己身为组长，承担着案子的所有责任，断然不能公私不分，况且沈老现在应该知道本市发生了命案，却没有下令通知凌峰加入特案组。难道沈老在怀疑什么吗？还是因为凌峰在警局的身份再也不能重建？

唐寒雨忽然忆起那日在酒店包厢里，凌峰说完养伤的事情之后，将自己手中的黑匣子递给沈老，沈老一看黑匣子中的东西，就面色凝重，久久没有吭声。三人吃饭期间，气氛稍好，她便多次提起让凌峰恢复国际刑警的身份。沈老却用酒店饭菜口味不错来避开这个话题，让她一度感到疑惑不已。

她一想到这些，就有点儿为眼前的人感伤。迎上那双期待的目光，犹豫了好一会儿，才委婉地拒绝：“凌峰，很抱歉，没有上头的指示，你目前不适合与我们一起破案。”

她一口气说完后，追上组员的步伐，留凌峰愣在原地，黯然失神。

特案组齐聚之后，唐寒雨观察了一下现场周围的环境。

于风吟打开从车上拎来的法医工具箱，戴上箱子里的手套，先是对现场拍摄了好几张照片，再从法医服的口袋里掏出一把卷尺，量出死者的身高为 164 厘米。

随后，她解开死者碎花裙的扣子，发现尸体已经出现不同程度的腐烂，而肠胃部位由于尸体膨胀而发生了破裂，只需轻轻一捏，就听到有气体被释放出体外的声音。这些都证明，受害者的死亡时间可能已经有一周了。

转而仔细检查死者的头部，发现右侧太阳穴受到了钝器重击，脖颈处有明显勒痕，这一点已经证明死者是被人杀害的。

而轻微腐烂的面部，已经衍生出白蛆和黑色的尸虫。于风吟知道，在尸僵彻底解除之后，以苍蝇为首的昆虫便会闻风而来，在尸体的眼、嘴、生殖器和伤口部位产下幼虫，其孵化出来后，只需一天，蛆虫就会钻入尸体，进入幼虫生活的第二阶段。

于风吟将方才的推论一一叙述，转身拿出一个广口玻璃瓶递给陆明飞："你负责帮我抓黑色的尸虫。"

陆明飞接过玻璃瓶，伸出另一只戴着手套的手，看着于风吟的双眼像在暗示什么。可是于风吟并不懂他的意思，反而奇怪地问："你干什么？我不会牵你手的。"

陆明飞"噗"地笑出声："你少自恋了，我才不会牵魔女的手。你给我一个捕虫网……你这眼神是什么意思，难道叫我徒手抓这些恶心的虫子吗？"

"陆队，我发现你终于聪明了一次哦，我忘记带捕虫网了。咦，你的脸色怎么有点苍白？眼睛瞪大，眉头紧锁，胸口还怦怦直跳，你该不会害怕虫子吧？"

"喊，你才害怕，抓就抓，区区一虫子而已，难不倒本队长！"

说罢，陆明飞抱着广口玻璃瓶到尸体面前，半眯着眼看了看密密麻麻的尸虫，顿时感觉有万千蚂蚁在头皮上爬一样，令他浑身不禁打了个激灵。他知道于风吟正等着看自己的笑话，便强忍着呕吐的冲动，硬着头皮蹲下身，开始徒手伸进一堆虫子里挑拣黑色的尸虫。

可是，那些白蛆太闹心了，时不时就爬到他的手上，扭动着白色的软软的躯体。他一面刮下那些白蛆，一面挑拣尸虫，可他的面部表情却在告诉自己：我快要崩溃了，太恶心了。

就在他捕捉第13只虫子的时候，眼前飘来了一只扇动翅膀的尸虫，并准确无误地落在他的鼻子上。随着一声尖叫，在场的警察们都侧目看着跌坐在地的陆明飞。

“于风吟，你故意的是不是？我跟你没完！”陆明飞摘下那只尸虫，气冲冲地说。

“真胆小！也不知道刚才是谁说的，不就是虫子嘛，还能难倒本队长？结果呢，胆子比我还小！”于风吟用怪怪的腔调调侃他，脸上还露出嫌弃的表情，却偷偷在心中哈哈大笑。

陆明飞用纸巾擦了擦鼻子，满脸无辜地看了看两人的广口玻璃瓶，顿时眼前一亮，魔女玻璃瓶中的尸虫好多啊，起码是自己的两倍。他不禁轻声叹口气，怪我咯？怕虫子又不是我的错。

不一会儿，两人都抓完了尸虫。根据两个广口玻璃瓶中的尸虫统计，一共有75只。由此可以断定，受害者的死亡时间绝对在一周之前。

于风吟刮下没有腐败的皮肤组织装进小方盒中，说道：“死者30岁左右，身高164厘米，大约在7天前被杀害。我待会儿要回实验室做一下死者的DNA检测。”

陆明飞听后，看向身旁的老刑警，吩咐道：“老何，你带人去附近的居民家里询问一下，有没有女性失踪了一周。”

老何点点头：“我现在就去问问洗衣服的报案人。”

说罢，老何走向站得远远的妇女，两人说了几句话。妇女指了指不远处的小村庄，表示自己就住在附近，对附近一带很熟悉。老何便领着三个刑警下属一起朝东边的村子走去。

唐寒雨用手触摸了一下死者的绣花鞋，可惜鞋子上没有任何异常信息。但她的脑海中忽然闪现了一团黑红色的东西，似乎很像是人的胎记，以及蓝色布料上有一行模糊不清的黑白字眼。仅仅十几秒，琐碎的画面便消失不见。她脱下死者的绣花鞋，仔细看了看她的脚底板，没有发现黑红色胎记，却看见了一朵抹不掉的玫瑰花图案。

“组长，你有新的发现吗？”陆明飞凑近一看。

“难道又是‘铁玫瑰’？”唐寒雨喃喃自语。

“怎么回事？怎么可能会是‘铁玫瑰’？他可在监狱里待着呢！”陆明飞很是诧异。

“别分心，这不能代表全部。认真地做现场勘查、验尸等工作。”姜云凡说着，让于风吟对准死者的脚底板拍了张照片。

接着，姜云凡戴上手套蹲下身，缓缓拎起死者的左手，发现死者的手很粗糙，还布满了茧，属于典型的体力劳动的群体，但手指上却戴了一枚价值不菲的戒指。他深弯身子，眉头一皱，用放大镜照着死者的指甲缝，看见了一些红褐色泥土。接着，在刑警们都对腐败的尸臭味掩鼻远离的情况下，他毫无顾忌地凑近死者的左手深深地嗅了嗅，闻到泥土里含着一股奇怪的化肥味。

他欣喜地站起身眺望四周，走到上游的一片田地，两指捏起一些泥土到鼻尖嗅，却都不是那种气味。他有点儿懊恼，此时此刻自己的黑客朋友不在身边，无法做一份泥土分析数据来追踪第一案发现场的位置。

而仍旧在原地尸检的于风吟微微皱起眉，对死者头部的致命伤很疑惑，究竟是什么钝器造成的呢？她拨开死者的长发，跪在草地上，弯着腰，用放大镜依次照向死者的几大致命伤口处。结果，这一照吓一跳，她指着右侧太阳穴的位置，冲不远处的男子大声喊道：“姜大神，你过来看看，这是什么玩意儿？”

姜云凡停住往玉米地探索的步伐，转身跑回尸体旁，说道：“这里不是第一案发现场，死者应该是被杀后抛尸到河里的吧？”

“根据硅藻检验方法，以及死者身上的伤口，基本判断死者是被杀后抛尸。但是，我叫你过来是发现了另一个东西，你帮我拿着放大镜。”

姜云凡接过放大镜，看着于风吟从法医工具箱里拿出一把长约 15 厘米的镊子，徐徐探入死者的太阳穴内部，大拇指和食指同时使劲儿，从里头夹出了一颗小小的沾血的螺丝钉，然后将它装进了物证袋。

唐寒雨正好走过来，目睹了螺丝钉的来源处，诧异地问：“好端端的人脑中怎么会有螺丝钉呢？这肯定跟凶器有关吧？有可能是从凶器上掉下来的？”

她身后的陆明飞看着透明袋中的螺丝钉，一手托着下巴，若有所思地说：“这玩意儿好像是扳手上的。”

于风吟看了他一眼：“从伤口外形来看，极有可能是扳手所致。但是，从受伤的角度来看，怎么都不像是扳手。”

陆明飞听得糊涂了，挠了挠后脑勺：“受伤角度？你能说得通俗一点儿吗？”

“打个比方，我用右手打你一拳，但你的伤口却是不规则形状。经过分析之后，得出结果是我没有用右手打你。”姜云凡简洁地解释。

陆明飞依然一头雾水，抱怨道：“你们就不能说人话？”

于风吟翻了个白眼：“笨死了！我的意思是，我怀疑凶手是个左撇子。刚才看了伤口角度和痕迹，如果凶器是扳手，正常人习惯性用右手，那么打出来的伤口绝对是炸裂型的，血液为喷溅式。而现在，你看，死者的伤口却是打击型的，受力面积为不规则形状，由此判断凶手可能是个左撇子。”

陆明飞听后，恍然大悟：“太高深了，小生受教了。”

唐寒雨蹲下身，歪着脑袋看向死者的脖颈处，皱眉问道：“不对，假设这凶手真是个左撇子，那凶手为何还要勒死受害者呢？直接用扳手就能解决了，何必多此一举？”

一时之间，大家都沉默了。的确如唐寒雨所说，凶手完全没有必要画蛇添足。

毕竟，留下的痕迹越多，就越对凶手不利。

“我觉得，咱们要去上游河岸进行地毯式搜索，看看有没有可能找到凶器。”

大家同意唐寒雨的建议，吩咐部分刑警把死者的尸体收走之后，他们立刻往上游去了。

姜云凡一路都很困惑，凶手已经用扳手打死了受害者，为何还要勒对方？莫非凶手不止一人？也不对，在现场根本没有发现第二凶手的痕迹。又往前走了一段泥泞小路，忽然他闭上双眼，深吸一口气，这里怎么会有一股汽油味？

唐寒雨敏锐地捕捉到他的表情变化，只见他飞快地往玉米地跑去，也不顾一步一步深陷泥泞中的白色运动鞋。大伙见他这么怪异，心知他肯定发现了什么，也跟随他快速跑去。

到了玉米地，姜云凡蹲着深深一嗅，两手伸进草丛堆里摸索了很久，忽然双手拔出来一把带血的扳手，将大家都惊得愣住了——很明显，这就是凶器。

于风吟第一时间掏出物证袋，将扳手装入其中，赞扬道：“姜大神，你这鼻子比警犬还要灵啊！不愧是哮天犬转世哦！太厉害了！”

当事人还没回击，就听到陆明飞在一旁忍不住笑出声：“哮天犬转世……别瞪我，我什么都没听到。”

“毒舌香芋，本少爷不跟你计较！”姜云凡面无表情地瞥了于风吟一眼，随即若有所思地说，“不过话说回来，我总觉得这个案子有点儿古怪。”

唐寒雨对他的疑惑很感兴趣，问道：“古怪？什么地方古怪？你说说看。”

“就一普通的杀人案，古怪个啥？咱们现在连凶器都找到了，如果在凶器上找到凶手的指纹，那个王八蛋就死定了！”陆明飞说到最后，恨得咬牙切齿。

姜云凡来回踱步，摇摇头：“不对！不对！肯定有什么地方搞错了！因为这一切都太顺利了！凶手不可能这么愚蠢……”

特案组三人无奈地摇摇头，认为他的偏执症又犯了，便没有搭理他。他们决定分成两组，唐寒雨和于风吟负责左手边的南山河上游，陆明飞和姜云凡则去右手边的草地里寻觅物证。

不一会儿，唐寒雨在河岸边发现了一条带血的黑色男士皮带，将其装进了物证袋中。

“这条皮带应该是凶手遗留的，我待会儿拿回去检测下上面的血液。”

于风吟的话刚说完，就听到陆明飞隔得老远的声音：“组长，我们发现了一只绣花鞋，和死者脚上的一模一样。”

唐寒雨循声望去，那两个男人已经走到了三米之外，一片杧果树林前的草地里。陆明飞正一脸高兴地挥着物证袋，而姜云凡已经往那片深绿色的杧果林深处前进。

罪案侧写

他们追上姜云凡，只见他一人站在几棵被压倒的杧果树前，垂着脑袋不知在看什么。他们好奇地加快步伐，走近一看，发现那几棵杧果树的树干上残留着很多干涸的血液。

姜云凡蹲下身，两指捏起树下的一些泥土，再次深深一嗅：“就是这个气味，我终于找到了！死者指甲缝里的泥土味和这土的气味一样！”

大家深知他拥有奇特的嗅觉，对他的话深信不疑。但于风吟追求科学，先是走过去闻了闻泥土，再将一些泥土装进透明袋中，打算拿回实验室做泥土分析报告。

“根据我们所找到的物证来看，这里应该就是第一案发现场了。”唐寒雨环望四周，野地里的风吹起她的发丝，似乎也在认可她的话。

这时，陆明飞的手机响了，来电显示人是老何。

“陆队，我基本了解了月亮村的情况。这个村子既简陋又偏僻，路边都没有安装天网探头，村民一共 80 人，主要是老人、妇女、儿童这三种人群。其中有一位盲人的女儿今年 27 岁，身高 164 厘米左右。盲人说，他已经联系不上女儿一周了。他家的邻居说，他女儿京京是镇上一家小诊所的护士，经常穿着一条碎花裙。最后，我们经过五名以上的村民核实，证明死者就是京京。”手机传出的声音很平淡，但特案组的人听到之后，脸上都浮现了一丝欣慰的笑容。

陆明飞满意地赞扬：“你做得很好！现在，我们在一片杧果树林这边发现了新线索。你在村子里问一问这片杧果林的负责人是谁，然后把人带过来。”

等待期间，姜云凡仔细回忆了一下目前案子的进程。根据物证来分析，凶手没有拿戒指，证明不是劫财。劫色也不太可能，死者身上并没有被侵犯的痕迹。那么，凶手的杀人动机是什么？他想不出来，感觉自己的脑袋像一锅糨糊，越是往死里想，越是头疼。最后，他决定向唐寒雨求助。

“寒雨，你知道凶手为什么要杀死者吗？”

此话一出，其他三人缓缓转过头看着姜云凡，眼中流露出讶异之色。

“你们别这样看我，我又不是神，也有想不通的死结和破不了的案子啊！”姜云凡指着不远处冒着雾气的大山、清澈见底的河流和这一片果园，“你们看这个地方，晚上肯定很安静，被害者只要大声一叫，很多村民就能听到了。但是，凶手敢在这里行凶，很有可能是对这个环境非常熟悉。”

唐寒雨点点头表示认可，分析道：“虽然尚不清楚行凶动机，但根据杀人后抛尸这种犯罪现场的特征，以及带血的黑色男士皮带来看，凶手应该是个有组织力的男人。很有可能从事技术性工作，并且与扳手和汽油有关。他很有可能为了逃避警方的搜查，这一周内会换一份工作。最后，他可能是家中的长子。”

陆明飞按照这个思路，若有所思地说：“按照现场的线索来分析，凶手残留的血液和物证，看起来很像新手作案。他不劫财劫色，应该也不是激情杀人，难道是仇杀吗？”

于风吟冷不丁地冒出来：“她一个护士，怎么会引来仇杀？”

过了一会儿，陆明飞远远望见几个熟悉的身影，其中有个约莫 60 岁的白发老人走在前头。看他矫健的步履，就知道他身体很好，三五步就站在了特案组的跟前。但他的脸色堪比黑锅，估计心中正憋着一腔怒火。

果不其然，下一秒，他就指着果园，大声吼道：“他娘的，到底是哪个孙子杀人杀到我的地盘来了？上辈子有什么仇什么怨,要这样害我？！”

等他发泄完，陆明飞已从老何口中得知，眼前的大爷名叫李严杰，是这片杧果林的负责人。陆明飞冲大爷微微一笑，问道：“李老板，这片杧果园都是你一人种的吗？”

李严杰的脸色有所缓和，指着不远处一片红彤彤的果园：“是啊，这片杧果园和那边的红毛丹都是我的。但我这把老骨头，光凭自己是打理不来这么大的果园了，就雇了三个员工来帮忙打理。”

陆明飞迫切地问：“那么，你 23 日和 24 日这两天都在做什么？有没有在这里看到过奇怪的场景？”

“天气这么热，当然是每天都来看看我的果子有没有坏掉。奇怪的场景？”李严杰努力地想了想，然后坚定地点头，“有啊！有一个晚上，我到河岸边散步，担心有人偷果子，便一时心血来潮去看果园，路上遇到了一个扛着大包裹的男人低着头从果园那边走来。”

“那你看清楚他的脸了吗？把那个男人的特征说一说。”

“晚上林子里黑灯瞎火，根本看不清脸啊。我问他袋子里装了什么的时候，他都没理我，匆匆地走了。不过，他扛着袋子的手臂有点儿长，上面好像有一颗三角形胎记似的东西。人长得比较壮，很像那个小伙子。但是，他跟我差不多高，隐约看到他的脖子较短，而且头盖骨比较圆。”李严杰双手指着陆明飞比画着。

唐寒雨拿出随身携带的小记事本和签字笔，根据他的叙述，在本子上挥动笔墨。很快，白纸上就有了一幅嫌疑人的模拟画像。

“李先生，目前我们发现，你的果园为凶案的第一现场。所以，你和你的员工都要跟我们回一趟局里，接受第二次取证。”陆明飞转头对老何叮嘱道，“老何，剩下的事情就交给你了。”

老何点点头，开始让李严杰联系他的员工。李严杰却很不快，反问：“不是，那个警官，你们什么意思？怀疑我是凶手？我他娘的真倒霉啊，活了大半辈子，只想赚点儿小钱养老，结果果园被当成凶案现场，警察还要把我当成嫌疑人抓去警局。”

“你放心，只要你没有杀人，我们就不会冤枉你。”

特案组四人则按原路返回发现尸体的河岸，远远便见凌峰还在警戒线外等待，陆明飞等人识趣地坐上了警车。

凌峰见唐寒雨独自走来，激动地问：“案子有什么线索吗？”

唐寒雨伸手替他挡住头顶的烈日，没有回答他的问题，而是皱紧眉头：“天气这么热，你怎么不去树下乘凉呢？”

凌峰冲她微微一笑，忽然听见一阵刺耳的汽笛声催促着他们赶紧上车。两人回头望去，只见陆明飞不好意思地挥了挥手，他身旁的姜云凡满脸不耐烦的神情。凌峰明白了，刚才肯定是姜云凡按的喇叭。他故意牵起唐寒雨的手，一同走向警车。

直到坐上车，唐寒雨还能感受到胸口怦怦直跳，好像一瞬间又回到了四年前，她和凌峰初次约会的时候，那样令人紧张而又欢喜。

正值中午，白领下班时间，路况不算很畅顺。等红灯期间，陆明飞很疑惑，明明唐寒雨推测凶手可能是个技术人员，为何还要调查在果园工作的人呢？

他想了想，忍不住问道："组长，我有一点想不通，你为什么还要调查果园的人？"

唐寒雨愣了一下，反应过来后说道："即使我们有凶手的模拟画像，但也不能遗漏任何有可能的线索，不能排除果园老板撒谎的情况。现在要检测的东西太多，我们对死者的情况不太清楚，也不知道凶手有没有帮凶、与死者有过什么纠纷。"

凌峰听后很感兴趣，问她："寒雨，你们目前拍的现场照片和物证照片能给我看看吗？"

于风吟正想说照片都在自己手中，却被姜云凡抢先一步："对不起，这属于系统内部刑事案件，非警务人员不能看。"

车厢的气氛很尴尬，唐寒雨面露难色，只因姜云凡说的是事实，她也只能公事公办，拒绝身旁那颗渴望又期待破案的心。她知道，凌峰对于这些阔别已久的案件很感兴趣，很想参与破案。

"香芋魔女，你的法医中心到了。"陆明飞的话救了唐寒雨一回。

"本仙女先告辞了，一有结果就告诉你们。"于风吟仿佛没有听见陆明飞的话，下车之后双手抱拳，毕恭毕敬地鞠躬送别，逗得大家乐呵呵，直夸她像个从古代穿越过来的女子。

关上车门，陆明飞在马路上掉了个头，警车很快抵达市局。四人风风火火地走进办公大厅，唐寒雨走在中央，身旁的三个大男人像护花使者一样围住她，引起女警察纷纷侧目。

到了办公室门口，唐寒雨停下步伐，吩咐陆明飞和姜云凡先去询问室给果园的工作人员录口供。然后，她和凌峰转身走去，踏进了信息调查科的门。

“小王，这是我根据目击者的叙述画出来的嫌疑人画像，上面标注了他的特征。你用电脑筛选一下太阳镇上符合画像的人选，以及月亮村死者京京的身份信息。记住，要快！”唐寒雨嘱咐道。

小王接过那一张线条均匀的素描画像，认真地点头：“是的，警官！”

凌峰看了看手表，此时已是下午两点。他拉着唐寒雨出来，说道：“我们去吃饭吧，顺便打包几份回来。”

唐寒雨摇摇头：“我没心情出去吃饭了，还是叫外卖吧。”

凌峰看得出，她一办案就判若两人，精神几乎一直高度集中，追求高效率地工作。他便立刻掏出手机，边回办公室边点外卖。

两人在办公室休息了半个钟头，外卖小哥就敲响了门，提着两大袋溢出香味的饭盒放在桌上。一晃眼，外卖小哥跑出去，很快又提着两袋子饮料进来。凌峰付了钱，打开面前的两份饭盒，递了份清蒸排骨给唐寒雨。

“嘎”的一声，陆明飞推门而入。姜云凡尾随其后，并顺手把门带上。陆明飞一看到桌上的饭盒就两眼发光，摸着腹部说道：“难怪我一进这条走廊就肚子饿了，原来这里有好吃的，多谢！”

“不客气，都是他出的钱，随便吃！”唐寒雨暗指凌峰，随后放下筷子，迫切地问道，“口供录取结果如何？”

姜云凡也捧起饭盒，吃了两口鱼肉：“除了老板和两名妇女是同村的之外，还有一位妇女是隔壁太阳村的，而且她最近的行为比较反常。

她叫邓秀，31 岁，离异。有人说，她之所以行为反常，是因为孩子一周前因病去世。录口供期间，她的精神也很溃散。”

陆明飞轻咬筷子，疑惑道：“可是，没有人能替她证明她一周前不在命案现场。听李严杰说，她失去爱女很痛苦，就把自己关在家里好多天不见人。”

唐寒雨虽然对此有过感同身受，但还是忍不住问道：“那你们去太阳村证实过了吗？她是否真的一周前没有出门或见过其他人？”

“没有。我立刻让老何带人去问一问。”陆明飞说完，就出去打电话。

在等待法医检测结果之前，唐寒雨建议大家先休息一会儿。毕竟，没有法医的科学结论，他们也无法展开深入的调查。晚上 8 点的时候，在办公室吃晚饭期间，小王送来了嫌疑人和死者的身份信息。

京京，27 岁，护士，身高 164 厘米。从 24 岁开始当护士，三年期间换了两家医院，原因不明，6 月 22 日因为医疗事故被开除了。

“根据于法医送来的 DNA 检测结果，我们可以确定，死者就是京京。另外，这一个是最符合模拟画像筛选的嫌疑人，他是宇宙镇上汽车工厂的修车工人邓威，32 岁，是家中长子，未婚，念初中的时候拿过数学比赛的奖项。但因父母早逝，初三辍学打工，照顾着相依为命的妹妹邓秀。他好像很想考上大学，考了三次，直到去年才考上，却没有去报名念书。我想不明白，为什么一个对生活有追求的人会犯罪呢？”

唐寒雨的手机铃声打断了小王的猜测，刚按下免提键，就听到于风吟快速地说：“组长，我在黑色皮带和戒指上发现了很多不属于死者的指纹和血液，以及通过 DNA 和指纹匹配，得出的结果都属于一个叫邓威的男人。”

办公室里的人不约而同地看着彼此，这下案情总算抽丝剥茧，一层一层明了了。

“组长，还等什么呢，让我们现在就去抓人吧？”陆明飞主动申请，见唐寒雨点头答应，他立刻拿出警用对讲机，边往外走边呼唤刑警队准备行动。

“等等，陆队，别忘了带果园老板李严杰来警局认人。”凌峰冷不丁地冒一句，引起姜云凡不爽地侧目，显然很介意他参与破案。

“我先回去了，有事随时找我。”小王微笑着转身告辞。

无声证词

室内的声音戛然而止，像瀑布突然停止了流动。剩下的三人相对无言，安静得像三尊铜像。姜云凡坐在沙发上，双手合十撑着下巴，脑海中不断浮现死者京京、嫌疑人邓威、果园老板李严杰和员工邓秀的身份信息。他们之间，谁会与死者扯上纠纷关系？凶手的动机究竟是什么？

姜云凡皱起眉头，瞥了一眼对面的男人：“前辈，你能不说话吗？你打扰到我想案子了。”

凌峰一脸疑惑地指了指自己，确定对方所指是自己之后，反驳道：“我没说话啊！”

“你好像有话要对寒雨说，心里应该想了无数种对白吧？喏，谈恋爱请到茶水间，出门右拐，不送。”姜云凡指着门口。

话音刚落，手机振动的声音响起，提示着唐寒雨阅读新短信。她连忙打开一看，是于风吟发来的鉴定报告：扳手的伤口确实是左撇子的人造成的，但是根据伤口的鉴定结果显示，勒住受害者脖子的工具并不是皮带，而是一种粗糙的绳子。

报告照片的下面，还有于风吟解释的一段话：由于在现场时，尸体已被浸泡得又白又皱，看不明显脖子上的伤痕，而今伤痕逐渐彰显，便做了伤口鉴定检测。

“幸好香芋做了鉴定，否则这一步要是错了，这个案子就更难侦破了。”姜云凡说道。

“但是，这意思是凶手把勒住受害者的工具藏起来，却遗漏了扳手？”唐寒雨问道。

凌峰前一秒还在顺着唐寒雨的问题思考，后一秒就满脸大悟，奇怪地问：“是啊，这家伙心这么大？只藏起来一个犯罪工具，却不回去捡起扳手，这也太奇怪了！”

“不对，或许，我们都想错了。”姜云凡喃喃自语。

但是，来不及反悔了，陆明飞已经把邓威带到了审讯室，正等着他们俩过去审问。

进审讯室之前，唐寒雨看了一眼姜云凡，见他面色平静，这才打开门进去，坐在陆明飞的身旁。而凌峰则在隔壁的监控室观察室内的情况。

对面的邓威看起来是个遵纪守法的老实人，但被生活所迫的他，表面看起来与实际年龄增长了 10 岁，稀少的发丝显得他的脑袋更圆了。他穿着工厂的蓝色制服，上面有黑白字体写着他的名字。唐寒雨看到这里，忽然忆起了那个画面，难道凶手真的就是他吗？

特案组三人还未念嫌疑犯的身份信息，甚至一句话都还没说，对面那个低着头的男子忽然嗤鼻一笑，主动地开口了。

“我承认，是我杀了那个小护士。”邓威徐徐抬头，眼神中有着不容置疑的坚定。

“很好，我喜欢你这种主动承认自己犯罪的凶手。”姜云凡冷眼看着他，话锋一转，“但是，在你入狱之前，我想听你说说你杀人的过程。”

邓威一愣，微微低头，手铐上的十指不由得相互交叉，忽然转念一想，摇头道："模拟犯罪现场不是你们最在行的吗？还用得着我说？"

唐寒雨手中拿着一张邓威与家人笑得灿烂的合影，再望向对面那张面色发黄，额头和脸颊都冒着红肿痘痘的男人，知道他最近应该很焦虑，而身体呈防卫姿态，双手不自觉相握，则表现了他的紧张不安。之所以反问姜云凡，是想转移特案组的注意力，从而让自己有喘气的时间和机会，说明他不是个糊涂人。

一般情况下，警察还未指出证据之前，凶手都不会主动承认罪行，可他为什么这么急迫地承认？为什么姜云凡要他描述犯罪过程？

陆明飞敲了一下桌面，冲对面的男子吼道："你给我老实点儿！现在是要你回答，而不是让你提问！"

邓威一脸平静，云淡风轻地说："人是我杀的，你们把我抓起来就行了，别他妈唠唠叨叨地问来问去了。"

唐寒雨心中有很多疑惑，忍不住地开口问："邓威，我还头一次见到你这么想坐牢的人。你明明去年的时候考上了梦寐以求的大学，为什么不去读书？生活中遇到了什么挫折吧，难受就说出来，别腐烂在肚子里。否则，你在乎的人永远都不会知道了。"

邓威抬起头，看着唐寒雨那双不含任何杂质的眼眸，她刚才的声音真温和啊。不知道为何，她似乎有种魔力，让人差一点儿就要将多年来的隐忍倾泻而出了。还好，他忍住了，冲特案组摇头拒绝。

姜云凡定了定神，不打算继续耗下去，便转头说道："陆队，既然他不肯说，那就先扣留，明天天一亮就派人把他抓去果园，来一次谋杀现场重现。"

特案组临走时，邓威依然垂着脑袋，没有丝毫想要为自己脱罪的举动。凌峰从监控室出来，默默无声地跟在他们三人的身后，大家分别回到了自己的宿舍。

第二天，姜云凡早早起来，催促着陆明飞起床，凌峰也被吵醒了，恰好这时唐寒雨来敲门了。五分钟之后，四人再次前往审讯室。邓威依然什么都不肯说，也不打算脱罪。于是，陆明飞拿着对讲机呼唤队友。很快，三名刑警推开审讯室的门，押着邓威去坐警车。

特案组的人跟随其后，凌峰也从监控室出来，一起挤上了陆明飞的警车。他知道姜云凡不是普通人，执意要带邓威去果园，一定是有什么目的，或者发现了新的线索。

到了果园之后，刑警把现场再次封锁起来。日光刺眼，邓威紧皱眉头，眯着眼看了看四周。黄色警戒线外围着三五成群的村民，其中有几个老人认出了他，并摇着头一直在叹息。遥想当年，他离开村庄之前，成绩优秀，孝顺父母，农活全包，是家长中的“别人家的孩子”，而今却变成了嫌疑犯，这是任何人都不愿看到和意想不到的事情。

姜云凡看他一直无动于衷，凑在他耳边低语几句。邓威顿时心中一紧，两眼在人群中搜索，很快又收回目光，然后二话不说，走到那几棵杧果树前。

陆明飞看着那张决然的背影，好奇地问姜云凡：“你对他说了什么？”

姜云凡神秘兮兮地说：“等会儿你就知道了，事情就快水落石出。”

唐寒雨听后，心中有一丝期待，侧首望去。邓威指着那一棵树，表示自己在考大学的考场上认识了京京，而且两人谈过一场恋爱，约老情人出来见一面是很容易的事。到了果园，他指着京京问当初分手的时候，她为什么要骗自己。京京却无言以对，而且没有后悔和道歉之意。

邓威将她推到树枝上，用力地吻了下去。呼之而来的就是响亮的一记耳光，邓威越发愤怒，把她的脑袋往树上撞，再用扳手和皮带……

“等等，我们检测死者脖子上的伤痕时，发现被勒的工具不是皮带，这一点你怎么辩解？”姜云凡打断他的演练。

“什么？”邓威脸色一白，暗想这怎么可能，浸泡之后的尸体还能还原伤痕？他看向姜云凡，吞吞吐吐地解释，“我记不太清楚了，好像当时我在草地里顺手捡了条绳子，一怒之下就用绳子……后面的事情你们也都知道了。”

“不，不是这样的。让我来帮你回忆一下当时的场景。”姜云凡摇了摇右手的食指，独自走到一棵带着血迹的杧果树前，“假如我是受害者，凶手与我洽谈不合，一把掐住了我的脖子。见我宁死不屈，这时，凶手心底的愤怒一拥而上，抓着我的头用力地撞向树干。之后，我后脑勺的血液就残留在那里了。接着，凶手担心受害者会大声呼叫引来村民，于是随手拿起自己的绳索勒住了受害者的脖子。很快，受害者就被勒死了。这证明凶手手臂的力气比较大。”

人群中发出一声声唏嘘，唐寒雨下意识闻声而望去，不经意间，看见一个约莫 28 岁的女子用草帽遮遮掩掩，而且悄悄退出了人群。

忽然，唐寒雨的脑海中闪现了那张邓威与家人的合影，站在邓威身旁的妹妹邓秀与草帽女子非常相似。而且她的反应很不正常，与自己相依为命的亲哥哥被抓，她怎么能像路人一样平静地看戏呢？

“邓秀的女儿最近因病去世，行为有些不正常，不仅很长时间没有出门见过人，还经常在家酗酒。”唐寒雨突然忆起之前对果园工作人员调查时姜云凡说的话，她悄悄地走到陆明飞的身边，示意他带人去邓秀的家里搜查一下有没有带血的绳索。

陆明飞带着两个刑警离开后，姜云凡举起那个装着扳手的透明袋，继续问道：“邓威，你告诉我，为什么用绳子勒死对方之后，还要故意用扳手敲击受害者的太阳穴？”

邓威支支吾吾，深知自己无力反驳，接下来多说的任何一句话，都会成为暴露自己不是凶手的事实。但他更害怕的是，会波及自己想要保护的那个人。

“你故意制造假的物证，目的不仅仅是想把警察破案的方向引入歧途，而且还想保护一个人。我说得没错吧？”

唐寒雨看着自信的姜云凡，这才明白其实他早已有了怀疑的对象，而邓威之所以会乖乖地演练犯罪现场，是因为他刚才凑近对方耳旁时提到了邓秀——邓威最宠爱的妹妹！

熙熙攘攘的人群中，陆明飞挤出一条道路，身后是两个刑警押着邓秀。邓威一看到邓秀，顿时脸色大变，疯了一般撞倒刑警。还没来得及冲到邓秀的身边，陆明飞就把他制伏了，并掏出装着血迹的绳索，冷冷道：“这是在邓秀家发现的，请你们兄妹俩跟我们走一趟！”

邓威拖住姜云凡，猛地摇头：“不是她，是我，是我杀的人，抓我一个人！”

姜云凡默默地看着邓威被陆明飞强行拖走，他跟随警察们从果园走出来，在路口与凌峰擦肩而过。

凌峰笑道：“姜长官名不虚传，这下我算是知道沈老为什么会重用你了。”

姜云凡停下步伐：“虽然我不知道你这么关注我有什么目的，但你现在肯定是想加入特案组吧？你之前做过什么伟大的事，我都一无所知，但是我觉得你不适合加入我们。”

言罢，他继续往前走，自己也说不清楚，为什么不待见凌峰？甚至不知为何，总觉得凌峰身上揣着秘密！

所有人都抵达市局之后，唐寒雨和姜云凡立刻去了审讯室。而陆明飞为了尽快拿到绳索与死者脖颈上的伤痕有关的检测报告，带着物证马不停蹄地前往法医中心。

在审讯室里，邓秀紧紧闭着发白的嘴唇，顶着发黑的眼圈，抬起头，看了看对面的唐寒雨和姜云凡。三双眼眸对视的刹那，她心神慌乱地伸手捋了捋额头的刘海儿，再次低下头。她十指交叉放在胸前的桌面上，手指关节捏得发白，与邓威第一次在审讯室的表现很像。

但唐寒雨知道，邓威之前焦虑是因为担忧妹妹被警察抓去坐牢，自己却保护不了她，没有完成九泉之下的父母的嘱托。而眼前的农耕妇女则是害怕自己的事情被暴露，害怕遭受牢狱之苦。

可事已至此，每个人都要为自己的选择负责。

“邓秀，你哥哥对你好吗？”唐寒雨为了让嫌疑人轻松地与自己对话，决定和她聊一聊家常，见对方点点头，又问，“怎么个好法？”

“他为了我辍学去打工，让我读完书，穿好看的衣服，还会做菜给我吃。读书的时候，班上的同学欺负我，他会为我出头。为了让我嫁个好人家，他一天要打两份工，给我置办嫁妆。”邓秀顿了顿，笑容渐渐淡了，转而眼神充满悲伤，“后来，我因为生病的女儿离了婚。他为了给我的女儿治病，放弃读大学，更加努力地工作，导致现在 30 多岁还没结婚。而我可怜的女儿，最终还是走了。”

“你女儿走了之后，他来看你了吗？”唐寒雨问道。

“来了，他每天给我做饭，看着我睡着才离开。他是世上最好的哥哥，是我对不住他，是我对不住他，是我有罪！”邓秀一边落泪一边扇自己耳光，仿佛这样可以减少沉重的罪孽。

一周之前，邓秀的女儿因病去世，她便郁郁寡欢，一蹶不振。邓威十分担忧，害怕她因此患上抑郁症，特意请假去照顾她。每日为她买菜做饭，晾晒衣服被子，任由她发脾气，等她睡着了就在隔壁屋小憩。连续这样三天后，那天清晨，邓威买菜回来，发现邓秀的精神好了很多，晚上他便安心地睡着了。

邓秀趁此悄悄地打开门，自己溜到了隔壁月亮村，找到护士京京，两人因为邓秀女儿病死的事情吵了起来。争吵之际，邓秀内心的猛兽发怒了，抓住京京的头发往树上撞，接着掏出口袋里的绳索，一把勒住京京的脖子。由于她干农活力气大，京京很快就被勒死了。她发现京京没有挣扎，也没有出声，探了探对方的鼻息，害怕得小声哭了起来。

邓威醒来不见妹妹，便出来寻她，没想到在果园看到了这一幕。他背着恐惧的邓秀回了家，之后自己再次来到果园，故意制造一些假的线索，然后把尸体丢进了河流，以为这样警察就不会发现凶手是他妹妹。

于邓威而言，这是血骨基因的亲情。无论妹妹犯多大的错误，或者自己曾有多伤心，两人的关系始终无法割离。即使妹妹曾经任性地选择那个负心汉，但见到她独自养育女儿太过艰难，他也总忍不住去帮一把，用自己微薄的力量，使她们母女的日子好过一点儿。

但是，错了就是错了，有时候包庇别人的错误，并不会迎来很好的回报，哪怕对方是自己最亲爱的人。

邓秀认罪并且交代犯罪过程和杀人动机的期间，陆明飞带来了两份报告，一份是DNA检测报告，上面显示绳索的血液属于死者京京。

“邓秀，你女儿的死亡，真的不是医疗事故，你自己看吧。”陆明飞将另外一份报告递给眼前错愕的女人。

“其实，医护人员和家属之间彼此信任，对治疗病人有极好的作用。对于医生而言，他们得到病人及其家属的信任及谅解，会重新燃起当医生时的初心。即使不是医护人员和家属之间的关系，换作任何一个普通人，得到别人的一丝温暖和善意，都会对这个世界重燃希望吧，更何况是问心无愧的人间天使呢！”

陆明飞颇有感慨地说出这一番话，对面的女人已经双手捂住脸，哭得泣不成声。她毁了别人的余生，也搭上了自己的余生，辜负了兄长的宠爱。而人的一生到底有多长呢，谁都不知晓，往往等到人想珍惜的时候，已经来不及了。

邓秀被陆明飞押走之后，唐寒雨不禁长叹一口气：“这宗案子再次证明了，再完美的布局，也会有漏洞啊！”

“我同意你的观点。但我现在最想知道，为什么死者的脚底会有一朵玫瑰花？邓秀应该不会画画，玫瑰花是别人画上去的，那个人会是谁呢？”姜云凡百思不得其解，越想越不安心，从位子上站起来，“不行，我要去监狱会一会他。”

第二案

岩底坠车

人们往往把欲望的满足看成幸福。

——列夫 · 托尔斯泰

引子

7 月 4 日，山间的空气清新，戴着头盔的骑行者行驶于此，车轮划过一圈又一圈的山路。途经攀岩俱乐部那座巨大的山底时，前方有一辆被摔得破破烂烂的路虎车挡住了他的去路。他急忙下车去查看车里的人。然而，等他走过去时，车内的场景把他吓呆了——一具轻微腐败的尸体，脖子上流下来的血液浸染了尸身的红裙，四肢受到了不同程度的损伤。

“头、头、头怎么不见了？！”

骑行者指着车内的无头尸，没顾得上骑走自己的爱车，跌跌撞撞地跑到附近的电话亭，哆哆嗦嗦地报了案。特案组成员赶到现场，稍有靠近尸体，就能闻到阵阵恶臭味。他们在附近的林间寻觅死者的头颅许久，却怎么也找不到。

岩底坠车

唐寒雨深知，“他”即指“铁玫瑰”。但见“铁玫瑰”之前，他们有一件很重要的事情要确认。否则，去了监狱也是徒劳，“铁玫瑰”只会笑他们无用，这么久了还是没有证据钉死他的罪行。于是，她连忙拉住姜云凡：“等等，凌峰有一件重要事情要跟你们说。”

姜云凡疑惑地皱起眉，凝望单向透视玻璃窗。恰好这时候，凌峰也在看着他。

“什么重要的事情呀？唐老大，你可别告诉我，你们俩要结婚了吧？”于风吟忽然出现在审讯室门口，脸上带着玩味的坏笑。

陆明飞紧随其后，脸色却不太好看，与他一样的还有姜云凡。自从出院之后，两个大男人时常会想起不顾一切去救被绑架的唐寒雨，三人被埋藏在树木和木板下的情节，内心有一种不确定的情愫悄悄地萌芽了。可是，谁也没想到，这时凌峰回来了。

“你们怎么来了？”唐寒雨面露讶色，转头望着姜云凡问，“是你？”

“我没那个闲工夫。况且我一直坐在你身边，你刚才看见我发短信了吗？”

唐寒雨摇摇头，既然不是姜云凡，那是谁呢？

“是我打电话把他们叫过来的。”特案组四人纷纷回头，看着凌峰走进来。

五人重聚一堂，姜云凡坐在陆明飞身旁，与凌峰离得老远。凌峰呈上一个黑匣子，特案组除了唐寒雨之外，其他三人看了看那个黑匣子，又一脸狐疑地看了看凌峰，这家伙到底想玩什么把戏？

于风吟很是好奇，打开黑匣子，取出里面泛黄的纸条。看了五秒钟，她就激动地递给了身旁的陆明飞。两人认真地研究起来，越看到后面越高兴的样子。

姜云凡抱着交叉的双臂，本来不打算看一眼，但看到他们俩反常的表情，慢慢地凑近了陆明飞，忽然一怔，低声问道："这是什么意思？"

"这是一份犯罪集团人员的名单和身份信息，当时在我的快艇被炸毁之前，就把黑匣子绑在身上，用绳子绕了几圈。四年里，疾病治愈之后，我用了一年的时间去查这些人，查出'铁玫瑰'就是白宰烈。此人非常猖狂，什么恶事都干，用过很多绰号，手下有几百号人，伪装能力很强，而且不会亲自动手。警方始终没有证据，一直抓不到他，他的 DNA 数据便一直没有入库。四年前，派人去港口枪杀我和其他两位国际刑警的人也是他。他 17 岁时拥有了双重国籍，经常出现在中泰两国的边境进行黑暗的交易。这是他那些案子的资料。"凌峰递给他们一人一份文件夹。

特案组四人接过文件夹，翻阅着一页页关于"铁玫瑰"犯罪案件的资料，白纸黑字写着他的种种罪行，还有让人触目惊心的死者照片，以及最后几页上他培养的手下的身份信息。

四人的脸色越来越凝重。姜云凡抬起头，幽深的眼眸像一片清冷的湖水，问道："沈老已经知道这些了吗？"

唐寒雨点点头："我们回来之前，去见过沈老了。他让我们提炼出有效的铁证，早日把'铁玫瑰'的罪行归入档案。陆队，你和于同学先把这些资料里的 DNA 和指纹信息找出来，验证一下是否属于白宰烈。"

陆明飞和于风吟立刻站起身，异口同声道："是，我们马上去办。"

"陆队，把你的车钥匙给我再走。"一串车钥匙呈抛物线落到姜云凡的手中。陆明飞叮嘱道："你慢点儿开，我的车要是被损坏了一分一毫，拿你是问。"

"Yes，Sir！"姜云凡朝他敬了个礼，旋即脸上露出久违的诡异的笑容，"我迫不及待地想见他一面了！"

从市局到监狱这段路程，姜云凡开车只用了十分钟，比平常要快一倍。三人下车之后，直接赶往2号监狱。监仓的走廊依旧暗沉，却很是安静。凌峰头一次来这里，忍不住放慢脚步，一一看向两侧铁门上的小窗口。眨眼之间，姜云凡已经走进三米之外的最后一扇大铁门内，唐寒雨则在门外等候他。

进了大铁门，再走一米就是封闭的审讯室。三人忙不迭地走过去，推开那扇门，迎接他们的是"铁玫瑰"锐利的眼神。他先是看了一眼拉开椅子坐下的姜云凡，脸上浮现了淡淡的笑意。接着，他转头看向门口的凌峰，却是微微一怔，眉头皱起，瞳仁不自觉地放大，这说明他心中有根弦被牵动了。奇怪的是，凌峰的反应亦是如此。

为什么他们两个死对头重逢时没有满腔的怒气？姜云凡对此很疑惑。

"恭喜你啊，终于盼回心上人了。"白宰烈的这句话，明显是说给唐寒雨听的。

"你应该很失望吧。"唐寒雨从凌峰的身后站出来，即使刚才高大威猛的凌峰几乎挡住了她整个人，但她衣服的边角还是暴露了自己。

"呵，你们来干什么？让我想想，哦，我知道了，你们是来证明自己不窝囊的吧？证据呢？再不拿出证据，我就要离开这里了哦！"白宰烈挑衅地说道。

"闭上你吐不出象牙的狗嘴！辱骂警察，加一分！"姜云凡双臂交叉，两眼轻蔑地看着对方，语速缓慢。

这时，凌峰拉开一把椅子，正准备坐下，却看见姜云凡的腿搭在椅子上，不让自己坐。他脸色瞬间变得特别难看，冷然问道："你这是做什么？"

"你出去，这里只能我和他谈。"姜云凡和白宰烈异口同声地说。

“凭什么？证据可是我带来的。”凌峰怒瞪着他们俩，两个摆着臭脸的家伙还合起来对付我了。

“就凭你还不是警察，这一点就足够了。”姜云凡的话像一把剑，再次深深地刺入了凌峰的心。他顿时语塞，暗暗发誓：将“铁玫瑰”定罪之后，一定要向领导申请入组。

唐寒雨无力反驳，把一份用牛皮纸装好的资料放在姜云凡的面前，同时冷冷地看着对方，表示不满意他对凌峰的态度，可对方却视而不见。她只好和凌峰走到监控室，看着姜云凡将资料都丢到戴着手铐的白宰烈面前。

“拐卖、诈骗、杀人、教唆杀人等罪行，你承认？”

“OK，既然你们查出来了，那我承认，是我做的。”

白宰烈看完一份份资料，抬头看见姜云凡已经录下了刚才那句话，当作确凿的证据。

“你等着坐牢吧！”姜云凡收起自己的录音笔，起身准备按门铃。

“其实，你很清楚，我坐不坐牢，都没什么区别。只要是我想做的事情，没有人可以阻拦我！去他妈的犯罪档案！”白宰烈满脸不屑，同时把手中的资料都抛到上空。“哗”的一声，纸张散落满地。

姜云凡回头看去，只见白宰烈的双脚在用力地蹂躏它们，他忽然觉得自己的那份自尊心就像纸张一样，被人狠狠地践踏了。他重新坐回去，将文件夹放桌上一丢，问道：“你想怎样？”

白宰烈停止了自己的举动，安静地坐在位置上，然后像个心愿被满足的孩子，笑了。

“我不想怎样，就想让你多陪我聊一聊。顺便告诉你，很快你们就会有新的案子忙了。期待你下次再来见我时，会和我谈论一下案子，而不是拿着别人的成果和我闲聊。”白宰烈说完，主动要求门外值守的警察把自己押回监仓。

监控室里的凌峰听到这一句，顿时心中生出一种非常不安的感觉，使他在大热的夏天，冒了一手心的冷汗："他什么意思？"

唐寒雨看到他的担忧，轻声道："他要证明自己所说的都是对的，即使在坐牢，我们也阻止不了他早在外面安排的一切。很快，他的傀儡就要犯罪了。"

白宰烈被押走了五分钟，姜云凡仍然坐在位置上，定定地盯着对面的空位，耳旁不断萦绕着白宰烈临走前的那句话——等你们抓到凶手，我再告诉你，下一个消息。直到唐寒雨和凌峰出现在门口，他才站起来，轻松地笑道："唐老大，既然恶人被定罪了，那我们是不是应该去庆祝一下？"

唐寒雨想了想，故意摇头："不行，陆队可没答应去庆祝呢。"

话音一落，唐寒雨的手机响了，是陆明飞打来的。她举着手机屏幕给两大男人看，笑道："说曹操，曹操就到。"

电话那头的陆明飞仍在法医中心的实验室，手中正拿着两份检测报告，解释道："老大，白宰烈死定了，于同学做出来的报告结果显示，DNA和指纹完全匹配。"

唐寒雨点点头："我知道了，他已经认罪了。"

"什么？他这么快就认罪了？"陆明飞有点讶异。目前，"铁玫瑰"是他遇到过的史上最狡猾的杀人犯。忽然转念一想，认罪了也好，省得外界每天心神不宁。他便笑呵呵地说："老大，咱们去庆祝一下呗？"

"你们小两口真是心有灵犀一点通啊，姜云凡刚刚也说了这句话。既然如此，那我就顺了大家的意思，顺便为凌峰接风啊！"唐寒雨说完，又笑了。

"喊，谁跟他心有灵犀啊，我们是清白的！清白的……为什么挂我的电话啊？为什么不听我解释？"陆明飞冲着手机屏幕喊道。

"得了吧，你俩还清白呢？就算你们跳进黄河，我也不相信。"于风吟端着清洗干净的工具走进来。

“你走不走？”陆明飞瞥她一眼。

“去哪里啊？”于风吟不耐烦地问。

“随便去哪里，只要和你在一起就行。”陆明飞开玩笑地说。

“你千万、千万别这么温柔，小心我当真。要是我赖上你，那你可就惨咯。”

“你说得对。我觉得这是你说过的最正确的一句话。”

“陆队，不揍你一次，你不知道我的厉害是吧？”

“女侠饶命，老大叫我们过去集合呢，说是‘铁玫瑰’一案结了，要去庆祝一下。”

于风吟一听到“庆祝”，立刻收回拳头，毫不犹豫地脱下法医服，将其装进自己的小衣柜里。然后拖着陆明飞，两人飞快地跑去开车。

很快，他们来到了市局的办公室。陆明飞一推开门，就坐在唐寒雨的身旁，笑道：“老大，我有个好友开了家攀岩俱乐部，设有户外攀岩的地方。我们可以带上烧烤架和食材，现场烤着吃。你们觉得如何？”

唐寒雨不自在地挪了挪位子：“我觉得不错，可以趁此机会锻炼一下身体。攀岩之后，再找个地方野餐，这个计划很完美。”

“我没意见！”剩余三人表态。

“行，烧烤架和食材都包在我身上了，你们有什么想吃的就告诉我，本队长尽量满足每个人的心愿。”陆明飞拍了拍胸脯。

“我要吃龙虾、肥鱼、鱼腹、生蚝、鱿鱼等。对了，一定要记得带上芝麻和辣椒酱这些香料啊！”于风吟提醒道。

“你上辈子是猪吧，一个人吃那么多？”陆明飞颇为嫌弃地说。

“要你管，本仙女就喜欢吃！少废话，你赶紧去买。我吃不到的话，拳头问候。”于风吟把他往门外推，推着推着两人很久都没再进办公室。

五分钟后，唐寒雨收到一条短信，正在喝水的她看了短信后，笑道：

“这丫头，明明就是自己想跟着去，还说要去监督陆队买食材。”

凌峰也呵呵一笑：“两个小冤家是大家的开心果啊！”

“老大，我先回去了。”姜云凡说罢，微笑着转身推开了门。

“你和他结仇了吗？”唐寒雨看着姜云凡离去的高大而挺拔的背影，回过头来问道。

“可能吧。”凌峰盯着她的脸，没把后面那句“因为你”说出来。虽然唐寒雨和姜云凡相识不过几个月，但是他们经历过惊心动魄的生死一线，而自己却离开了她四年，这四年能改变多少呢？恐怕只有时间能说出真话。

晚上8点的海天公寓里，唐寒雨站在落地窗边。刚刚结束一个国际长途电话，是沈老打来祝贺特案组破案和定“铁玫瑰”罪行的。她礼貌地道谢，告诉沈老几天后去攀岩聚餐的事情。临近电话结尾时，她提起了凌峰入组的申请。

沈老在那头顿了顿，说道：“寒雨，可能你不能理解我现在的做法，但凌峰现在的身份很难重新归入特案组。目前，他也算立了一功，必要时可以帮助你们。上头开会商量之后，决定让他以特殊编外人员的身份，暂时协助你们破案。”

言外之意便是，凌峰的身份是非体制内，但有参与权。于凌峰而言，身份或许不要紧，但让他在一旁看着惨案发生，自己却无法参与破案，内心是何等滋味啊。

唐寒雨深知这一点，欣慰地笑了笑：“谢谢您。”

挂了电话之后，她立刻发短信通知凌峰和特案组的成员，凌峰也打电话过来表示感谢。只因这世上没有理所当然的事情，即使两人之间是恋人，或亲人，或朋友。

时间一晃而过，7月4日的清晨，山间的空气非常清新，温度比较低，吹过脸庞的风有点清凉。陆明飞开着越野车，心情十分雀跃，不禁哼起了小曲。其余四人分别在倒头大睡和呼吸清新空气。

一路上只闻得山中鸟儿的歌唱声，头顶碧蓝的天空和温煦的阳光，好像都在和他们打招呼。途经一片绿意焕然的林子，车子驶入林间小路，明媚的日光倾泻而下，与林子相映成辉，透出一种宁静、温柔的气息。

小路的尽头便是攀岩俱乐部。昨日，陆明飞与好友打过招呼。今日，此处一个客人也没有。只有两个员工，在忙着检查攀岩装备。他对此处比较熟悉，停好车之后，打开车门，先是站着深深地吸了好几口清新的空气，再到后备厢搬下一箱箱的食材。随后，唐寒雨和姜云凡也下车来帮忙。

“这么快就到了？”于风吟摘下墨镜，睁开蒙眬睡眼，看了看窗外写着“随心攀岩俱乐部”的路牌。

凌峰被山间小鸟叽叽喳喳的叫声闹醒，转眼间已经在陆明飞的身旁搬起了箱子，然后与姜云凡擦肩而过，微笑着走向唐寒雨，抢过唐寒雨手上的箱子，示意她不必拒绝。

大家把东西妥善安置之后，带着攀岩装备，来到了一面用 8 ~ 20 米高度的岩壁来打造的攀岩墙，墙上设置了保护点。为了照顾女士，他们选择了顶绳攀岩。

可这时陆明飞的手机铃声响了，接电话的五分钟内，他神色焦急，愁眉不展。挂了电话，他拿起外套，冲身旁的四人说道：“我们不能比赛了。不远处的云来山下发生了案子，有个骑行者发现了一具无头尸。老何发地址给我了，我们现在必须马上赶过去！”

颅像重组

云来山位于攀岩俱乐部隔壁，开车过去大抵要20分钟。今天不是周末，山上的行人稀少。特案组过去的时候，刑警队已经封锁了现场。

老何迎上来，汇报目前所知的情况：“报案人于早上9点发现了尸体，车牌还没有找到，死者的身份也尚不明确，还有车内的尸体……”

言语间，特案组已经走到车子面前，看见了被大树笼罩下的车况。众人大吃一惊，不禁深吸一口气。主驾驶位置上的尸体被摩擦损伤得很严重，四肢皆有肌肤被刮破的血痕，脖子流下来的血液淌了一身。更惨不忍睹的是，她的头颅不知所踪。

“咔嚓”几声，摄像机的声音让众人定了定神。于风吟拍好现场照片，立刻戴上手套，靠近系着安全带的死者，先仔细检查了死者身上的伤痕，然后分析道：“死者纤细雪白的腿部和手臂都有很多血液凝固的伤痕，而且都发生了永久粉碎性骨折。但致命伤在头颅的切口，从切口的痕迹来看，应该是锋利的刀器所致。”

于风吟在分析这些的时候，凌峰正在她身旁做记录。

接着，她打开副驾驶的车门，弯腰仔细扫描车内指纹，却发现死者的肢体似乎比普通人要长一点儿，并且肤色雪白，看得出死者平时很注重肌肤护理，其身上的衣物面料昂贵，内里的品牌LOGO是全球十大奢侈品品牌之一。死者应该非常有钱，可能是个非富即贵的主。

一个不缺钱又这么爱美的人，为什么会高空坠车而亡呢？又会是什么样的人杀了她？

当于风吟要起身退出车室时，在踩住刹车的脚旁发现了一枚珍珠戒指。用放大镜仔细一看，应该是长时间佩戴的贴身物品。于是，她举起死者的右手一看，中指确实有一圈特别白皙的痕迹，她便将戒指装入了透明袋中。为了避免遗漏物证，于风吟移开死者的双脚，竟又看见黯淡的角落发出了忽闪忽闪的光。

“凌大哥，快，给我手电筒！”于风吟转头喊道。

“这么小的也可以吗？”凌峰拿出一个超小号的手电筒给她。

于风吟用手电筒往那一照，竟从中取出了一枚精致的红宝石耳钉。她再次看一眼死者的耳垂，发现对方并没有佩戴任何耳钉，便将耳钉当作物证，收入了另一个透明的塑料袋中。

“陆队，我发现了两个物证哦，你们呢？”于风吟大声地喊道。

陆明飞站在林间，两手一摊，耸了耸肩，又摇了摇头，表示暂时一无所获。

姜云凡站在主驾驶的窗口，探进身子嗅了嗅尸体。除了一股扑鼻而来的腐败味，似乎还有一种奇怪的味道。于是，他更凑近尸体，想区分一下那股味道。可偏偏这时陆明飞路过他身边，不慎撞了一下他的臀部。

姜云凡顿时重心不稳，整个身体往前倾斜，两片唇瓣贴住了死者的锁骨。地球仿佛停止了转动，他愣了好一会儿，才退出窗口，却因慌乱而撞到了头。

对面的于风吟看傻眼了，过了一会儿才反应过来，语气充满了嫌弃：“姜疯子，没想到你这么重口，还有和死者的尸体亲吻的怪癖啊？”

陆明飞一听就大笑起来，且毫不留情地嘲笑：“啧啧啧，我们云凡可真不平凡啊！”

于风吟瞬间收住笑容，盯着陆明飞说道：“那也是拜你所赐。”

陆明飞眨了眨眼，还没从这句话中反应过来，只见对面的姜云凡直勾勾地盯着自己，一副要把他剁碎的眼神！

姜云凡本想再次凑近尸体闻一闻，于风吟却突然出现在身后，把他拉到一边，然后打开车门，让刑警队的同事将死者的尸体抬到地上的塑料袋里。可刑警队的人一抬尸体就蒙了，所有重量似乎都汇集在尸身中间，死者的腹部有轻微凹陷的现象。

抬完尸体，老何双手还在发颤，哆哆嗦嗦地说："这具尸体的骨头好像都已经粉碎了，只是一具装着很重的骨头的皮囊。"

姜云凡依旧不死心，蹲下身仔细打量死者，然后趴在地上，凑近死者的腹部嗅了嗅："除了血腥味、腐败味，还有……一种药味。对，没错，就是药味！可是，是什么药？"

他捧着脑袋蹲着搜索脑内存储卡中的信息，忽然"啊"的一声大叫，关键时刻，他脑袋短路了，越是绞尽脑汁地去想，越是想不出答案。

"姜疯子，你别头疼了，这种事就交给我好了。毕竟，从法医学的角度来说，任何东西都要依靠数据和尸体说话。受害者虽然死了，但她的尸体可以对我说话啊。我会还原她的真实相貌，找到你想要的答案，如果她真的吃过药的话。"于风吟拍了拍他的肩膀。

唐寒雨打开车前盖，皱着眉："这很有可能是一场计划好的预谋案，我发现车子的刹车线是被剪断的，而且切口是剪刀这种利器导致而成。"

陆明飞凑过去，看到她手上的刹车线切口都一模一样。

"依照目前的疑点来看，这个案子不简单，死者的头颅应该是被凶手带走了，因为脖子间的切口也是人为的。我要马上回实验室做解剖检查和 DNA 检测，以及还原死者的面目等。"于风吟派人把尸体抬上警车。

"你说的是像上次那样用 3D 机器还原？"陆明飞问道。

"是啊，但在此之前，要先画出素描人像。然后解剖尸体，利用死者的尸体得到她的年龄和身高信息，这样方便你们展开调查。话不多说，我先回去了。凌大哥，这次任务较多，你来帮我一下吧。"

说罢，于风吟和凌峰坐上载着尸体的那辆警车，消失在众人的眼中。

“头一次感觉她办事特别雷厉风行，我喜欢！”陆明飞看着消失的车辆，感慨道。

“陆队，你和姜云凡闹别扭了吗？怎么移情别恋了？”唐寒雨打趣道。

“我再申明一次啊，我和姜长官是清白的，我也没有喜欢于同学，只是欣赏而已。毕竟，他们俩都是怪咖，我才不会惹祸上身呢。”陆明飞说到最后细声如蚊，可他一说完，就感到脖子后一阵冰凉，有点儿诡异。

“可是，我们四人之中，最怪的应该是你吧……因为你主动融入了怪咖的行列。”姜云凡站在他身后，看着对方无可奈何的样子，脸上浮现了一丝笑意。

“这辆严重变形的路虎车也是物证。老何，你派人护送它到市局吧。记住，不要遗漏车上任何零件，最好是原封不动地拖上车。”唐寒雨吩咐道。

“是，保证完成任务！”老何敬了个礼，唐寒雨也回了个礼，两人腰杆儿都挺得很直。礼毕，老何站在原地，目送着特案组的人乘黑色的SUV警车离开。

在实验室里，于风吟已经穿戴好消毒服和手套了，见凌峰同样打扮，拿着本子，站在离自己一米之外做笔录。她连忙朝门窗外左顾右盼，然后回过头来，仔细打量了凌峰一番，开口很是刻薄：“你还真不怕死，竟然敢来这里。”

凌峰抬眼看她，嘲讽地笑：“承让承让，在下还得向你学习。”

于风吟微微昂起头，眼神释放出杀气：“你在这里最好别阻碍我，否则我不会放过你。”

凌峰恢复一本正经，与她擦肩而过时，故意在她耳旁说道：“别这么严肃，你可以考虑一下与我合作，最后的好处可以一起分割。”

窗外忽然路过一个法医助理，于风吟连忙站在白色解剖台前，低声道：“你别说话，窗外有人。还有，我是不会和笨鸟当合伙人的。”

说罢，凌峰三两步走到她的身后，提笔在本子上写写画画，抬头再望向窗外，法医助理已经走远了。回过头来，只见于风吟用手术刀划开了死者的腹部，然后她一动也不动，保持这个动作足足两分钟。

凌峰好奇地走上前，她似乎也没听到脚步声，仍旧像个木头人一般伫立在原地。他走近一看，顿时两眼瞪大，忘记了那股恶臭味，满脑子都是疑问，怎么回事？

“没想到真如老何所说，这么多粉碎性骨头都汇集在腹部了，如此残忍的杀害方式，我估计凶手与死者有着很大的仇恨。”于风吟拍了拍胸脯，松了一口气，“所幸没有拿走硬度最大的还算完整的骨盆。通过耻骨发现，联合面嵴消失，背侧缘完全形成。由此可知，死者可能是个23 ~ 26岁的女性。”

凌峰在本子上记下：死者体内骨头粉碎，与凶手有很大仇恨，可能是个23 ~ 26岁的女性。

接着，他看见于风吟提着一盆东西走出去，过了一会儿，她空手回来了，坐在电脑前等待了十多分钟。等待期间，两人一言不发。

“结果出来了，通过X光观察骨化中心，发现了死者的胸骨端已愈合，证明了之前那个年龄的推论。”于风吟盯着屏幕说道。

她起身回到解剖台前，划开了死者的双腿，发现左腿有明显的摔伤痕迹，是典型的摔伤骨裂。而右腿的长骨比较完整，便测量了死者右腿的胫骨，再用回归方程计算身高。

“我用回归方程计算了之后，死者的身高应该在165 ~ 170厘米之间。目前，按照她细长的双腿和手臂来看，我估计她的脖子加上脑袋的长度应该也不短，可能是个高富美。”

“你怎么知道她是个美人？”凌峰提出疑问，并认真地记下了她的推论。

“看她的品位，穿着上等的真丝裙，手腕的名表，加上脚下闪闪发光的尖头高跟鞋，以及全身肌肤的护理程度……咦，我跟你解释那么多干什么，反正我就是知道。”

于风吟悄无声息地在他身后，趁他没有防备，一把夺过本子来。凌峰下意识地去抢，却看见她正拿着手机，下一秒开口说：“老大，我这边有一点儿进展了。”

凌峰一听到电话那头是唐寒雨，立刻收回自己的举动，看着于风吟低头看着本子，将方才的推论汇报完，才收回自己的笔记本。

于风吟再次来到解剖台前，提取了长骨上的骨屑。由于两人都平静下来了，凌峰的注意力被那股刺鼻的腐败味提了起来，他忽然捂着鼓起来的嘴唇，跑向门外，扶墙往垃圾桶呕吐。这时，于风吟端着小方盒子里的骨屑走出来，路过凌峰时摇摇头，不屑地把头一扭，转身走向DNA化验室。

在不知不觉中，窗外暗淡了下来，凌峰再次回到实验室时，看见于风吟正坐在一台超大的放大镜下，观察那些稀碎的骨头，再将其一点点地粘贴到长骨上。可奇怪的是，她安静又认真的样子，并没有她动荡闹腾的时候动人。

“你这样看着我，是在打扰我工作。如果你没事的话，就到外面等人。”于风吟头也不回，淡淡地说道。

“等人？等谁？”凌峰接到于风吟丢来的白眼，忽然醒悟过来，“哦，我知道了。但是，他们这时候不是去调查失踪人口了吗？”

他的身后传来一道明朗的声音：“这种需要人力的事情，我们派下属去办了。”

室内的两人回头一看，门被推开了，三道身影出现在眼前。姜云凡迈着长腿，三步并作两步朝于风吟走去，焦急地问：“香芋，还要多久才能拿到DNA检测报告？另外，死者的体内到底有没有药物？”

“急什么急，催魂呀，有本事你一个人来做这些活啊！还有，别老叫我香芋，香芋是什么鬼，我可是仙女，仙女！”于风吟瞪他一眼，反复强调自己的身份。

“反正念起来都差不多，我的大脑告诉我，它们都是一个称呼。”姜云凡说道。

于风吟无奈地摇摇头，这辈子无法和姜疯子这样的生物沟通了，以后要是有人嫁给他，那人肯定是倒了八辈子的霉！

无形毒药

于风吟绕过姜云凡，走到解剖台前，指着尸体内被划开的胃部：“经过我的检测，死者死于心脏骤停，血液中含有大量的氰化钾，典型的氰化钾中毒！但现场没有找到任何跟氰化钾沾边的东西。还有一个更特殊的地方，除了氰化钾之外，血液和骨头中都含有大量的硫酸铊！”

“硫酸铊？是什么化学物？”陆明飞不解地问。

“那是一种烈性灭鼠药，香芋，你弄出化验报告了吗？”姜云凡说道。

于风吟点点头，走到另一张的桌面上，将几份报告递给他们三人。路过凌峰时，她看见对方眼中透露出参与破案的渴望。可是，根据他的身份，查看报告之类的事并不属于他工作的范围。

姜云凡扫了一眼尸体，十分疑惑：“死者腹部未消化的食物中都不含氰化钾，应该不是食物中毒。那么，氰化钾从何而来？”

于风吟轻声叹口气：“这正是我不解的地方。如果说是注射，死者身上都细细检查过了，没有发现有针孔。还有一个可能性，那就是死者是从口腔直接吸入的，但这似乎又不大可能。”

唐寒雨仔细一想，反驳道：“不！没有任何犯罪手法是不可能的，只是我们没想出来而已，毕竟现在头颅没有找到，其他的物证还等着再次检查呢。”

于风吟点头认可，伸手触摸解剖台，神秘兮兮地说：“目前，我重组了部分尸骨，打算送去做一件既高端又神奇的事情。陆队，你来帮我推过去。”

陆明飞立刻走过去，凌峰也上前帮忙，三人把解剖台推到了一间光线昏暗的机器室。转眼之间，于风吟不知跑哪去了，四人面对墙壁上的骨头标本。忽然，“啪”的一声，室内微弱的灯光熄灭了。

黑暗之中，只听得见细碎的脚步声。于风吟拿着一台平板电脑过来。刹那，室中央那台机器发出的黄光照射着五人的脸部。接着，机器上方的那束光中浮现了一具尸骨。渐渐地，尸骨穿上了外衣，缓缓旋转于众人的眼中。

“虽然南大法医带我们来看过，但是这次看一具无头女尸转动，还是有点儿头皮发麻。有种在看古代怪谈电影似的，忽然间头颅就飞回来了，然后它自主地固定在死者的脖子上，我们才发现原来这不是人为谋杀案那么简单。”陆明飞幽幽地说着怪谈故事，期间还不安地回头看了一眼。

姜云凡感觉他越说越离谱，朝他丢了个白眼：“陆队，我觉得你很有小说家的潜质。”

陆明飞沾沾自喜地笑：“是吗？我以前念高中的时候，还尝试着写过小说呢。”

“专心点好吗？现在可不是讲睡前故事的时候。”唐寒雨看了一眼手表，破案的时间所剩无几，“别忘了，这个案子是白宰烈发出的挑战。不管这个替他兴风作浪的接班人是谁，我们都要把他揪出来！”

“这是必须的。但是我发现一个问题，机器无法与我画出的死者画像匹配。也就是说，我们可能还不能知道死者的脸长什么样。”于风吟懊恼不已，反复尝试匹配库存中的面部数据，可悬浮在上空的尸骨的3D影像，始终没有出现死者的模拟画像。

“那就这样吧，时间也不早了，现在已经凌晨3点了，大家先回去睡一觉，养精蓄锐再继续战斗！”唐寒雨拍了拍于风吟的肩膀，暗示她别自责。同时，室内的白炽灯再次亮了，照着五人疲惫的神态。

翌日上午9点40分，气温高达40度，比以往任何时候都要闷热。

在一间日光暗淡的屋子里，姜云凡蜷缩着身子，额头上冒了细细密密的汗珠，脸色很不好看。忽然，他猛然坐起，瞪着大眼呆呆地看着墙壁许久，才起身去洗手间刷牙。

他做了一场很凌乱的梦，梦中有母亲挺着大肚子跪下求人的场面，也有无头女尸冲他而来，一遍遍催促着他找到凶手的恳求。

他一边刷着牙，一边回忆昨日在实验室的对话。检测报告上显示死者氰化钾中毒和血液中有硫酸铊，难道死者之前被人下毒了吗？那也不太正确，如果真的被下毒，那死者在上山的途中就已经毒发身亡了。

他漱了漱口，坐在马桶上，冥想了十分钟，脑海中浮现的全是死者死亡时的状态和案发现场的环境，以及唐寒雨说的那句话——没有任何犯罪手法是不可能的，只是我们没想出来而已。毕竟现在头颅没有找到，其他的物证还等着再次检查呢。

姜云凡忽然偷偷笑了，虽不知自己为何会想到唐寒雨，但不得不承认，这句话给了他更多的启发。他立刻冲到卧室，换了一身耐脏的衣服，然后拿起桌面上的车钥匙，打算开车回市局。

到了市局，他打了两个电话，再独自来到了一间小仓库。仓库里只有那辆报废的路虎车，他围绕着车子走得极缓慢，时而弯下腰在车内嗅一嗅，时而蹲下来在车底闻一闻。

“姜疯子，你有什么新发现了吗？”陆明飞接到电话后，第一时间来到了仓库。

“陆队，你快去找一个面罩和密封的物证袋给我。”

姜云凡没有回头，仍旧蹲着围绕着车子走了一圈。忽然，他停在车身中间位置，不顾肮脏的地面，直接趴在地上往车底探究了许久，闻着一股若隐若现的异味上瘾了。

“陆队，递给我一个面罩和密封的物证袋。”姜云凡说道。

陆明飞按照他的要求，找了干净的面罩和物证袋递给他，却看到他整个人钻到汽车底下，只露出半条腿，然后一动不动。

这时，唐寒雨也赶来了，看见姜云凡的举动，不解地问：“他这是在干什么？”

陆明飞两手一摊，摇摇头：“我也想知道他在干什么，修车吗？”

说着，陆明飞忍不住好奇心，索性也蹲下身，拿着手电筒往车底照。这一照便见姜云凡徒手把车子的暖气装置卸了下来，并从排风扇中挤出了一小块黄色固体。

手电筒的光线照射在姜云凡带着诡笑的脸上，他把黄色固体装入物证袋中，一点一点地移动。从车底移出来之后，他高兴地举着一块白色晶体，笑道：“就是这个东西！”

可陆明飞和唐寒雨纷纷捏着鼻子，离那块白色晶体老远，脸色好比踩到了牛粪一样臭。

“这是什么东西啊？一股怪怪的气味，难闻死了！”陆明飞抱怨道。

“那是固态氰化钾，受害者生前中毒的罪魁祸首。”于风吟出现在仓库门口，径直走向姜云凡，“厉害了我们姜疯子，这个狗鼻子还挺灵的哦！”

“最后一句话不说你会死吗？赶快拿去做份检测报告。”姜云凡把物证袋丢到她手中，摘下脏兮兮的口罩，擦了擦额头上的污渍。

于风吟眼明手快地接住物证袋，朝唐寒雨打了声招呼，便自己开车回法医中心。

特案组其他三人回到办公室。唐寒雨坐在沙发上，认真地想了想，假设不久之前，死者开车前往云来山，却不知车上的刹车线和排风扇已被人动了手脚。天气炎热，她开着冷气一路上山，氰化钾渐渐地挥发，一点一点侵入她的体内，融入血液之中。

她将自己所想到的案情假设描述出来，补充道：“但是我很疑惑，根据这些其实可以充当受害者自杀的证据，为何凶手要多此一举，去割走头颅呢？”

“因为凶手非常疯狂，血液的躁动令他无法抑制住自己内心的猛兽。”姜云凡低声道。

话音刚落，老何打开了办公室的门，将三份文件递上去，然后一一汇报：“我们针对知名人士和身份高贵的有钱人进行了调查，但是很可惜，这些有钱人常常神龙见首不见尾，一年四季到处乘坐飞机忙着商务洽谈，目前没有查到任何人口失踪的线索。”

陆明飞轻声叹了口气：“我就知道又是这样，只能先等等于法医那边的线索了。如果能匹配出死者的 DNA，自然是最好不过了。”

这时，唐寒雨的手机铃声响了，正是于风吟打来的。可她接下来的话，却让特案组三人心中的期待落空了。

“组长，我有一个好消息和坏消息。好消息是之前在死者车内找到的红宝石耳钉上，有不属于死者的指纹，这说明应该有个与死者相识的嫌疑人，曾经与死者在同一辆车上，还可能起过争执。而坏消息是，很遗憾，我没有匹配到嫌疑人的指纹，也没有匹配到死者的 DNA，无法给出人物的身份信息。等会儿凌峰会带着 DNA 检测报告过去。”

挂了电话之后，在实验室的凌峰看着眼前一脸冷漠的女子，说道：“于法医，原来你就是这样保护自己的啊，但我好心提醒你一句，纸是包不住火的。”

于风吟冷哼一声：“谢谢你的提醒，我不需要。”

说罢，她将装了三份 DNA 检测报告结果的文件丢到他胸口，瞪他一眼：“要是你敢说出去，你肯定会先死在我前面吧。毕竟，杀神一定不会放过不团结的人。”

凌峰听到“杀神”二字，顿时微微一愣：“你放心，我没那么傻，来日方长，还得向您多多学习。”他恢复平时憨厚的样子，带着那三份文件赶回市局。

由于案件一时没有任何进展，夜幕降临之时，特案组的人都回家休息了。

只有唐寒雨开车来到了市中心的游乐园，在人来人往的游乐园大门口，看见了邀请她的凌峰。远远望去，看到穿着白色衬衫的凌峰，让她想起了两人相恋的往事。

凌峰笑得很腼腆，拉着她的手走到了一座巨大的摩天轮前，说道：“寒雨，你还记得吗？”

唐寒雨望了望那些慢慢靠近天际的小笼子，脸上也露出了淡淡的笑容：“记得。当时我们去游乐园的时候，我还笑你老大不小还学年轻人做傻事。结果，那晚摩天轮坏了，你说等你回来再带我去坐一坐。没想到，一等就是五年。”

凌峰看着她眼中闪烁的小笼子，忽然牵起她的手，问道：“那你现在还愿意和我去做这样的傻事吗？”

唐寒雨迎上他的目光，低声道：“凌峰，你能给我一些时间吗？”

回到公寓之后，唐寒雨拉开厚重的窗帘，站在巨大的落地窗前，看着这座城市明亮的灯火，忆起了凌峰当时笑脸一僵，过了几十秒，他才笑着点点头。

她无法解释自己当时的反应，更无法解释自己此时此刻脑海中浮现的——为什么是姜云凡的那张俊脸！

连环谋杀

清晨6点半，天色刚亮不久，马路上行人稀少，警局就接到了一个报案电话，有人声称在顺利大厦的停车场发现了一具无头男尸。特案组的人分别从公寓、警局宿舍、法医中心赶往现场，刑警大队比他们早一步封锁了现场。

特案组成员和凌峰越过警备线，从老何的手中拿到了死者的身份：刘断，30岁，未婚，某金融集团的总经理，拥有公司百分之十的股份，名下有五栋私人别墅。根据电梯的视频来看，他夜晚11点时下班回家，在等电梯的时候失踪。直到早上6点半，保安巡逻停车场的时候，才发现车底下有一具尸体。

特案组的人来到车底那段血迹斑斑的路。于风吟蹲着看了一眼塑料袋中的尸体，分析道："作案手法很相似，都是割走头颅，很有可能是同一个凶手作案。"

"这么说，是一起连环谋杀案？"陆明飞看向老何，"有没有发现什么物证？查出死者的公司在哪里了吗？"

老何递上装着钱包的物证袋，说道："受害者的公司就在顺利大厦的12楼。在现场没有发现手机，但是死者钱包里的信用卡和现金全都不见了，只剩下一张身份证。我们从停车场的摄像头中，没有发现任何异常的画面。"

"是吗？带我再去看一次。"姜云凡忽然回过头看向老何，这一眼把老何看得打了个哆嗦。

老何愣头愣脑地点头，立刻带着特案组三人和凌峰进了停车场唯一的一栋电梯，于风吟则留在现场尸检。

来到监控室，应姜云凡的要求，工作人员把视频调到案发当晚 10 点至凌晨 6 点，保安的身影出现在停车场之前的画面。

“等一下，把视频倒回凌晨 1 点。”姜云凡紧紧地盯着视频，忽然大声地说，“你们看，这里有一段时间的记录被删了。”

在场的人重复看了一遍视频，发现视频中缺失凌晨 1 点 30 分至 1 点 50 分之间的记录。可惜，工作人员表示自己当时去过一趟洗手间，不知谁进过监控室。

特案组临走前，听到工作人员低声说：“警官，其实你们调查的这个人，我听说他们公司最近闹得不可开交。还有一个小道消息，这所公司最近资金周转不过来，已经欠发员工三个月的工资了。”

难道是因为这事，公司内部产生了矛盾？唐寒雨心生疑惑，与他们四人乘坐电梯来到大厦的 12 层。一行人走进金融集团，直接来到总裁周子倩的办公室，在办公桌上发现了她的联系方式。

“姜长官，按照物证来看，这很像是一宗劫财案吧？”陆明飞问道。

“表面上看起来是这样，但这是连环谋杀案啊，凶手怎么可能只拿走那么一点儿钱财就满意了呢？你快打电话叫她来。”姜云凡指着桌面上的一串电话号码。

陆明飞掏出手机打过去，却是管家老陈接的电话。老陈表示周子倩到外出差多日，目前联系不上，便把集团第三大股东谢芳芳的号码给了陆明飞，还表示自己也会去公司，代替周子倩配合调查。

时钟指向 8 点时，谢芳芳和管家老陈来到了公司，特案组分别对他俩录了口供。

三人同时落座于总裁办公室的沙发上，陆明飞负责提问，凌峰负责记录，对面的管家老陈神色焦急，似乎如坐针毡。

“请问，周子倩离开公司多久了？”陆明飞问道。

“应该有一个月了。警官，我知道你们要问什么，但请你们容我先说几句，能否帮我调查一下我家小姐的行踪？这么多年，她还从未出远门如此久却不与我联系。”老陈十分焦急。

“你能给我一张她的照片做参考吗？”陆明飞提出要求。

老陈点点头，连忙从办公桌的抽屉里拿出一本相册。陆明飞一页一页地翻阅着，忽然，他盯着照片中红裙子的女孩愣住了。凌峰好奇地瞥了一眼，指着女裙女孩：“这不是……”

陆明飞拍了拍凌峰的大腿，打断他的话，问老陈：“周子倩出差的时候是不是穿了这一身红裙？年龄在 23 ~ 26 岁和身高在 166 ~ 170 厘米？”

老陈点头回答：“是啊，我家小姐今年 25 岁，身高 168 厘米，很喜欢穿这套红裙，因为是她母亲生前买给她的成人礼物。”

“管家，你要有个心理准备，我们这边有个坏消息要告诉你。不久之前，我们在云来山发现了一具尸体，死者身上的衣物、年龄和身高都与周子倩十分相似。”陆明飞看着对面一脸震惊的管家。

“怎么可能？她的尸体在哪里？你们抓到凶手了吗？”老陈失控地哭起来。

“管家，想必你应该知道集团的事情吧？等一下，我们要查集团的账本。如果你真希望尽快找出凶手，还请多多配合。”老陈看了看陆明飞，深知对方的意思，便点头答应了。

而另一头，在副总裁的办公室里，谢芳芳大方地坐在沙发上，喝了一大杯水。唐寒雨一直静静地坐着，用余光注意到对方喝水时躲闪的目光和因紧张而抱着双臂的状态。

姜云凡没有喝水，开门见山地问：“听说你们公司最近资金周转有问题。”

谢芳芳微微一笑：“没有啊，我们公司最近有几个大项目在推进，但由于是商业机密，不太方便透露。”

“那我们可以看一下你们公司的账本吧？”

谢芳芳愣了一下，随即恢复笑容：“当然可以。”

说罢，谢芳芳来到总裁办公室，发现管家的脸色非常难看，便简单地向管家转述了警察的要求。很快，两人把公司的账本都拿出来，然后站在一旁，提心吊胆地看特案组三人时而翻阅账本，时而交头接耳。

不一会儿，陆明飞将那些账本都装进物证袋中，说道：“谢女士、陈先生，请你们先和我们走一趟警局。”

“警官，我没有杀人啊，为什么要拘留我们？”谢芳芳反抗。

“那你告诉我们，6 月份有一个项目的巨大资金到哪里去了？”

“这个……项目不是我负责的，听周总说资金被转到境外去了。”

“但是，按照账本来看，我们怀疑集团有经济犯罪的嫌疑。你作为集团目前最高层的管理人，要和我们走一趟。”

谢芳芳无言反驳，而老陈还没有从周子倩的死亡消息中缓过来，两人便被带到了市局。

之后，特案组的人去了一趟银行核对金融集团的账本，发现 6 月份有一大笔资金都转入了一个卡号里，而持卡人的名字却不是集团高层人士的。

回到市局，特案组三人第一时间去了信息调查科，让同事小王调查一下持卡人邱永。

等待期间，姜云凡双手合十托腮，闭上眼理了理思路。按照集团最高层人士来看，目前持股份最大的周子倩失踪后被杀，接着是第三大股东刘斯下班时被杀，那么，目前持股份最多的人就是谢芳芳。如果真是一场集团股份或经济纠纷，凶手会是谢芳芳吗？

可是，谢芳芳的手臂力量明显不足。即使是偷袭刘斯，也不太可能独自行凶，还把人从 12 楼拖到停车场，却不留任何血迹，期间还去监控室删了视频记录。

小王的声音打断了姜云凡的思考："查出来了，邱永在顺利大楼当停车场的保安。"

持卡人的结果让他们大跌眼镜，公司楼下停车场的保安为什么会得到一大笔公款？顺利大楼究竟有什么样的纠纷故事？

这时，老何推开信息调查科的玻璃门，朝陆明飞他们招招手，说道："陆队，有人声称自己是无头尸案的凶手，来自首了，现在就在审讯室。"

特案组三人还来不及等待电脑上呈现邱永的身份信息，立刻跑向审讯室。但在距离铁门两米之外，姜云凡忽然拦住身后的人："陆队，你去把谢芳芳带到隔壁审讯室，但是不要审讯她，让她听我们的对话就行。"

陆明飞知道这是一种特殊的审讯方式，便点头称好。

特案组二人推开铁门，坐在里面的人满脸胡茬儿，穿着天蓝色的保安服，看上去应该有三十五岁了。他们刚刚坐下，对面的人就开口了："周子倩和刘斯都是我杀的。"

"抬起头来，你叫什么名字？为什么要杀人？"

"我就是邱永。我恨他们，这些卑鄙无耻的小人。"

唐寒雨看着对面的邱永，他虽流露出憎恨的目光，却随即摸了摸鼻头，像老鼠一样看看墙壁，又看看被镣铐锁住的双手，很难让人相信他没有撒谎。

姜云凡似乎也看出来了，却没有拆穿："既然你已经有了一大笔钱，为何杀人的时候还要带走他们的钱财？虽然我们调查到金融集团的一笔公款转到了你的名下，但是，转出这笔账给你的人是谁？为什么你不卷款逃跑？另外，你有什么证据让我们相信你杀了人？"

邱永顿时眼睛一眨，提高声调，十分懊恼地吼道："他们联手陷害我，把这笔钱转到了我的卡上！我知道这笔钱迟早会被警察查出来……反正，人是我杀的，如果你们不相信，可以去我住的地方，从酒缸里找出那两颗头颅。"

姜云凡立刻发短信给陆明飞，让对方派人去一趟邱永的住所搜查。

唐寒雨还是很疑惑，为了钱而杀人，明明可以马上卷款逃跑，享受金钱带来的下半辈子富裕的生活，可是他却来自首，这不太对劲儿。毕竟，世人常为金钱和感情做出不可理喻的事情。或许，那个能够让他来自首的人，才是真正的凶手吧？

于是，唐寒雨换了个话题与对面的人闲聊：“邱永，假如你可以带着这笔钱离开，你会去哪里？打算一个人远走高飞？”

邱永认真地想了想：“一个人花这么多钱也太没意思了，肯定要带个女人，然后逃到荒岛上住着，让你们一辈子都找不到！”

“哦？那你有喜欢的女人吗？”

“当然有了，很多人都喜欢她。”

“那她喜欢你吗？”

“她不会看上我，我们之间是天与地的差别，不可能会在一起的。”

“但你还是抑制不住怦怦跳动的心，为了每天能够看到她，就找了份离她最近的工作？”

“是啊，我就想看她过得好不好。如果有人对她不好，我就替她惩罚那个人。”

唐寒雨知道，就是这时候了，邱永聊得很开心，几乎毫无防备。趁此时机，唐寒雨追问道：“她就是谢芳芳？”

“你怎么知道？”话音落了两秒，邱永脸上的笑容僵住了，两眼微微上抬，露出愤怒的神态，恨不得要把唐寒雨吃掉似的。

与此同时，在隔壁审讯室监听的谢芳芳傻眼了，没想到自己精心设计的一切，竟被这个愚蠢的队友暴露了。

7 月 3 日晚上 7 点，金融集团高层领导结束了一场长达两小时的会议。

会议开完之后，周子倩把谢芳芳传唤到自己的办公室，开门见山地说：“我负责的这个项目的资金被你大笔大笔地转移到境外，现在却查不到这笔钱的去处，合作方和集团的元老级股东都怀疑是我独自吞了。”她顿了顿，拿起桌上的文件丢给谢芳芳，“我们从小到大都是好朋友，你为什么要这样害我？”

谢芳芳看了看文件，上面写的是这笔钱转到了邱永的卡上，还有几张邱永和谢芳芳在一起时被偷拍的照片。

谢芳芳把文件丢到地上，低吼道：“周子倩，别跟我说什么好朋友，你知道我要什么，你给我啊！你给了我，我就不会再做对集团不利的事情。”

周子倩看着好友龇牙咧嘴的模样，从未想过对方的胃口堪比怪兽饕餮。她心灰意懒，往昔的情谊瞬间不复存在，而手表的时间却在提醒她，今晚还要去赶夜班飞机。

“休想！”周子倩低吼一声，绕过谢芳芳，抓起沙发上的包包就往外走。

“好啊，周子倩，我会让你后悔的。”谢芳芳看着她远去的背影，立刻打电话给邱永，得知邱永已经完成任务，就等周子倩去开车了。

接着，谢芳芳来到刘斯的办公室，发现刘斯没有带走手机，便用他的手机发短信给周子倩，要求周子倩一定要在今晚和他见一面，是为了集团的事情。

“刚发出短信没多久，刘斯折回来拿手机，发现了我发出去的短信。我们因此争吵不休，还被上来送我回家的邱永看到了。我一直都很喜欢刘斯，从没有想过要杀他，可是我却眼睁睁地看着邱永把他杀了……”谢芳芳说着说着就哽咽了。

陆明飞在邱永的住所找到了两颗头颅骨，经过法医于风吟鉴定，确定是属于刘斯和周子倩的。邱永和谢芳芳都认罪之后，一致供出这宗案件的策划来自一封匿名邮件。可后来，陆明飞调查他们封锁的笔记本电脑时，这封邮件却不翼而飞。

第三案

工厂爆炸

要进来，请把希望留在门外。

——但丁

引子

7 月 12 日，晚上 11 点，一阵“砰砰”的爆炸声接二连三地响彻市中心，位于这座最高大厦的顶层酒店包厢的特案组四人纷纷望向窗外，化工厂三不管地带燃起了熊熊烈火。

经过消防人员的一次次排查，在第三间厂房发现了两具被烧得面目全非的尸体，还有一位被救的幸存者。姜云凡用自己特殊的办案方式，使凶手谈起自己与“黑玫瑰”的意外相遇，得知敌人实力不比“铁玫瑰”差劲儿，竟成功地抹除了凶手的部分记忆。

但谈话期间，凶手大为吃惊，发觉姜云凡与“黑玫瑰”说过一模一样的话。他不禁怀疑，这两人有什么关系，世上会有心有灵犀却不认识的两个人吗？还是，他就是“黑玫瑰”？

连环爆炸

7 月 12 日，晚上 11 点，从最高处俯视市中心，有一种万物皆在我脚下的感觉，仿佛自己悬浮在星辰海洋般的夜空，笑看这个梦幻的世间。

唐寒雨回过头来，小酌一口高脚杯中的香槟，看向身旁喝得微醺的三人。他们微微发红的脸蛋上贴满了小红星，其中的冠军当属陆明飞。大家就目前经历过的案子，来提出法医学或心理学领域的问题，只有陆明飞总答不上。

忽然，一阵惊心动魄的爆炸声接二连三地响彻市中心方圆百里之内的范围，甚至连这座屹立于半空中的最高大厦的顶层酒店包厢都能听到。特案组四人放下酒杯，纷纷望向窗外，化工厂三不管地带燃起了熊熊烈火。

“叮”的一声，唐寒雨看一眼来电显示人，顿时食指抵住双唇中间，示意他们安静下来，显然对方是个很重要的人物。打开免提键之后，包厢内仿佛是一座静寂的寺庙，四人犹如听到一道宛如钟声响起，顿时肃然起敬，几乎屏住呼吸，充满仪式感。

“他们又开始作恶了！”沈老沉重的音色刚落，特案组四人瞬间会意，纷纷起身离开包厢，赶往火光冲天的化工厂三不管地带。

浓重的烟雾弥漫于天际，不断有消防人员闯进工厂内，之后抬出了一名面色乌黑的幸存者，他因吸入过多浓烟中的一氧化碳而陷入晕厥之中。特案组赶到时恰好见到这一幕，派老何与凌峰跟随幸存者前往医院。

半个小时之后，经过消防车大力扑救，火势逐渐减弱。但放眼望去，工厂区一半的墙面都被烧得漆黑，内部的巨额设备也被烧成了破铜烂铁。

“我的工厂……完了，完了！我的工厂都被烧光了！”一个中年男人冲进来，猛然“扑通”一声跪在地上。他的举动引起了唐寒雨的注意。

唐寒雨走过去，问道：“你好，我是特案组的组长。请问，你是这片工厂区的负责人吗？”

那中年男人渐渐收起悲痛之色，点点头：“我是这里的总负责人袁朗。”

唐寒雨指着被完全烧毁的厂房，继续问：“那间化工厂的负责人也是你吗？今晚化工厂是否有开工？”

“那间化工厂好像是飞龙化工厂，负责人是叶名窗。今天，我们这片工厂区都放假了，根本没人在工厂啊！警察同志，请你们尽快找出工厂爆炸的原因啊！”

唐寒雨点点头，让袁朗联系飞龙化工厂的负责人，可拨打几个电话也没人接通。

“组长，我们在第三间厂房发现了两具尸体。”陆明飞朝她招招手。

“有人死了？真的死人了吗？可是，怎么会有人在厂里呢？”袁朗两眼瞪得老大，两手交叉相握，十分不安地来回徘徊。

唐寒雨扫了他一眼，那副惊讶的模样不像是装出来的。又看向东边第三间厂房，正是飞龙化工厂的位置。她让袁朗尽快联系上叶名窗，随后匆匆跟随陆明飞进了厂房。

一踏进刺鼻难闻的厂房，唐寒雨便戴上口罩，朝现场的人员点头示好。从陆明飞口中得知，经过消防人员的一次次排查，在第三间厂房发现了两具被烧得面目全非的尸体，目前还不知死者的身份。

渐渐走近，望见两大塑料袋中的尸体几乎被烧成炭，但从表面形状特性来看，不难分辨是一男一女。稍稍靠近尸体，就能闻到那股烧焦味。

于风吟已经戴上口罩和手套，正在进行尸检。死者呈斗拳状姿势，尸体四肢顺关节蜷缩，肌肉被火烧之后自然挛缩。她指着死者的死亡状态，继续分析道：“虽然肌肉缩了，但是骨骼没缩，因此把肢体顺着关节蜷缩起来了。不管是活人，还是死人，肌肉遇火都会挛缩，因此斗拳状并不能说明死者是生前被烧死的，死后焚尸也可以。”

“你的意思是这两人是被人先杀后烧？”陆明飞光是想一想就浑身打个激灵。

“我知道这玩意儿，高温导致肌肉挛缩，不会让肢体蜷缩到关节最大功能位置。受害者闻烟雾、炭尘进入呼吸道，从而引发呼吸道一系列不良反应，最终因为喉咙水肿等不良反应而窒息。这叫作热作用呼吸道综合征吧？”

于风吟冲姜云凡点头认可，的确如此，尸体在遇火之后，会导致皮肤收缩。一旦超过了张力限度，就会产生皮肤创口，张力过大引起的创口，应该是沿皮纹方向。所以，火灾现场的尸体有时会出现很多疑似外伤的痕迹，引起死者家属的误会。

她顿了顿，继续解释道：“再比如，死者死亡之后，由于高温作用，颅骨会发生骨折，硬膜外会出现大血肿，让人误会成死者头部生前遭受过重物打击。其实不然，这是火场尸体上的常见现象，被称为‘热血肿’。”

唐寒雨将自己方才向袁朗所了解的情况告诉他们，说道：“如果两名死者都是被人先杀后烧，袁朗又说今天所有工厂都放假，加上无法联系这个化工厂的负责人叶名窗，那我们要先从监控记录开始查起了。”

首先要缩小嫌疑人的范围，其次是排查当晚在化工厂出现过的人物。东边的厂房基本都被烧毁，说明当时吹的是西风。所幸西边地区大多是个体经营的小店铺，路边不乏天网探头。

大家一致认同唐寒雨的安排。于风吟找来四名刑警抬走两具尸体，打算先回法医中心。

与此同时，姜云凡打量着四周的角落，尤其重点检查那些黑漆漆的地方，疑惑地在地上的破铜烂铁中寻寻觅觅。过了许久，他始终一无所获，却仍未停止动作。

陆明飞心生好奇，问道："姜疯子，你转来转去，看得我头都晕了，你到底在找什么？"

姜云凡只是停下步伐："我在找起火点。在这个完全封闭的室内，助燃物不明确的情况下，燃烧最严重的地方便是起火点。"

唐寒雨看了一眼几乎荒芜的室内："可是很明显，这里根本没有起火点。或许，有可能不在室内，而在这间化工厂附近呢？"

姜云凡猛然抬头，脸上露出笑容，似乎有了好主意，独自一人轻快地跑出厂房。陆明飞追随他而去，只见他来到厂房外面，先是抬头眺望四周的环境，再伸长脖子一嗅，似乎闻到了什么，开始朝厂房左边的小巷走去。

穿过狭长又幽暗的巷子，来到一座工业废品堆积所，此处同样地面漆黑污浊，但空气中散发着一股刺鼻的硫黄臭味。他深知硫黄易燃易爆，不禁加快步伐，根据气味追去，却发现了隔壁的发电房。"哐"的一声，铁门仅剩的一块铁皮自动脱落，扬起一层灰尘。他走进室内瞧了瞧，所有设备和日常家居都被连环爆炸烧毁了。

姜云凡蹲下身，拾起一根地上的电线："根据目前情况来看，爆炸可能有两种原因：一种是电线短路导致起火；另一种是有人故意纵火毁尸灭迹。"

言罢，他抬头看见门口出现于风吟背着法医箱的身影。到了近处，她放下法医箱，从中找到一把剪刀，当场剪了一些电线和其他工业废品装入物证袋中。

"我先带这些工业废品和那两具尸体回去化验，然后再告诉你们具体的起火时间段和引起火灾的原因，以及死者的身份。"于风吟重新背上法医箱，转身欲走。

然而，她才迈出两步路，又退回了原地，感觉自己的箱子好像被什么东西勾住了。回头一看，是陆明飞拉住了箱子的肩带。

“香芋，你先告诉我，这两名死者有没有可能是被人先烧死，再扔在现场的？”

“这个要等尸检报告出来才能知道。判断死者生前烧死还是死后焚尸，要通过呼吸道内的情况和血液内的炭氧血红蛋白含量得出结论。”

于风吟回答完毕，再次迈出脚步，却还是无法走动。她顿时心中不悦，撩起乌黑的发丝，回头怒瞪着他：“陆队，你是不是想回实验室当焚尸？到底放不放手啊？”

陆明飞回过神儿来，连忙松开手，讪讪地笑：“我放，我怎么敢抓住魔女的手。哦不，是仙女，仙女您慢走，小心凡间的灰尘脏了您的鞋。”

说完，他还冲她眨眼卖萌，摆了个请的手势。

于风吟故意怒瞪他一眼，瞧他入戏的模样，有点儿想笑。后来，再也没有遇见像他那样，为了逗她笑而卖萌的男人。

转身的那一刻，她知道陆明飞跟在自己身后，便用手护住法医箱来吸引对方的目光，以此来掩饰自己脸上的笑意，然后昂首挺胸地走出发电房。

唐寒雨将这对欢喜冤家的情绪变化尽收眼底，不禁笑了笑：“你看他们，分明是一个不愿放手，一个喜欢被当作霸王那样对待。”

姜云凡望向那个送于风吟离开的背影，有点儿遗憾地说：“可惜了我的陆队，以后要被魔女折磨得多惨啊！”

此时，陆明飞原路折回来，似乎与姜云凡有感应，黏着对方刨根究底地问：“你是不是刚刚说了我的坏话？”

姜云凡心中“咯”的一声响，连忙摇摇头。为了转移陆明飞的注意力，他主动地挽起唐寒雨的手，边往外走边说：“老大，咱们还是赶紧去调查监控视频吧。”

唐寒雨顿时脸色红润，看了看他俊俏的侧脸，心思不在脚下的路，却也走得极快，似乎在呼应他的步伐。两人贴得很近，闻到一股从对方身上传来的若有若无的独特香气。

陆明飞在后面大声喊："你们等等我啊，走那么快干什么，有鬼追你们吗？！"

话音刚落，陆明飞反应回来，不对啊，他们身后的人不就是我吗？眼看他们已经走出发电房，他连忙使出吃奶的力气追上去，三人先后坐上警车，来到了附近的派出所。

"这么大阵仗啊！"陆明飞将车停稳，目光望着前方，脱口而出。

此时已是清晨5点，世界还在沉睡之中，无比寂静。天空开始黑白交替，在深蓝色的笼罩下，姜云凡和唐寒雨顺着他的目光望去，只见派出所的门外站着两排挺直腰杆儿的警察，路中间还有一位打着哈欠的老警察。他双手背在身后，顶着一双困顿的眼眸，似乎在絮絮叨叨地训练他们。

三人一下车，老警察立刻精神抖擞，笑嘻嘻地上前迎接："你们好，我是这里的所长窦苏堂，不知你们大驾光临，有失远迎啊！"

二十分钟前，窦所长接到陆明飞的电话，听说他们要去派出所，连忙从办公室的座椅上蹦起来，组织年轻警察站在大门外迎接。

陆明飞握住所长伸来的手："不好意思，这么早吵醒你，我是打电话的陆队，这位美女是唐寒雨组长，另一位是鼻子堪比哮天犬的姜云凡长官。"

介绍姜云凡的时候，陆明飞凑近所长的耳朵，声音细不可闻。所长立刻会意，在姜云凡淡漠的神色下，配合着陆明飞哈哈大笑起来。

"里面请，里面请，我带你们过去。"窦所长不再多寒暄。

原以为年轻警察们只是默默迎接，可谁知窦所长转身之后，像音乐老师一般指挥两排警察，让特案组三人在一阵整齐又洪亮的"长官们好"的口号中，踏进了办公楼的大门。

窦所长带领他们来到监控室，吩咐工作人员调出当晚的视频，然后悄悄走出了监控室。

根据派出所的监控视频，特案组得到了一些线索。19 日夜晚 10 点 15 分，一辆深蓝色的轿车驶入化工厂大门，值班保安不曾有过阻拦的行为，证明这辆轿车上的人应该是工厂的人，至少是保安所熟悉的人。过了二十分钟，一辆白色的小货车开进了大门。保安依旧没有阻拦的行为，而且接过了司机递上的一包烟。以此可以证明，保安认识这两辆车上的人。

在现场，消防人员只救出了一位幸存者。根据衣着来看，这位幸存者或许就是值班保安。那么，另外两个死者是谁？凶手又是什么样的人？

“陆队，走走走，开车回一趟发电房，有重要线索。”姜云凡迫不及待地走出监控室。

“所长，我们有急事要先走了。”陆明飞刚走到门外，就撞见端茶而进的窦所长。

“这么快啊，不喝喝茶吗？这可是昆仑山上的泉水煮的茶……”窦所长一脸惋惜地看着四盏热气腾腾的茶。

错位思维

天色明亮，阳光四射。三人坐在车上，唐寒雨打电话告诉老何关于监控视频中的线索，要求对方在幸存者醒来之后，查清不同时间段里分别开车进工厂的人是谁。

清晨 7 点 10 分，车子停在化工厂三不管地带周围，远远望见警戒线外聚集了不少工人，看他们窃窃私语的模样，应该是来凑热闹的。

光天化日之下，这片被燃烧过的工厂如同一个脸上残留疤痕的老人，墙上那些斑驳的痕迹、室内的破铜烂铁，还有实验室中的两名死者，都在提醒特案组昨晚发生过爆炸案，他们必须尽快抓到凶手。

姜云凡带着这种使命感，快步走向巷子终点的发电房，随手找了一块布料，往地上抹了一把污渍，再凑到鼻尖一嗅：“硫黄味中糅杂着一股汽油的气味。你们都别说话，最好不要发出任何声音。”

言罢，他闭上双眼，双手合十撑住下巴，脑海中浮现了一张张不同的画面，大脑替他筛选出深夜 10 点 30 分之后的场景。

两辆车驶入停车区域，开轿车的人可能是个领导。锁好车之后，他走进空旷又漆黑的厂房，开启手机的手电筒功能，照亮了前面的路，丝毫没有注意到背后，有一个人正悄悄跟随他，那人或许拿了一把锤子或扳手。

他掏出钥匙，打开厂房的办公室，笑着拿起办公桌上的一份文件。跟踪者藏在门外，盯着办公室内的人许久，愤怒的情绪汹涌而出。他为什么会盯着办公室内的男人发怒?

姜云凡皱起眉头，不，不对，办公室内有两个人，除了开轿车的男人，还有一位女人，否则女死者为何会被焚烧?

午夜时分，凶手从车上抱来一桶汽油，从发电房附近的工业废品区域，一路倒在厂房的办公室外，点燃汽油之后，迅速往西边安全区域逃离。

夜深人静，万物沉睡，办公室的男女不知外面的风向，更不知即将面临的险境。直到他们听到发电房“砰”的一声巨响，感受到一股堪比余震的威力朝自己冲来，吓得连忙往厂房外逃亡。

然而，爆炸的波及程度超出了他们的预料，室外的汽油已经燃起熊熊烈火，将二人困在办公室。浓浓的烟雾和一氧化碳迅速钻入鼻孔，他们打湿衣服捂住嘴和鼻子，掏出手机打电话求救。可是，沉睡的人们关机了。待他们想拨打报警电话时，两人已经昏厥了。

但如果凶手是先杀后烧的话，凶手应该在办公室窥见时，趁他们卸下提防之心，忽然冲进去用凶器杀害两人。所以，如果有锁定的嫌疑人，或许就可以找到凶器。

那么，这三人之间有什么联系？杀人动机是情杀，还是财务纠纷？抑或生意竞争对手寻仇？

或许，这个女人与凶手可能有不可诉说的关系，她当时的行为引爆了凶手心底的愤怒？

姜云凡心中充满疑惑，又百思不解。他睁开眼，问道：“一个人会在什么情况下，连着杀死两个人？”

唐寒雨不知他为何提问，思索之后答道：“这要看是什么类型的人，分人而定吧。如果是你，你会是怎样的情况？”

姜云凡微微一愣，从未想过自己会犯罪。毕竟，以他的大脑和才智，犯罪后完全可以不留丝毫痕迹。倘若他真的变成一个罪犯，以特案组的刑侦手段和办案模式，或许警察费了九牛二虎之力都抓不到他。

“怎么站在这讨论案情？”陆明飞到外面接完电话回来了。

“陆队，你在什么情况下会同时杀掉两人？”姜云凡回过神。

“这么大仇？”陆明飞一本正经地想了想，答道，“自古以来的大仇，无外乎是双亲之仇、夺妻之恨！”

唐寒雨微笑着看他，打趣道：“陆队，你最近看过什么书吗？还是文学根底比较深厚？说话文绉绉的。说简单点儿，如果有人杀了你父母或你的爱人，你会怎么解决那个家伙？拖出去打八十大板再斩首吗？”

陆明飞摇摇头和食指：“不不不，这太凶残了。如果真的发生了那样的事情，我会用这一辈子去追查凶手，而且是以一名警察的身份，将对方抓捕归案，让他受到法律的制裁！决不可以暴制暴！”

听完陆明飞激昂的话语，姜云凡顿时恍然大悟，激动地说：“对！主要是分人！第一，凶手可能学历不高，因此用如此低级的手法，杀人之前也没有破坏天网探头，或者神出鬼没地来到厂房。第二，凶手有可能是男性，一般来说，男人会随身携带打火机。加上工厂办公室、小巷和发电房的汽油味来推测，凶手很有可能是一名司机，要不然怎么随时取材烧厂？”

唐寒雨若有所思地点头，听到口袋里手机振动的声音，掏出来一看，是于风吟。

“老大，根据尸体检测报告的结果得知，死者是先被人用钝器敲打而死，伤口痕迹与常见的汽修扳手吻合，凶手很有可能是一名司机。”

话音一落，陆明飞为姜云凡方才的推测鼓掌喝彩。大家颇为欣慰，现在可以确定凶手是一名司机。但是，死者的DNA检测报告尚未得出结论。

挂了电话之后，特案组三人走出发电房，打算开车前往医院，探望唯一的幸存者。

特案组三人刚踏进医院门诊大厅，陆明飞又原路折回，在门口的水果摊上买了一个装满新鲜水果的篮子。

姜云凡见状觉得奇怪，问道：“你一个人吃得了这么多水果吗？”

陆明飞无奈地摇摇头：“跟你这种大脑中没有基本常识的外星人无法交流。”

姜云凡不解，跟随他们再次走进门诊大厅，却看见凌峰和老何从里面走来，在人来人往中挥手打招呼。他俩的手上都有一份文件，脸上都挂着一丝笑意，看样子是有收获了。

果不其然，老何和凌峰走到跟前，将手上的文件递给特案组三人。

老何汇报道：“幸存者是当晚值班的保安，现在已经醒来了。他说，开轿车进去的有两个人，都是飞龙化工厂的人，其中司机是负责人叶名窗，副驾驶坐着一位女会计程宛惜。而后来开货车进厂的司机是这家工厂的运输司机黄之麻。他们都以回来拿东西为由，轻易进入工厂。”

凌峰接上话：“我找总负责人袁朗确定过了，这三个人的确都是龙飞化工厂的工作人员。但是，袁朗至今打不通这三人的电话。”

“去他们家里调查了吗？”陆明飞看了看保安就诊报告和四人的身

份资料。

“还没有，正准备去呢。不过，在此之前，袁朗建议我们调查一下三个人的地址，以防他们藏在不为人知的私人房屋里。”老何答道。

“那你们先回市局信息调查科找小王调查吧，我们要去会一会保安。”唐寒雨说道。她必须确认保安没有说谎，这样破案的方向才不会有偏差。

“你自己要小心。”凌峰叮嘱道。唐寒雨对他微微一笑，目送他和老何乘车离开。

从门诊大楼往旧的住院部大楼的路上，要路过小公园里长长的走廊，期间遇到不少乘坐轮椅、手腿缠着绷带的病人，还有送饭来探望的家属。

特案组三人乘坐电梯来到五楼的 2011 单人病房，陆明飞轻轻推开门，里面有个中年妇女探出头来，问道：“你们是？”

陆明飞最擅长这种人际交往，连忙递上水果篮子：“我们是警察，来探望一下大叔。”

妇女“哦”一声，笑着接过水果篮子致谢。姜云凡此刻才明白陆明飞的用意，是为了减少幸存者家属的猜疑和基本的人情交往礼仪。可是，他的脑袋中保存的东西永远是有利于破案的专业知识。

转角便见病床上躺着头部缠着绷带的中年男人，他的双腿双手也缠着厚厚的绷带，露出的皮肉鲜红，看起来就像个木乃伊。

“小满，你先出去吧，我有话要和警官们说。”保安纪晓日先开了口。

妇女点头理解，调整了他的床位，又洗了几个水果，这才离开病房。

特案组三人分别坐在病床两侧，陆明飞生怕尴尬，开始拿刀削苹果。唐寒雨微微打量纪晓日，只见他平淡安然地坐着，双手放在腿上，但并不拘谨。她便掏出手机，给纪晓日看监控视频，对方的答案与老何所述一致，回答过程中也没有撒谎的行为。

姜云凡便正襟危坐，开口问道：“纪先生，当晚 10 点 35 分左右，他们都进入工厂一个小时之后，发电房连带着厂房爆炸了。期间你没有离开过值班室吗？难道你不怀疑他们为什么拿个东西要那么久？”

“当时我去看过，在全厂停电的时候。”纪晓日回忆的时候像是失了神儿。

晚上10点45分，纪晓日守在值班室，不断地打哈欠，两眼都快睁不开了。可偏偏这时候，“哐”的一声声，全厂的灯都熄灭了。但是，他发现除了工厂，周围的个体经营店都亮着灯光，没有人异议停电的事。

“真是奇怪了，工厂的电闸跳闸了吗？”纪晓日摸着后脑勺，打着手电筒去检查电闸。

去发电房的路上，他听见飞龙化工厂传出细细碎碎的声音。他心生好奇，走进厂房一听，原来是开深蓝色轿车的叶名窗和程宛惜，两人虽是上司与下属的关系，可在车上的时候，两人十指相扣，又说说笑笑，可见他们真正的关系不一般。

黑暗中，靠近办公室的纪晓日并不知道不远处还有黄之麻，只是听清了办公室男女的对话与呻吟声。他顿时心中一惊，不小心绊倒了一把椅子。

“是谁！”叶名窗不快的声音响起。

纪晓日脑海中浮现出他平时那些恶劣行为的画面，生怕被他发现，连忙跑出了厂房。他心有余悸地往后眺望，发现人没跟着来，下意识地拍着胸脯压惊。

过了一会儿，他听到厂房传出嘶叫的声音，以为只是男女偷欢的正常情况，便没有多在意。直到他的身后晃过一道黑影，清晰地听到了脚步声。可回头一望时，却没看到任何人，他才警惕起来，打着手电筒胡乱地照向四周。

夜黑风高，月亮悄然躲在云后，胆小的纪晓日一边安慰自己是幻觉，一边打着手电筒返回保安室。殊不知，厄运就在此刻降临了。

他刚走出两步，见到身后莫名生出了一条火路。更要命的是，火路通往左边小巷的发电房！他顿时两眼瞪大，拔腿跑回保安室，却还是被强烈的爆炸感震得不省人事。

特案组三人听后，纷纷抬头望向纪晓日。陆明飞因此差点儿割破了手指，他放下削好的第三个苹果，说出大家的推测："这样的话，厂房办公室的两名死者应该是叶名窗和程宛惜，凶手很有可能是一直没出现过的黄之麻。我们在现场没有找到他的尸骨，现在也联系不上他本人。"

"但是，黄之麻和两名死者有什么恩怨情仇呢？纪叔，黄之麻有恋爱对象或者妻子吗？"唐寒雨提出疑惑。

"我也不清楚，从没听说过黄之麻结了婚。但是，逢人介绍对象，他都拒绝。"纪晓日面露鄙夷之色，只觉得黄之麻性格太古怪了。

唐寒雨点点头，转眼看见姜云凡在发短信给于风吟，让对方匹配这两名死者的DNA。

这时，妇女小满不好意思地走进来，身后跟了两名医生。特案组三人一眼明了，陆明飞指着篮子里剥好的橘子和削好的苹果，笑道："打扰纪叔休息了，那我们就先走了，水果要记得吃哦！"

"哪里的话，长官百忙之中来看我，已经让我很感激了。"纪晓日躺在病床上也不忘微微鞠一躬，让陆明飞很是感动。

妇女小满代替纪晓日送特案组三人到电梯，医生才开始在病房里检查纪晓日的身体。

撒谎者死

前往停车场开车的路上，唐寒雨收到于风吟发来的短信，内容中透出两名死者的DNA匹配成功，DNA检测报告已经用传真机送到市局办公室。

“死者的身份确定了，就是他们。”唐寒雨打开警车的门，坐在后排车位上。

“现在就差抓嫌疑犯了，也不知道黄之麻这个狗崽子藏到哪里去了！”陆明飞边咒骂边发动引擎，忽然“叮”的一声，他的手机响了，来电人是老何。

老何只说了三言两语，陆明飞便匆匆挂断电话，一扫之前的灰色心情，激动地说：“大伙坐好了！”

姜云凡知道他肯定听到了嫌疑犯的消息，连忙握住扶手，提醒道：“少安勿躁，人是跑不了的，但我们还要命啊！”

唐寒雨微微一笑，忽觉他们俩办案时的脾性越来越相似，陆队如今已不是当初的愣头青，姜云凡在人际交往方面也有了进步。或许，当初沈老挑人的时候，便有这样的目的——让大家互相帮助彼此、提升彼此，使之变得更好。再不济，也可以使彼此的生活锦上添花。也许，这样才是真正的好伙伴。

正午时分，警车停在坑坑洼洼的巷子外，此处已经被刑警队封锁包围。特案组三人跨过警戒线，看到老何在楼梯口等着他们。

“这家伙贼得很，退了之前的房子，搬到这种偏僻的巷子里。要不是我们调查附近的货车，估计都找不到他。刚刚他居然还在睡觉，死活不承认自己杀人，现在被我们控制了，但还没有搜他的房子。”陆明飞头一次见到老何动怒，不禁对这个嫌疑犯起了好奇心。

“为什么不搜？马上搜！”姜云凡二话不说，迈开长腿，一步跨两层石阶。

狭窄的楼梯，粉白的墙面掉落在地，他们走上有警察把守的楼层。唐寒雨第一眼便看见门口的凌峰，微笑着冲他点了点头。之后，她环视光线暗淡的屋内，绿色的窗帘被拉上，房间有股酒味，沙发上堆着凌乱的衣物。坐在床上的男人发型凌乱，两眼无神，留着胡茬儿，双脚穿着破洞袜子。即使看到这么多警察进来，他也只是坐在那里，出奇的平静。

“黄之麻，我们怀疑你有杀害叶名窗和程宛惜的嫌疑，要对你的房子进行搜索！”陆明飞出示搜查证，老何等人立刻行动起来。

“各位请便，别把我的酒瓶打翻了就行。”黄之麻丝毫不感到畏惧。

刑警队搜了厨房、洗手间、衣柜、冰箱、床底、沙发底下等角落，但始终没有找到任何凶器或带血的衣服，甚至连姜云凡都没有查到一丝丝血迹。

一时之间，大家愣在屋中，姜云凡只好让他们再搜查一遍。黄之麻见状，语气充满挑衅之意：“警官，你们有什么证据是我杀的人？要是你们搜不出任何东西，该怎么对我交代？”

姜云凡冷哼一声：“不可能，我今天一定要抓你回去！”

黄之麻一脸无所谓，坐在沙发上吃起花生米：“我等你们的好消息哟！”

这个态度把陆明飞气得够呛，陆明飞便走到楼梯口的窗前调理情绪，这一眼却看到了不远处的白色货车。他顿时心中有了主意，返回房间，在姜云凡的耳旁低语几声。

姜云凡走到黄之麻的面前：“把车钥匙给我。”

黄之麻微微一愣，放下那盆花生米：“你们要检查车子？没问题，我带你们去。”

如此不避嫌又嚣张的嫌疑犯，姜云凡见得不少，但碰到硬气的人，他会比对方更硬气。在陆明飞掏出镣铐，上前铐住黄之麻的双手和双脚的时候，姜云凡察觉黄之麻拍了拍衣服口袋，趁对方转身之际，神不知鬼不觉地夺走车钥匙。

“我的钥匙呢？”黄之麻四下寻找，明明前一秒还在口袋里。

“在我这儿。”姜云凡挥了挥手中的钥匙，不理会他的怒骂，直接走下楼。

当黄之麻被陆明飞和老何押着来到白色货车前时，姜云凡已经打开车后门。空荡荡的空间有一股很浓郁的空气清新剂的气味，想必黄之麻在此之前预测过今日的事情，早已清洗过车子了。

但是，姜云凡不死心，打开主驾驶的车门，同样闻到空气清新剂的气味。不一样的是，座位和方向盘都被专门清洗过，摸上去的触感很滑，像是被涂过一层蜡，看起来焕然一新。

他顿时大喜，如此刻意的举动，必定有原因或目的。他从裤子口袋中掏出一枚小型的血迹扫描仪，打开扫描仪的按钮，一束紫色的光亮来回扫着主驾驶座位和方向盘。忽然，他停下手中的动作，仔细看方向盘中的紫光，怀疑这里有好几处血痕，便拿出扫血痕的毛笔，提取方向盘中的少许血痕，将其装入物证袋中。

姜云凡欢喜地抬头，却发现唐寒雨站在副驾驶车门那头，对着自己笑得露出了两排白牙。他将物证袋轻轻抛给她，见她成功接住，笑道："这件事就交给你了。"

"真有你的，成交。"唐寒雨摆个 OK 的手势，知道自己要去一趟法医中心了。

这一幕被不远处的凌峰尽收眼底，他一言不发，两道粗眉紧皱，捏着笔的手也不自觉地用力，仿佛把姜云凡当成了那支笔。

"陆队，我们一起送他回市局吧。"姜云凡举起唐寒雨的手腕，故意冲黄之麻挥了挥她手中的物证袋。

黄之麻瞬间神色微变，但只字不言，很快恢复淡然的神态，被陆明飞押着上了警车。唐寒雨和凌峰则乘另一辆警车前往法医中心。

开往市局的路上，坐在后排车位的黄之麻瞥了一眼身旁人，冷笑道："虽然不知道你在车上发现了什么，但是你抓了我又有何用？"

"别笑得像个癞蛤蟆，老家伙，要抽烟吗？"姜云凡从裤兜里掏出一包烟，抖了一根烟递给他，还贴心地点燃烟蒂。

“什么？你要给他抽烟？他可是嫌疑犯！”室内后视镜的陆明飞开着车，一脸不解。

姜云凡通过后视镜，冲陆明飞悄悄使了个眼色，仿佛在说：这是我与犯人打交道的方式，你别破坏我钓鱼。

下一刻，鱼上钩了。黄之麻知道警察不敢乱杀人，安心地接过烟，笑道：“我估计你小子是最受犯人喜欢的警察了。”

姜云凡笑得五官紧凑，随即恢复平静的面容，接上他第一句的话题：“我们要抓的不只是你，而是所有犯人。将凶手绳之以法，是我们给死者一个交代，还他们一个清白的方法。你凭什么说没用？”

黄之麻又笑了，知道姜云凡在套话，说道：“你们抓了我，48 小时之内没有证据，还不是要放我出来。你们警察就喜欢兜兜转转一大圈，瞎折腾！”

姜云凡凑近他，声音清冷幽然：“我问的是，为什么抓了你没用？难道你有幕后主使‘黑玫瑰’？”

黄之麻猛然吸一口烟，差点呛住自己，眼前的小子果真如那人所述不畏生死，竟敢如此靠近罪犯，就不怕我当场将他勒死！

黄之麻往旁边移了移位置，方觉不别扭，然后清了清嗓子：“以你的聪明才智，还需要我说出答案？”

姜云凡靠在座椅上，却没有放下防备，继续问：“他有多厉害？”

黄之麻想了想，烟雾从鼻孔喷出，望着对方的眼眸，冷冷道：“超出你的想象。但从某个方面来说，他可能没你聪明。”

陆明飞护友心切，讥讽一笑：“子非鱼，焉知鱼之乐？换句话来说，你又没有真正了解他们，怎能将姜云凡和‘黑玫瑰’对比？不同本质的人，根本不能相比。”

姜云凡十分惊讶地看着陆明飞，没想到这个向来只懂格斗术的男人，竟有如此文艺的一面。他突然没绷住脸，“扑哧”笑出声：“陆队，你最近很不正常哦，平时说话文绉绉的也就罢了，现在还信手拈来古文，你是不是被文艺青年附身了？”

陆明飞得意地笑：“那是，我最近在看金老爷子的武侠小说，很有文采吧……不对，什么叫我不正常？被附身了？我只是平时比较低调！”

姜云凡默默闭上眼眸，假装什么都没听见，双手合十抵住下巴沉思。

这时，黄之麻往窗外扔烟头，回答陆明飞的提问：“那些话自然是他告诉我的，听说他从别人那里了解过姜长官，关注姜长官的敌人可多了。他们曾解析过你无数次，说不定比你的朋友还要了解你。”

陆明飞忽然想起了电影《东邪西毒》的经典台词，不禁叹道：“我明白了，其实你想说的是那一句吧，最了解你的人不是你的朋友，而是你的敌人。”

黄之麻竖起大拇指：“对，就是这句话，我一个粗人记不住。”

“等一等，回归正题。”姜云凡打断他们的对话，问黄之麻，“你怎么认识他的？你们之间怎么保持来往？有没有见过他？”

黄之麻忆起那日，他开车运货到隔壁镇上的工业区。临近正午，他在高速路服务区的小饭店吃饭，端菜的服务员是个着一袭黑衣的男人，大白天在室内却戴着墨镜。黄之麻猜测对方应该是个怪人，便专心吃饭不理会。

他吃饭时，一个孩子撞过来且摔倒在地。之后，他扶起那孩子，孩子父母过来致谢。然而，等他吃完饭去付钱时，却发现钱包被偷，身上唯一值钱的只有旧手机。但饭店老板并不听他解释，要他把货车抵押在饭店，取了钱再来赎回去。

黄之麻很是懊恼和头疼，押车是不可能的，这可是他唯一的饭碗。

大伙争吵的声音，把厨房里的黑衣男人吸引了。他走到老板面前，得知事情的来龙去脉之后，竟用自己的打工时间抵扣了那顿饭钱。

黄之麻对他感激不尽，将自己的联系方式告诉那人，表示日后一定要请回这顿饭，两人便有了来往。后来，那家伙辞掉饭店的工作，来到市中心生活。

有一晚，黄之麻心情十分低落，打电话找黑衣男人出来喝酒。对方来了，坐在黄之麻对面五分钟，便道出他喝酒的原因是与恋人吵架了。这一句话把黄之麻吓了一大跳，追问对方如何知道的。对方却说自己考到了心理咨询师的证书，能够观察出一些事情。

但是，这位心理咨询师接下来的话，让黄之麻很不高兴："你女友与别的男人有一腿，那男人比你有钱。"

黄之麻听罢，当场拍桌而起，大喊不可能。心理咨询师便替他一一分析，眼看着他神色痛苦，他说如果黄之麻想解脱现在的痛苦，他可以用心理治疗的方法来帮助他。

一开始，黄之麻并不完全相信对方。但是，他喝了太多酒。酒精急迫地催他入睡，隐隐约约之中，听到一个声音在引导自己打开那扇痛苦的大门。醒来之后，他才知是黑衣男子催眠了自己。因此，他相信对方真的会心理学，接受过几次心理治疗。

"但是，我始终记不起他的样子，连他的声音都快记不清了。每次要想起他的时候，总是有个画面一闪而过，最后还是记不起。就这样维持了很长的一段时间，把我快逼疯了。"黄之麻至今仍旧奇怪，但又不敢说，生怕说出去被人笑话。

"或许你被他催眠之后，他抹掉了你部分记忆。你不知道吧，很多心理学高手不仅能看出你是否在撒谎，还拥有那样的能力。"姜云凡说道。

黄之麻一愣，连忙离他老远，神色惊恐："你刚刚不会也对我催眠了吧？"

姜云凡笑了笑："我不是这方面的专家，但我们组里有人可以，刚刚你在现场撒了谎吧。你知道撒谎的后果会是怎样的吗？"

黄之麻忽然感到背脊发凉，不禁打了个寒战：“怎样？”

姜云凡邪魅一笑，从牙缝里吐出两个字：“会死。”

黄之麻浑身一颤，这句话与那人说的竟完全相同！他不禁怀疑，姜云凡与那人有什么关系，世上会有心有灵犀却不认识的两个人吗？

卑微爱恋

在法医中心的实验室大楼里，唐寒雨探了探实验室的窗口，发现室内空无一人，转身却见洗完工具回来的于风吟。她将物证袋递给于风吟之后，对方很快用镊子夹住血痕，在显微镜下观察，随后送去了DNA检测实验室。

“东西给你，我就放心了。”唐寒雨打算下楼乘车回市局。

“这么快就回去吗？一个人来的吗？”于风吟拉住她的手。

“没有，凌峰开车来的，正在楼下等我呢。”唐寒雨笑了笑。

于风吟朝她坏笑着眨眨眼，送她到楼下，朝凌峰打声招呼，目送车子远去才返回实验室。

在车上，凌峰开车速度减慢，不仅转弯时没有打转向灯，还差点闯了红灯。唐寒雨从上车就看出他有心事，似乎在犹豫，心思不在开车上，该有多危险。

“凌峰，把车停下来吧，我有话要和你说。”

他望向她，点头说“好”，立即打开转向灯，把车子安全地停稳。

“你怎么了？”凌峰关切地问。

“这句话应该我问你，你有什么话要和我说吧？现在就我们俩，放心地说吧。”唐寒雨凝视他，眼神中尽是温柔。或许，即使过去有过难熬的岁月，起因是他，如今结束也因是他。但她终究是感谢眼前的男子的，所以才会这样望着他。

凌峰看得一时入了迷，喃喃自语："这双眼睛还是那么好看，这张脸还是那么俊俏，可惜，以后我恐怕不能抚摸了吧。"

唐寒雨微微一愣，沉默良久，收回目光，莫名地心生愧疚。她不知该如何应答，只是想在弄明白自己的心意之前，不答应任何人的爱意。以免日久情长，某一日醒来发觉自己并不爱这个人，而深深地伤害了他。

凌峰看出她面露难色，旋即发动引擎，换了个话题："我最近发现了一家很好吃的水蟹粥店，带你去吃。"

唐寒雨看着他的侧脸，这个男人仍旧记得她的喜好，即便如今她没有回应，他却还是忍不住要对她好。

下午4点50分，凌峰将车停在市局办公楼的大门口，让唐寒雨先下了车，自己再去停车场。她头也不回地踏进大门，携带着两盒水蟹粥步入办公室。

陆明飞一见她进来，推了推躺在沙发上补眠的人："快醒醒，准备开工了。"

姜云凡猛地坐起来，脸上的报纸滑落在腿上，揉了揉睡眼问道："现在几点了？"

唐寒雨将水蟹粥放在茶几桌上，看一眼腕上的手表："下午5点10分，这是带给你们的水蟹粥。现在虽不是吃蟹的时节，但味道很正宗。"

陆明飞打开袋子，取出一份水蟹粥，深深地吸了一口浓郁的海鲜气味："我们老大就是体贴，出门约会还不忘我们，那我就不客气了。"

姜云凡在心底冷冷一笑，他才不吃凌峰买来的美食，便拿起报纸盖在脸上，躺沙发上继续睡。唐寒雨见状，也不问什么，只是向陆明飞打听押送黄之麻的情况。

十分钟之后，陆明飞食完水蟹粥，再次推醒姜云凡："走了，去审讯室。"

姜云凡立刻蹦起来，听到安静的办公室响起了手机铃声。下一秒，唐寒雨接了电话，传出来的声音是于风吟："老大，我做了一份血迹分析的报告，刚刚发到你们隔壁的传真室。从与人体 DNA 数据库的匹配情况来看，男死者的确是叶名窗，女死者是程宛惜。"

"很好，香芋，你做得很好！"姜云凡高兴地跳起芭蕾舞来，转了一大圈就转出门外了。

"别这么大声夸我，我会骄傲的。"于风吟坐在法医办公室里，笑着喝了口咖啡。

挂断电话之后，陆明飞望着走廊上的男人傻眼了。姜云凡仿佛穿上了黑蕾丝蓬蓬裙，像只黑天鹅一样翩翩起舞。陆明飞以手挡住双眼："画面太辣眼睛，我简直不敢看。"

"疯子都是让人难以理解的。"唐寒雨关上办公室的门，去隔壁取 DNA 检测报告。

在审讯室，黄之麻冷眼看着桌上的 DNA 检测报告，戴手铐的双手放在桌上，眼中闪过一丝惊慌，但他并不认罪，而是看向姜云凡。

"我一直在想，为什么会说他的那句'撒谎者会死'？你和他是什么关系？难道你就是他……"

"不是！我不是'黑玫瑰'，你休想迷惑我的朋友！"

姜云凡没有看向身旁的两人，生怕他们转头看向自己，更怕那张昔日熟悉的脸上露出怀疑的表情。

黄之麻顿时笑得非常古怪："别紧张，姜长官，我只是开个玩笑。"

陆明飞听懂姜云凡的话之后，忍受不了头脑被古怪的笑声填充，猛地一拍而起："老蛤蟆，你给我闭嘴，笑得难听死了！"

唐寒雨看了一眼姜云凡，自然不相信犯人的猜测。她又看向陆明飞，他正在气头上，不想多看一眼对面的犯人。于是，她开口问道："黄之麻，是你杀了叶名窗和程宛惜？"

黄之麻点头承认，嚣张地说：“其实，我就是来认罪的，这样才能见到姜长官。”

唐寒雨假装没听到最后一句，追问：“你为什么要杀他们？”

黄之麻忽然用手铐猛地磕桌子，眼睛瞪着对面三人：“那个贱人，老子辛辛苦苦赚钱养家，她却给老子戴绿帽子。呵，结果到最后，我还是不忍心对她下手。”

“屁话，如果你没下手，那她怎么死的？”陆明飞听得稀里糊涂，觉得黄之麻又在撒谎。

“什么意思？难道程宛惜不是你杀的，而是她自寻死路？”唐寒雨隐约觉得其中还有故事，是他们之前没有想到的。

“她想和那狗崽子葬在一起，我只是成全了她的心愿。”黄之麻忆起不堪回首的往事，微微低下了头。

夜晚 9 点 40 分，程宛惜一边收拾衣服，一边说自己要赶最后一班飞机去出差。临走时，她提着一袋衣服，看一眼住了十年的出租屋，陈旧的沙发褪了色，因雨水而斑驳的墙壁起了青色的霉点，只有一台老式电视机，晾晒衣服的阳台和厨房都只容得下一个人，这里到处都是廉价的气息。更要命的是，床上那个边吃苹果边看电视的男人，十年以来，仍旧穷困潦倒。他不知道，此刻的程宛惜下定决心要走了。

她挽起精致的 Michael Kors 包包，忽觉这里的一切都与自己高贵的气质太不相符。她故意带走了部分奢华的衣服、背包、化妆品和笔记本，让黄之麻以为她只是去出差一周。

“我送你去机场吧。”黄之麻看她要开门，一如既往地起身拿车钥匙。

“不用了，大晚上你一来一回也辛苦，我自己打的去就行。”程宛惜拒绝了。

关上门的那一刻，程宛惜长嘘一口气，终于要离开这种鬼地方了。

下楼时，她提着大袋子挤在狭窄的楼道，穿着尖头高跟鞋踏上狭窄的楼层，因此险些摔下去，幸好关键时刻抓住了生锈的扶手。

在她走后，黄之麻立刻放下苹果，在窗外看着她乘坐出租车离开，然后打开手机的定位软件。黄之麻知道她喜欢那些昂贵的东西，如今都带走，估计不只是出差这么简单。他早就在她手机里植入了小型木马病毒，以此来监视她的行踪。但是，手机上显示的位置并没有往机场方向移动，而是在往市中心的海天酒楼前进。

这么晚了，她去酒楼干什么？脑海中忽然回荡着黑衣男人的话：你的恋人劈腿了，那个男人比你有钱。黄之麻连忙披上一件黑外套，戴着黑色鸭舌帽，翻出小型双筒望远镜，拿起车钥匙下楼开车。

他藏在酒楼附近的一个角落，根据手机上追踪的位置，用望远镜盯着酒楼的大门。很快，程宛惜扶着一个身穿革履的男人出来，那个男人的侧脸很是熟悉，可惜隔得太远，望远镜的清晰度不够，没能看清楚男人的脸。于是，他打算开车继续跟随程宛惜。

万万没想到，手机追踪的位置显示他们在化工厂附近，程宛惜所在的那辆车轻松地通过了保安的那一关。十多分钟之后，黄之麻以回来拿东西为由，并赠送保安大叔一包烟，也轻易地开进去了。

停好车之后，黄之麻边看手机边来到飞龙化工厂，看见办公室亮着灯光，便悄悄地走过去，却听到程宛惜的呻吟声。他顿时心中一紧，劝自己不要过去，双脚却不听使唤，越走越近。室内的对话声十分清晰，他听出来那个狗男人……正是他的老板叶名窗。

这一刻，黄之麻方才明白为何两人频繁出差，觉得一直被蒙在鼓里的自己受尽了侮辱，脑海中忽然忆起黑衣男人之前说的某个病人杀人的招式。他朝办公室诡异一笑，悄悄地跑出厂房，来到发电房关闭所有电闸，随后再次回到办公室门外。

就在他要开门侵袭时，保安拿着手电筒寻了过来。他立刻藏回一排箱子的后面，听见保安绊倒椅子，以及室内传出窸窸窣窣的穿衣服的声响。漆黑之中，叶名窗试探着吼了一声，把保安吓得跑了出去。

黄之麻知道，就是这个时刻，猛地推开门，与叶名窗扭打在一起。一向安逸的叶名窗根本不是搬货司机黄之麻的对手，不仅被黄之麻压在地上揍出鼻血，还被他用扳手狠狠地在脑袋上敲了那致命一击。

叶名窗终于无力挣扎，双手滑落，头部不断流血，一动不动地躺在地上。黄之麻知道身下的人再也造不成对自己的威胁，心中觉得快乐极了！

而一直在劝架的程宛惜发现叶名窗没有动静之后，伸出食指探了探他的鼻息，忽然“啊”的一声尖叫，恐惧地瞪大双眼，却被黄之麻捂住了嘴唇。她用力地推开黄之麻，跪在叶名窗的身边，将不断流血的脑袋放在自己的怀中，泣不成声。

黄之麻见状十分悲愤，但想起保安可能会去开电闸，连忙拉起程宛惜逃跑。可她甩掉他的手，骂道：“不要用你杀人的脏手来碰我，你给我滚！”

“你为什么要这样对我？赚来的钱，我全交给你保管。你买奢侈品，我从未说过一个‘不’字。不管你多晚才回家，我都没有阻止过，而是开车去接你。是，我没钱，一开始就只想对你好，是因为我觉得自己配不上你。可是，我都做到这种地步了，难道这还不够吗？”黄之麻很悲伤地看着地上的女人，很难相信与自己相恋十年的单纯可爱的女人已经变成了爱慕虚荣的拜金女。

“十年前，你说你会让我过上很好的生活，结果至今一成不变，穷得连家具都买不起，开着破货车送我去商场，让姐妹们都笑话我。你已经给不了我想要的一切，为什么还要来毁掉我的幸福？他死了，我怎么办？你干脆也把我杀了吧！”

程宛惜站起来，将他拿着扳手的右手挥向自己。黄之麻用力将她推倒在地，却又被她拉住手臂。两人挣扎中，扳手敲到程宛惜的太阳穴。“扑通”一声，程宛惜倒在地上，头部流出的血液与叶名窗的渐渐相融。

黄之麻顿时心慌意乱，他本没有杀她之意，却还是被她惩罚了。她用自己的死来惩罚他，让他永远记住自己犯下的罪孽。

他抱着脑袋蹲下来，现在该怎么办？两个人都死了，该怎么处理？他有点儿害怕，跌跌撞撞地跑到车上坐着，忽然心中一动，抱着车上备用的汽油桶，倒在厂房和发电房相连的路段。最后，在厂房的门口，他点燃了火焰，三条火路的焰火最终汇集在发电房。很快，车后响起了惊心动魄的连环爆炸声。

那一刻，他毅然决然地开车离去，知道自己再也无法回头，连夜将车子洗涤干净，丢掉沾染血渍的衣服。可是，他整个晚上都睡不安稳，几乎是睁着眼睡觉。

特案组三人听完黄之麻认罪的过程，陆明飞催促他站起来，要押他前往监狱。

姜云凡凑近身旁写写画画的女子，夺过她笔下的纸张一看，念道：“人的一生短暂而匆忙，要替自己多修福报。”寥寥十几字，却含修心之念。

唐寒雨不好意思地抢过来，瞥了一眼还在斟酌文字的姜云凡，起身离开了审讯室。

第四案

窥女画家

我梦想着绘画，我画着我的梦想。

——凡·高

引子

他的内心满是愤怒，悲伤使他提起笔，画下一个年轻貌美的女子，正在破旧的屋子里靠着窗边抽烟。烟抽到一半，她背靠着窗户，微微仰起头，盯着天空的眼神漠然，嫣红的唇膏擦出了唇边，脸上是她喷出去的烟雾。

她十分性感，令他着迷。

忽然画风一转，小破房里闯进来一个看不清容貌的男人，用手迅速地捂住了女子的红唇。女子顿时惶恐不安，下意识地用烟蒂烫男子的手臂，并狠狠地咬了他一口。男人愤怒不已，将她捆绑起来扔到床上，然后把窗帘都拉上，留下一个模糊的背影。

屋内一片漆黑。没过多久，女子的房门被打开了，那男人慌慌张张地逃出去。凌晨 0 点 30 分，门口出现了一道俊美挺拔的身影和被浸染了大片大片血液的床单，以及侧身躺在血床单上、死不瞑目的女子。

他停下笔，看着眼前的几幅画面，经不住汹涌的悲伤，眼泪簌簌掉落。

报案送画

7 月 20 日凌晨 1 点，警局宿舍里一直响着来电铃声。姜云凡迷迷糊糊地摸索手机，最后在床尾找到了。一接电话，他便听到唐寒雨的声音：“快起来，我们马上要去命案现场。”

姜云凡一下子清醒不少，看一眼手机屏幕的时间，大半夜也有人报案？但那头唐寒雨的语气不容置喙，他立刻起身更衣，不到五分钟已经跑出了公寓。

根据唐寒雨发来的地址，大约二十分钟之后，他找到了眼前的这栋看起来已建几十年的中档型公寓。此小区附近是普通的住宅，居民大多是外来人口。但这个路段不算偏僻，路过一家商场，和十多家独立经营的门店，就能看到目前人满为患的昇天公寓。

“死者住在 11 楼，是月星光演艺公司的二流歌手，艺名为芙蓉，芳龄 20 岁，当歌手已有两年。香芋鉴定出她的死亡时间在 7 月 19 日夜晚 10 点至 12 点期间。不过，报案人并不在现场，但我们发现了死者的手机，联系了死者生前的经纪人，现在她已经来了。”陆明飞从现场入口处一直说到了电梯口。

姜云凡一直未吭声，只是抬头看着楼梯层数。“叮”的一声，11 楼到了，他们径直走向最后那一间门外站着警察、朝南面的房间。

刚迈入房间，姜云凡就闻到了残留的烟草气味。他朝唐寒雨挥了挥手，正准备打个招呼，却皱眉问道：“现在是该说早安还是晚安？”

“随你心情。但这个不是重点，你来看看这里。”唐寒雨领着他走进卧室。

姜云凡放眼望去，唯一的一扇巨大的窗户被打开了，白色蕾丝窗帘随风飘扬。他走过去探出身子往下看，11 楼这么高，没有绳索，估计不是爬窗入室杀人。抬头看向对面的两栋公寓，同住 11 层楼的有四户人家，根据阳台上的衣服判断，其中一户家中有出生不久的婴儿。他回过头来，看着被浸红的凌乱的床单，死者侧身朝着窗户，没有合上眼就死去了，眼神还有着当时那股恐惧和愤怒。

“经过初步鉴定，受害者已经死去两小时左右。除了下体残留的些许精斑，身上有几处瘀伤，没有发现致命伤口。但床上的血液也证明了她应该是被凶手强奸之后杀害。”于风吟用胶帽滴管汲取了精斑，然后装在密封的滴瓶中。

“我进来的时候，发现客厅的探头被损坏了，凶手可能是事先计划好的。”姜云凡提供了一个细节的线索。

“我们去监控室调查了，但是当晚的电梯口没有出现任何可疑的人。”陆明飞说道。

“这证明凶手可能是从楼梯道逃走的。香芋，你那边还有新发现？”姜云凡问道。

“除了我上述的之外，还发现了地毯上的大码鞋印，沾有外面巷子里的泥土。我已经拍了照，很快就会上传到电脑匹配鞋子的信息出来。”于风吟分析道。

唐寒雨拿起床头柜上的相框，看着照片上笑靥如花的少女，说道：“看来，这个案子会让我们付出很大的精力了。首先，我们要从她所在的演艺公司查起，让公司的所有男性都接受精液匹配调查。”

“这是必然的，强奸犯不可饶恕。话说，死者的经纪人在哪里？”姜云凡环视了一圈也没看到警察以外的人。

话音刚落，门口出现了一个三十多岁的女人，她画着淡妆却还是遮不住憔悴的面容，踩着高跟鞋朝姜云凡走来，伸出来涂着红指甲的手："你好，我是芙蓉的经纪人。"

姜云凡握住对方的手，微微凑近她一闻："你好，我是犯罪行为分析家姜云凡。你刚刚去抽 SOBRANINE 了吗？"

"你怎么知道我抽的是 SOBRANINE？"经纪人愣了愣，随即双手握紧姜云凡，"久仰大名，想必你就是那位有着特殊嗅觉的长官吧？拜托你们，一定要找出凶手！"

姜云凡松开手，对外界贴给自己的标签丝毫不在意，冲她微微一笑："那你先说说芙蓉的情况吧，包括她的家庭情况、个人生活，以及工作方面的信息，通通都要如实道来。"

经纪人有所顾虑，迟疑地问："你们应该不会告诉外面的媒体人员吧？"

唐寒雨坚定地摇头："你放心，我们警察从不泄露受害者的个人隐私！"

在客厅的沙发上，经纪人饮了一大口茶，滔滔不绝地说起芙蓉。她无父无母，当时饥肠辘辘，为了一顿大餐而参加歌唱比赛，却因此被经纪人相中。那时她才 18 岁，青春羞涩，不太爱说话。好在她天资不错，很快就进公司当实习生了。

但是，当实习生的那一年，她的性格与其他人格格不入，总是做着异于常人的举动，常受到同期实习生的排挤。半年之前，她求助经纪人。后来，对方替她找了这栋旧公寓。那一夜，她躺在那张洁白的床上，轻轻地松了口气，如同从一片苦海中得到了解脱。

"她唱歌很有天赋，不会讨好人，性格比较倔强，领导不是很喜欢她，导致两年了她还停留在二流歌手的位置上。但是，她很善良，不轻易流露自己的痛苦，对别人的恶意有点儿后知后觉。唉，半个月后，她所在的团队就要出第一张专辑了，却迎来了这样的消息。"

“她住在这栋公寓的消息有多少人知道？”

“我，我上面的领导，与她一个团队的那些实习生。”

“那些欺负她的实习生有男性吗？”

“没有，全都是二十多岁的女孩。”

“那她有喜欢的男性？或者公司有人喜欢她？”

“应该……没有吧。她总说常觉得自己如同一粒尘埃那般不起眼儿，却又很享受这种感觉，无依无靠、无牵无挂。”

唐寒雨边听边在脑海中描绘了一幅画，那是一只原本生活在草原的麋鹿，为了果实来到了一片海域，受尽情绪和妄念带来的煎熬，期间挣扎过几次，可这只孤独又困惑的麋鹿终究是无法挣脱苦海中的恶魔，永远沉到了海底。

凌峰一直默默地站在门口，在唐寒雨审问经纪人期间，不仅记录了他们的对话，还将特案组所有人的推论过程和结果都记录下来。

他翻阅这些笔记，脑海中不断地思索着：凶手会是欺负受害者的实习生，还是眼前很了解她的经纪人？抑或公司的其他同事？

“她下个月 19 日要去做什么事吗？”姜云凡将日历递给经纪人，让他们看到日历上的 8 月 19 日被红笔画了个圈。

“不知道，我没听她说过。”经纪人迟钝了两秒才摇摇头。

“谢谢你的配合，我们要派人去演艺公司调查了。”姜云凡说道。

唐寒雨立刻会意，派老何安排刑警队人员去演艺公司，将所有男性都带去做精液匹配检测，凌峰也跟着去帮忙了。与此同时，芙蓉的尸体也被抬了出去，公寓一下子撤退很多人，楼下七嘴八舌的市民没了看头，也都渐渐散去。

“陆队。”见陆明飞没有回应，于风吟撞了撞他的胳膊，“陆愣青，先送我回法医中心吧……别急着拒绝，姜长官应该开了车来吧，组长就交给你咯！”

姜云凡冲于风吟摆了个 OK 的手势，于风吟便拉着陆明飞往公寓外走了。

回到市局的办公室时，一片漆黑的天色逐渐变成深蓝色、蔚蓝色、淡蓝色，糅杂着些许瑰丽色。很快，天际一片金黄，火红的太阳冉冉升起，耀眼的阳光洒在唐寒雨的脸上。现在，许多地方的空气质量令人担忧，她已经很久没有认真地看到这样美丽的日出了。她有点小兴奋，转身想与同在室内的姜云凡分享这一刻的美好，却见他已经躺在沙发上睡着了。

直到中午，姜云凡醒来，他们俩仍旧没有收到一条短信或一个电话。姜云凡按捺不住地站起来，说道:“不行，我要去看看他们的进度如何了。”

唐寒雨拉住他：“别着急，该来的总会来，吃了饭再去吧。”

姜云凡默不吭声，听到唐寒雨在打电话点外卖。他偷偷地打开办公室的门，走到市局门口，却被一个戴帽子的男人挡住了去路。

“您好，请问特案组的办公室怎么走？”那人似乎知道姜云凡在打量自己，故意把帽檐拉低，遮住半张脸。

“李理理快递公司？名字真奇葩。我就是特案组的人，这是谁的快递？”姜云凡指着男人手上的一个长方形盒子。

“不知道，收件人上只写着‘特案组办公室’。既然你是当事人，就签收一下吧。”

姜云凡接过圆珠笔，在收件人那一栏签下自己的名字，接过盒子感到分量很轻，不像是个炸弹。当他抬头想询问快递哥时，发现对方早已悄声离开。

“你去收快递了？我还以为你偷偷跑掉了。”唐寒雨很惊讶地看着出现在办公室门口的男子。

“我是有这个打算的，但是半路被这个包装得十分封闭的包裹拦住了。我有种很奇怪的感觉，它很有可能会是一个惊喜。”姜云凡兴奋地翻箱倒柜，终于找到一把拆快递的剪刀。

唐寒雨看他像个乐于拆快递的小姑娘，却神色担忧地说：“恐怕是个惊吓吧。”

话音刚落，长方体盒子被打开了，但是里面还有一个相同的盒子，他们互相看了看对方，从彼此的眼神中看到了担忧和迟疑。过了一会儿，姜云凡屏住呼吸，打开这个盒子却看到，里面装的好像是一卷书法，抑或一卷画。

他解开红色绳索，闻到一股浓重的笔墨气息。当他们看到内容的时候，唐寒雨轻轻放下手中的杯子，与姜云凡一样目露讶色，这么多张水墨画都是谁画的？为什么要送给我们？

于是，他们认真地看了又看，五张4A纸的故事内容皆有顺序，每一张上面的人物都围绕着一个女性展开了故事情节。令人感到讶异和巧合的是，这个女性看起来很像月星光演艺公司的芙蓉——特案组目前接手的案子里的那个死者。

为什么会是她？那个快递员……为何不让人看他的容貌？他来得突然，又匆匆离开，他到底又是谁？会是画这些作品的人吗？

这一连串问题仿佛浮现在姜云凡的眼前，他看着那一张张传神的画作，忽然淡淡地笑了，这个画家可能是芙蓉的粉丝？不管怎样，这些画作都证明了，这个画家非常关注芙蓉。由于经纪人说芙蓉没有追求者，那他可能就是她的爱慕者了。

从画作的内容上来看，画家当时的内心满是愤怒，悲伤使他提起笔，画下一个年轻貌美的女子，正在破旧的屋子里靠着窗边抽烟。烟抽到一半，她背靠着窗户，微微仰起头，盯着天空的眼神漠然，嫣红的唇膏擦出了唇边，脸上是她喷出去的烟雾。

她十分性感，令他着迷。

忽然画风一转，小破房里闯进来一个看不清容貌的男人，用手迅速地捂住了女子的红唇。女子顿时惶恐不安，下意识地用烟蒂烫男子的手臂，并狠狠地咬了他一口。男人愤怒不已，将她捆绑起来扔到床上，然后把窗帘都拉上，留下一个模糊的背影。

屋内一片漆黑。没过多久，女子的房门被打开了，那男人慌慌张张地逃出去。凌晨 0 点 30 分，门口出现了一道俊美挺拔的身影和被浸染了大片大片血液的床单，以及侧身躺在血床单上、死不瞑目的女子。

他停下笔，看着眼前的几幅画面，经不住汹涌的悲伤，眼泪簌簌掉落。

“你的专业已经拓展到凶手犯罪之前的现场模拟了啊？很好，做得不错。”唐寒雨看着第五张画作上残留的泪痕，不禁夸赞姜云凡。忽然，她停顿了一下，皱眉道：“但是，我总觉得这些画有什么地方不太对头。”

经这么一提醒，姜云凡将画作摆在同一排，再次过滤了一遍。过了两分钟，他激动地抱了抱唐寒雨，丝毫没看到对方的脸颊微微红了。

“你的眼睛太毒了！你看，按照画的角度来看，画家应该是通过芙蓉卧室的窗户看到的场景。根据我之前在现场的观察来判断，死者所住的地方对面有两栋公寓，同一层楼的有四户人家，虽然 12 楼的人也可以用望远镜看到她的卧室，但是能够画出这么详细画面的人应该在同层楼这种绝佳的位置。”姜云凡指着一幅画。

唐寒雨脑袋飞速地运转，替他说出了推断结果：“所以，这个画家很有可能就住在这几户公寓里。如果真是如此，报案人会不会也是他呢？当时已是凌晨，夜深人静的时候，大部分人都已经入睡，但我听说搞创作的人经常熬夜。”

窥女画家

“或许是他，又或许不是。”姜云凡快速地按下手机键盘，发出了一条短信。

“你看上去好像很高兴！”唐寒雨看着他面露淡淡的笑容。

“我应该高兴，这算是一宗有意思的案子，就像我最爱的玫瑰饼干一样有香味。”姜云凡收起手机，抓起一把桌面上的玫瑰饼干，嚼得有滋有味。

唐寒雨自然明白，他的言外之意是，“铁玫瑰”终于按捺不住无聊的牢狱生活，把自己早就准备好的计谋引上正轨了。

十分钟后，“砰”的一声，唐寒雨猛地回头，听到撞开办公室的陆明飞断断续续地问：“听说，有人送来了，好几张画，在哪里？”

姜云凡刚刚伸出搁在胳肢窝下的手指，就看见陆明飞像失了魂似的，扑向桌上的画作。

“原来是一个喜欢偷窥漂亮女人的变态啊，包裹上写了寄件人的名字吗？电话号码呢？地址呢？没有留下任何信息？”陆明飞看姜云凡摇摇头，对此感到十分奇怪。

于是，他捡起地上的快递单一看，“噗”地笑出声：“李理理快递公司？这名字真他妈奇葩！我马上拿去信息调查科让小王查一下。”

“等一下，陆队，你刚才第一句话说什么来着？”姜云凡拉住他的衣角。

“原来是个喜欢偷窥漂亮……”陆明飞被打断了。

“没错，就是这个词！偷窥！”姜云凡的脑海中忽然浮现死者的死亡状态，侧身朝着窗户，拉开窗帘就能看到对面的公寓，难道死者早就知道有人偷窥自己？当时是在求助吗？还是一种暗示？

“老大，假如你住的公寓对面有人偷窥你……我是说假如，你会怎么做？情绪上会有什么变化？”姜云凡看了一眼唐寒雨，她的眼神似乎在说：这不可能。

“可是，我住的公寓对面没有高楼大厦。假如有的话，我肯定会把那个人抓到警察局来。不过，你说到这个，我便想起了过去的一个病人。”

唐寒雨的脑海中浮现了往日的记忆，那时她的副业是心理医生，曾有一个病人是写作者。这个作者每次临近交稿期，就会独自待在二楼的书房工作到深夜。她住的二楼的每一处都由木板建成，不管是谁在木板上轻轻踩一脚，都会听到清脆的声响，更何况是夜深人静的时刻。

这个作者也比较敏感，有一次写稿到深夜，稍作休息期间，听到木板忽然响了好几次，与此同时，原本漆黑的窗边竟有白影一闪而过。她立刻站起来，以为外面有偷窥狂，便往窗外瞧了瞧，却没看到任何人。后半夜的时候，她开着台灯，几次睁开眼看向门口不敢入睡，最后是听着自己的呼吸声睡着了。

第二天一大早，她就去看了心理医生，可还是连续好几夜都没能关灯睡觉。

直到事发后的第五个夜晚，她长期对着电脑的双眼疲劳不已，便起身到窗前看夜空中冷冷的星星。这时，她的窗边来了只白色的野猫，“喵喵”两声叫得嗲里嗲气，还非常灵性地与她对视几十秒，然后一跃而下，木板又发出了那阵熟悉的响声。

原来，那晚在外面的不是偷窥狂，而是野猫啊。她的心松懈下来，终于睡了一个好觉。

“这个例子，你们能够充分地理解吧？”唐寒雨问道。

“老大，你好像个在讲课的老师哦，学生充分地理解了。”陆明飞笑道。

然而，这句话却让他遭到唐寒雨的白眼。两个大男人微微一愣，仿佛看见了夜空中难得一遇的稍纵即逝的流星。他们四目相对，好像在说，我没有看错吧？冷面女王居然会翻白眼！

唐寒雨被看得不好意思，故意轻咳两声：“陆队，我们该展开下一步调查了。第一，调查‘李理理快递公司’送这个快递的男人是谁。第二，调查死者对面公寓 11 层楼的住户有没有画家，最容易看出的方法是观察他们家中是否有画作、沾了泥土的鞋子或望远镜。”

“是，我现在就去信息调查科。”陆明飞推门出去。

此刻，在法医中心的实验室里，于风吟上传相机中的鞋印照片到电脑，用图像增强程序显示出了鞋子的轮廓，然后进行了海量的图像对比。但对比的结果显示，这是一双 44 码、鞋头较圆的鞋子，再无更多其他的消息。

她看了一眼电脑右下角的时间，起身走出实验室，回来时拿了几份凶手的精斑检测报告，纸上标着凶手的 DNA。另一方面，月星光演艺公司的男性员工很多，匹配过程会比较长。但最令她比较担忧的是，此公司的一个老板出差去了。

她打电话给唐寒雨，将目前的消息都如实汇报：“老大，我这边有一点儿线索了，嫌疑人应该是个穿 44 码、鞋头较圆的鞋子的男人。还有，根据凶手残留的精斑检测报告得到了他的 DNA 数据，但是有一个问题，这家公司有个老板没有接受调查，秘书说他去出差了。”

“行，我会找人调查这个老板的行踪，辛苦你了。”唐寒雨挂了电话。

坐在沙发上的姜云凡头也不抬，只盯着手机发短信：“我已经发给我的黑客朋友，让他追踪这个可疑的老板了。偏偏这个时候去出差？开什么玩笑呢！”

语毕，陆明飞开门而入，脸色却宛如一片铅灰色的天空，似乎头顶就要下起倾盆大雨。

“他大爷的！根本就没有‘李理理快递公司’，快递员也是假冒的！他为什么要这样做呢？站出来说自己是个目击者兼报案人，简单一点儿，不好吗？”陆明飞不太明白人为何这么复杂。

姜云凡一听，顿时笑了：“有意思，这个画家伪装成快递员，送来了这些画。”

唐寒雨也笑了，解释道：“其实很简单，因为他害怕自己的偷窥行为被我们发现后，会带给自己不好的结果，所以选择匿名报案和送画。原来这世上喜欢兜兜转转瞎折腾的人，不止我们啊！”

“走吧，我们该去命案现场对面的公寓了。”姜云凡又抓了一把桌上的玫瑰饼干，边吃边起身往外走。

半个小时之后，他们再次踏入了这片小区，直接乘电梯抵达 11 楼，按下了两户人家的门铃。第一户开门的是一位中年男性，另一户是一位抱着婴儿的妇女。

“你好，我们是市局特案组的，目前在调查歌星芙蓉的案子。我们能进去看一看吗？”陆明飞和唐寒雨分别站在门口，出示了证件。

那位抱着婴儿的妇女有点儿茫然，但还是点点头，让唐寒雨和姜云凡进去了。陆明飞则进入了另外一户的家门。

妇女把孩子紧紧抱在怀里，时而坐在沙发上，时而站在阳台上，双眼却一直跟随他们俩的动作，总是微微启动双唇，一副欲言又止的神情。

唐寒雨看出了她的不安，稍稍走近她，见怀中的孩子安然睡着，便低声道：“孩子多大了？”

妇女看了一眼睡着微笑的孩子，自己不禁也笑起来：“已经五个月了。”

在她们闲聊的间隙，姜云凡轻轻打开了鞋柜，仔细端详每一只鞋的边缘和鞋底，却没有发现端倪。他便走向卧室和书房，甚至洗手间，检查了每一个角落，均不见望远镜和画作。

唐寒雨看到姜云凡摇摇头，便起身告辞："打扰你们了。"

妇女很有礼，微笑着摇头，目送他们离开房子。

这时，陆明飞也从另外一户业主家出来，同样摇了摇头。三人便乘电梯去了隔壁那一栋 11 层楼面朝芙蓉住所的两户业主家。

可是，这次他们吃了个闭门羹，两户业主都不在家中。门铃久响不止，却始终没人来开门。无奈之下，陆明飞联系了小区的物业管理员。挂了电话没多久，电梯显示有人上来了。

从电梯里出来的是一位约莫 40 岁的女人，她气喘吁吁地说："我是小区的物业管理员，姓雷。警察同志们，有什么事吗？"

陆明飞出示搜查证，指着身后的两张铁门："你好，我们是市局特案组的，目前在调查歌星芙蓉的案子。我们能进去看一看吗？"

"可是，可是……"雷女士面露难色，又不敢直接反驳。

"你知道自己现在是在阻碍我们执法吗？"姜云凡语气有点儿不耐烦。

雷女士恰好与他四目相对，对方那一眼好像释放了高原雪地里的风，直穿入她的胸口引起一阵凉意。她连忙掏出口袋中的纸和笔，说道："根据规定，凡是除了业主之外的人，找我们开锁都要填一份表。"

特案组三人接过纸和笔，认真地阅读了内容，然后填好一些个人信息和开锁原因递给雷女士。她收好纸张，掏出一大串钥匙，终于打开了这扇铁门。

玄关处，鞋柜摆着五六双不同材质的鞋。眼神尖锐的唐寒雨一眼就看到，黑色运动鞋上沾着泥土。她蹲下身看了看鞋底，忽然一愣，不是 44 码。

姜云凡看她的脸色就知道答案，便走到最里面的房屋，小心翼翼地推开了门，并伸出一只脚试探了门口的地板，所幸没有任何利器袭来，亦没有物品砸下来。

这间屋子不是卧室，而是一间画室。环视四周，满地被风吹乱的画作，一张木质画板架，靠近画板一看，那张纸上只有女子的半张脸，眉目之间含着郁郁寡欢之色，眼神漠然，红唇诱人，看起来似曾相识。

此时，身后传来雷女士的大嗓门儿："这个业主我有印象，他戴着一副黑镜框，平时不爱出门。一出门就背着画板，但也不去很远的地方，就在附近画画。这么久了，也不见有朋友来找他。前两天看到他背了个大包出门，我还以为他去旅游了呢。"

姜云凡听着雷女士像拉家常一样絮絮叨叨，没有注意到身后正有人朝自己走来。

"这个女人很眼熟，好像是芙蓉。"唐寒雨突然出现在姜云凡身后，把他吓了一大跳。转身看到她手上拿着很多画作，每一张都是一个女人在屋子中的模样，从白昼到夜晚，从客厅到卧室。每张画分别呈现了这个女人不同的神态、动作、妆容、打扮等。

他只为她而画，他幻想着自己与她同居，并用画画记录这些美好时光。

"没错，就是她。这里还有一些不同风格的画。"姜云凡捡起地上的画作放在桌面上，盯着看了很久都没有移动，然后静静地闭上眼。

时间仿佛退到了 11 月 19 日晚上，画家在阳台看到对面房子的灯亮了，立刻回到画室，用望远镜看到芙蓉在玄关处踢掉高跟鞋，把包包丢在沙发上，再脱下金色亮片演出礼服，只剩一条丝缎吊带裙凸显着她玲珑的身姿。她打开冰箱，抱着三罐啤酒，光脚走向自己的卧室，靠在窗边打开啤酒盖，然后点燃了一根细长的烟。

在冷冷的月光下，她的红发被风吹起来，一根根缕不顺的发丝宛如她的心事。他躲在窗帘后，一直用望远镜观察对面的女人。她喝完了一罐罐啤酒，抽完一根根烟，她仰望夜空的繁星，眼角溢出晶莹的泪珠，发丝粘着脸上的泪水。这样狼狈的一面，或许只能在夜里独处时展现吧。

他轻声叹口气，不知她在工作上遇到了什么样的委屈才会哭得这么伤心。他坐下来，拿起铅笔，将方才所见的画面都一一描绘出来。很快，他完成了，因为他太熟悉她，已经画了很多幅那个女人，多到可以出一本画册。

他再次举起望远镜，只看到窗台上的啤酒罐和烟头。目光移至客厅，发现除她之外，还有一个步履不稳的高大的男人闯了进来。这么晚了，那人想干什么？他的心被提到半空，从未有过如此惧怕不安的感觉，在这一瞬间汹涌而出。

“你们猜我找到了什么？”陆明飞忽然出现在门口。

“望远镜？”姜云凡被他的声音拉回现实，睁开眼看他。

“你怎么知道？别跟我说什么很明显这类话。也不知他是怕被我发现，还是真的爱惜这个望远镜，藏得真隐蔽，我在卧室找了半天才找到。”陆明飞亮出藏在背后的奥地利施华洛世奇双筒望远镜。

“很明显，你两腿之间的缝隙暴露了望远镜的带子。”姜云凡笑着夺过望远镜，走到窗外看了看对面芙蓉的屋子，室内的物品在高科技的帮助下一览无余。

由此可见，画家应该是芙蓉一案的目击者证人、爱慕她的偷窥狂。

正义审判

特案组三人回到客厅，雷女士正坐在木椅上，见他们一出来，忙站起身问道：“你们检查完了吗？怎么包里装了东西？”

陆明飞举起手中沉甸甸的物证袋：“如果他回来找这些物品，你让他去市局领取。”

姜云凡摇摇头："不，他可能不会回来了。"

雷女士还想提出疑问，他们却已经走出去，留下她关好门窗。在电梯里，雷女士忍不住发问："为什么他不会回来了？难道他发生什么不测了？"

陆明飞冷然道："我们也想知道答案。"

雷女士见气氛不对，识趣地闭上嘴，一走出电梯，就带他们到物业管理员的办公室，打印画家的身份信息，再交给他们。

特案组三人乘车回市局。姜云凡坐在副驾驶位上，将画家的身份信息发短信传给黑客朋友，请对方帮忙追踪此人。万万没想到，他还没发出短信，就听到唐寒雨的来电铃声响了，电话那头传来了一个惊人的消息。

"老大，有两个坏消息要告诉你们。"唐寒雨连忙按下免提键，于风吟的声音传出来，"第一，精斑匹配结果出来了，可是没有一个符合的。第二，刚刚收到消息，未接受调查的老板被人杀了，现在我们正赶去命案现场呢，我马上发短信给你们地址啊！"

忽然，陆明飞踩了急刹车，把车子停在路边。一听到短信提示音，便夺过唐寒雨的手机记下路线，然后再次发动引擎，拍着胸脯信誓旦旦地说："给我二十分钟，车王保证能够妥妥地送你们过去。"

姜云凡听到"车王"时，立刻翻了个白眼，念在他勤快得像只小蜜蜂的份儿上，不与他计较刚才的破车技。

命案现场在郊外的田野里，附近有一片小林子。尸体是拾柴老人路过时发现的，死者 40 岁，是月星光演艺公司老板谭天地，膝下有一妻一儿。死亡时穿着西装，身材较为肥胖，额头的发丝几乎掉光，公文包中的钱财和文件都没有丢失。比较诡异的是，他唇间叼着一朵开得绚烂的黑玫瑰。

黑玫瑰？这会是白宰烈的接班人的标志吗？为何两个死者都是月星

光演艺公司的人？姜云凡在于风吟拍下的摄像机中看到死者的死亡状态，又听完老何的汇报。他蹲下身仔细查看死者血淋淋的伤口，喃喃低语：“致命伤在哪里？怎么看不到？”

于风吟撇过死者的头部，脖间露出了一个小圆孔：“这就是致命伤，被放血致死。”

陆明飞看向老何：“没有找到凶器吗？”

老何递上一个透明袋：“凶器是一支被折断的画笔。”

姜云凡和唐寒雨心有灵犀一般，倏然望向彼此，眼神充满了诧异，好像在心中有了答案。有一点不用质疑，月星光演艺公司肯定有着不为人知的肮脏秘密。

于是，于风吟带着从死者谭天地身上提取的血液，回到了法医实验室。而特案组其他三人则来到了演艺公司，打算展开新一轮的调查。

芙蓉生前的经纪人再次接受了唐寒雨录口供的要求，陆明飞和姜云凡则去录芙蓉生前所在的 T.O.P.O 团队的口供。

“我想了解一下，老板谭天地平时会比较照顾 T.O.P.O 团队的成员吗？”

经纪人看着唐寒雨那双淡漠的眼睛，忽然愣一愣，她很清楚对方问题的深意。虽然目前老板被杀了，但是她入行已久，知道江湖的规矩。

唐寒雨看到她几番犹豫，将嘴旁的话又咽了下去，说道：“芙蓉曾经把你当作唯一信任的人吐露自己的真心话，你难道没有想过要为她做点儿什么吗？没有过一丝丝后悔吗？”

经纪人忽然鼻头一酸，红了眼眶。往事历历在目，那个曾经笑起来总有一丝落寞的美人已逝，纵使心中填满了懊悔与惋惜，但时间终究无法后退。

“其实，下个月 19 日，也就是日历上画红圈的日子，她打算与公司解约。半个月前，我得知谭天地频繁地骚扰她，起初只是肢体偶然触摸。

有一次，在两人独处的办公室，他竟露出了生殖器。”

“之后呢？芙蓉的反应如何？两人之间的关系演变到了哪一步？”

“芙蓉警告过谭天地，可对方根本不把她放在眼里。他坚信芙蓉离开了公司，就无法在这个圈子里继续走下去。后来，两人多次因为专辑的事情吵架。谭天地总是无端地挑芙蓉的刺，要求团队全体成员多次重新录音。因此，芙蓉备受成员的排挤。”

唐寒雨认真地倾听对方的叙述，将装着智能手机的透明袋放在桌面上。

“我们找到她的手机，发现她出事那晚打过电话给你。”

“是的，她那天又被谭天地骚扰了，哭着和我说自己真的坚持不下去了。我安慰她到一半，听见她说，谭天地在敲她家的门，对方表示要和她谈论解约合同的事情。接着，我听到门被打开了，谭天地笑得很恶心的声音传入耳中，可偏偏这时手机突然被挂断了。”

大灰狼入室，之后的事情不必详细叙述，大家彼此心中也都明了。

“之前，谭天地不愿意在解约合同上盖章。他还威胁我，如果我敢放她走，他就让我无法在这个圈子里继续生存。是我太自私了，如果当时我勇敢一点儿，或许就不会有今天的结局。”

经纪人哽咽了几次，说到最后时，肩膀微微发颤，放声痛哭，桌上有一堆她擦泪的纸巾。唐寒雨收起录音笔，悄悄地离开了这间充斥着后悔的哭声的办公室。

等电梯去楼下与两个大男人集合时，唐寒雨接到了于风吟的电话，对方有一点儿激动：“老大，我有新发现！谭天地的血液检测报告结果出来了，我用谭天地的DNA与精斑的DNA匹配了一下，没想到成功了！这个千刀万剐的王八蛋，恶有恶报！”

“我这边也有了证据，可以证明谭天地就是杀害芙蓉的凶手，现在正要去和陆队会合呢。”唐寒雨眼前的电梯打开了，陆明飞和姜云凡的脸庞映入眼帘。

“还有啊，你先别挂电话，那支杀害谭天地的铅笔上有指纹。这个凶手真是太笨了，居然把凶器遗落在草坪里。根据指纹数据库的匹配结果，显示凶手是一个叫莫石的画家……咦，这个男人怎么也住在昇天公寓那片区域？”

唐寒雨握着手机，再次与姜云凡对视，眼神好像在说：果然是他。

“等等，这个三角关系弄得我好混乱，让我梳理一下。目前的情况是芙蓉被老板谭天地杀了，然后目击者兼报案人是喜欢芙蓉的画家，他送画给我们，希望我们尽快破案。但他可能失去了耐心，索性自己找到凶手谭天地，用笔把对方杀了。对吧？”陆明飞微微一笑，总算把这张关系复杂的网梳理清楚了。

“既然你都知道了，那还在这里站着做什么呢，快点派人去抓这个画家啊！”姜云凡收回与唐寒雨对视的目光，感觉自己耳朵在发烫。

“你干吗突然对我发火啊？姜长官，你的耳根子怎么红了？”陆明飞撩起他两鬓的发丝，打量起他泛红的双耳。

姜云凡没好气地白了他一眼，将自己的头发遮住耳朵。绕过唐寒雨时，感觉她在偷笑。

三人乘电梯到停车场，姜云凡坐在副驾驶位上，一路都看向窗外。实际上，他一直在偷偷地看车外后视镜中的自己，内心早已怀疑了上百遍：我的耳朵真的红了吗？

过了一会儿，他确认自己的耳根真的红了，便不再看后视镜，只想认真地想一想案子。可是，他的心剧烈地跳个不停，影响了他静心思考。暗自在心中叹了口气，没想到堂堂监狱长的干儿子竟心动得无法工作。倘若说出去，自己都觉得不可思议。

待他们抵达昇天公寓的小区时，黄色警戒线外早已聚集了熙熙攘攘的人群。凌峰正好从电梯里出来，一见唐寒雨就满脸笑容。他迎上来，说道：

“我们找遍了每个地方，那间屋子好像已经有一周没人住了，不仅没有收走阳台晾晒的衣服，还有满地的画纸。”

唐寒雨冲凌峰微微一笑，在心底轻声发问，他没有朋友，亦无恋侣，一个人会去哪里呢？

她带着疑问，按下电梯上升键，与他们三个男人来到 11 层楼画家的公寓。她刚踏进公寓的大门，就看见一个熟悉的背影。那人缓缓转过身，见到是他们来了，顿时扯着大嗓门儿喊道：“警察同志，你们可来了。我想问一下，你们什么时候可以把望远镜还回来啊？”

“雷女士，你的脸怎么了？”此话一出，雷女士用头发遮住脸上结痂的伤痕，微微低着头不看唐寒雨那双关切的目光，独自往光线微弱的地方靠，背着逆光才敢抬头看她。

“雷女士，你怎么知道我们拿走了望远镜？”陆明飞清楚地记得，当时他们用非透明物证袋装着望远镜，雷女士并没有看清袋中的物品，而且她为什么偏偏只要望远镜呢？

“我……我……”雷女士并不擅长说谎。

“画家是不是回来找过你？他的人现在在哪里？我们之所以再来他家，是因为他杀了人。所以，你一定不要隐瞒事实。”姜云凡皱眉道。

雷女士直视他们的目光，郑重地说：“是的，他前天回来了一趟，发现望远镜不见了就来找我。我告诉他是警察带走了，可话还没说完，他就像变了个人似的暴跳如雷，不但摔烂了茶杯，还很生气地扇我一巴掌，留下了脸上这条伤痕。然后他就走了，什么也没带，不知道他去了哪里。”

关键线索中断了，唐寒雨顺着雷女士指向的垃圾桶走去，翻了翻茶杯，没有凶手残留的血迹，那就不能用警犬搜寻目标人物。她走进卧室，凌峰紧跟其后，看她先检查了衣橱的衣衫，全是清一色的休闲装。当她要关上衣橱时，忽然定睛一看，蹲下身扯出叠着的蕾丝裙，以及一件似曾相识的丝缎刺绣旗袍。

“陆队，你上次在卧室发现了这些女性的衣服吗？”

陆明飞走进来一看，对唐寒雨摇摇头，表示从未见过。

那么，为何现在有这些衣服？唐寒雨端着那件旗袍，脑海中忆起了芙蓉家中墙壁上的照片，笑靥如花的少女，身上穿的正是这件丝缎刺绣旗袍！

姜云凡已进入最里面的画室，看见地上的画张已经被收入一包牛皮纸袋中妥善保存。他站在落地窗前，静静地往外眺望。忽然灵光乍现，发现自己忽略了一个很重要的线索。画家是因情杀人，事情被曝光之后，他很有可能会去芙蓉的家中，幻想自己与她同居，以此来“实现”他最后的梦想。

他兴奋地跑去卧室，与往画室跑的唐寒雨撞了个正着。唐寒雨不慎扑进他的怀中，搀着他的双臂，两人下意识地凝望着彼此。

殊不知，凌峰已经面色发黑。

陆明飞轻咳两声，眼神往四处扫去，假装没看见一样。唐寒雨迅速站起来，感觉自己的脸颊微微发烫。

一时之间，四人的脸上流露出奇怪的神情，默契得一言不发，气氛很是尴尬，令人感到窒息。姜云凡连忙转移大家的注意力，说道：“陆队，走吧，去芙蓉的家里抓凶手！”

误入迷途

他站在白色蕾丝窗帘后，眼瞧着一大群人从对面的公寓陆续走出来，绕过一个小公园中的市民，跨过一架石桥时，没人看池塘里色彩艳丽的锦鲤，全都像是要上战场一般气势汹汹地走进了电梯。

很快，他听到“叮”的一声，11楼的电梯被打开了，那群“官兵”迈着凌乱的步伐，正渐渐逼近这间原本平静的屋子。

门铃声响起，他依旧站在窗前一动不动，出奇的平静。

姜云凡连续按几次门铃，始终无人应答，亦无人来开门。但他坚信对方就在屋中，情急之下，他找来物业管理员，不到两分钟就打开了门。

刑警队立刻举起枪，冲在前头为特案组保驾护航。他们检查厨房和书房都发现没有异常，便悄然走到那间紧闭的卧室门外。老何故意敲了敲门，等待了两秒，正要开门而入，谁知这时一颗子弹穿门而出，直射客厅的墙壁，“哐”的一声巨响，芙蓉穿着旗袍的照片掉落在地上，相框的玻璃碎了满地。

好险！凌峰在关键时刻，护住前面的唐寒雨，两人弯下腰才得以躲过这一颗致命的子弹。

但是，险境还未结束，连续两颗子弹穿门而出，分别射进了洗手间和厨房的玻璃门。唐寒雨却低叫一声，碎玻璃弹进了她的脚踝。凌峰看到鲜血流出，立刻抱她到客厅的沙发上，在木质柜子里翻药箱。

姜云凡回头看到这一幕，顿时焦急如焚，见她眉头紧蹙，满脸疼痛难忍的模样，不禁自责起来，怪自己没有照顾好她。他悄声跟到客厅，看了一眼唐寒雨的脚踝，连忙翻箱倒柜，想比凌峰提前找到药箱。

而卧室门外，陆明飞根据子弹飞来的方向，确定了莫石的位置。他迅速地打开房门，对准床边的位置开了第一枪。

莫石的左腿被打中，鲜血宛如泉水一般喷涌而出。他吃痛得龇牙咧嘴，额头不断地冒汗。但人的意识强大到可以忍住疼痛，他靠在床边，再次举起枪，报复门外的刑警队！然而，他这一枪并没有射出房门，只是卡在了红木门上。

陆明飞见状，心知对方已经中招且心有余而力不足，立刻推开门，以迅雷不及掩耳之势扑倒床上，勒住莫石的脖子。老何等人纷纷入室，用手铐铐住莫石，收走被血液浸红的地毯上的手枪。

“队长，接下来先送到医院取出他腿上的子弹吗？”老何请示。

“算他好运，没被我打死，我和你们一起去医院。”陆明飞点头。

莫石一听，回头望向陆明飞，又望了望其他人，神色依旧平静，看起来却像是在找人。

刑警队出来的时候，姜云凡已经找到药箱，见莫石被押着出来，他将药箱塞进凌峰的怀里，兀自跟随陆明飞他们走出这间屋子。

“组长，你腿不方便，就由我和陆队去办吧，我们会把凶手押回市局。”姜云凡说完，唐寒雨点头称好，目送一行人离开屋子。

谁都没有看到，莫石听到姜云凡主动去医院的话语时，苍白的脸上浮现了一丝笑容。

在前往附近医院的救护车上，姜云凡坐在一侧，看着躺在急救担架上的莫石。

“莫石，你为何要让谭天地嘴叼着一枝黑玫瑰花？”

“姜长官，你说话真直爽，我就喜欢你这样的人。不像我，只能在暗中关注喜欢的人，连句喜欢她的话都说不出口。”

“少给我扯犊子！老实回答我的问题！”

“其实，你心中早有答案，不是吗？何必明知故问呢？‘黑玫瑰’只不过是那个男人衍生出的一朵花，你们以为自己能折断多少枝呢？”

姜云凡冷哼一声，明白对方的意思，“那个男人”指的是白宰烈，他是头号玫瑰，在他入狱之前，培养了数枝玫瑰花，特案组想要折断花枝，还得找其根源——“铁玫瑰”。

转念一瞬间，姜云凡死死地盯着莫石，那眼神似乎要把对方穿透。实际上，此刻他已进入了自己的思维世界里，那里有飘浮在空中的画面：芙蓉死亡状态的照片，谭天地死亡状态的照片，莫石那张外表看起来斯文的脸，还有画室的场景和双筒望远镜。这些东西都有一定的连接，否则不会自动地浮现在脑海中！

莫石被他的眼神看得心慌，低声嘟囔了一句“疯子”，便把头撇在一边。

陆明飞头一次看到姜云凡这么长时间不眨眼，且连唤对方三声都没有回应，吓得他用手在对方的眼前晃了晃，依旧没有任何反应。

这一刻，时间于姜云凡而言仿佛静止了。就在陆明飞准备摇醒姜云凡时，对方眨了眨眼，疯狂地笑道：“我知道了！”

“你知道什么了？你没事吧？”陆明飞关切地问。

“姜长官，你病得不轻啊，该找时间去看一看精神科的医生了。”莫石回过头。

“根据你提供的线索，7 月 19 日的夜晚，原本你只是习惯性地用双筒望远镜窥看芙蓉，打算画下了她微醺时的状态之后，就去睡觉。可谁也没想到，谭天地突然现身于芙蓉的家中，并且捆绑了她，还将她丢在卧室的床上。”姜云凡丝毫不理会他的嘲讽，自顾自地说。

当时，卧室或许开着一盏小台灯，芙蓉恐惧地瞪大眼，盯着脱掉衣裳的谭天地，用力地蹬双腿抵抗。光影投射在窗帘上，看见这些画面的莫石猝不及防，脑海中全是不堪入目的画面。他拿起手机，愤怒地甩门而出。等电梯的时间太长，他便走进楼梯道，一路上步伐快得要飞起来了。

已是深夜，空中悬挂一弯月亮，洁白的月光伴着婆娑的树影，疏如残雪。他越过一座石桥，等不及从 20 楼下来的电梯，只好从楼梯道跑上 11 楼。抵达的时候，他看到门敞开着，心中那股强烈的不安却达至顶峰，他缓缓走进屋子，每一步都走得极为艰难又沉重。

果然不出所料，静得可怕的卧室里，芙蓉侧身躺在血淋淋的床上，安静得一动不动，那双充满恐惧和憎恨的眼睛里，残留着一丝求助。或许，她知道他在窥见自己，临死前还希望他来救自己，那个一直用极端的方式关注自己却从不打扰的画家。

画下这一切的莫石应该是明了了，才在报案之后连夜绘画，再伪装成快递员送画到市局。

“可惜，送给你们也没什么鬼用！如果不是我用钱聘请黑客和侦探，那个畜生早就逃之夭夭了！”莫石忆起了那晚的一切，神色既悲伤又愤怒，激动得想坐起来，可腿上的伤让他痛得无法动身，刚微微仰起的上半身，瞬间又躺了下去。

人们愤怒的时候，说出的语言很难听，却偏偏都是最想说的话。越是控制不住情绪，越容易暴露一些关键的东西。

姜云凡微微一笑：“你的黑客和侦探是‘黑玫瑰’？我想，他应该只告诉了你如何杀人，却没有告诉你杀人之后还要收拾现场吧？”

莫石一愣，意识到自己图一时口快说多了话，连忙摇头：“什么‘黑玫瑰’，我根本不认识。”

姜云凡冷笑一声：“你不用急着反驳，虽然是白宰烈的接班人，但是他们的毛病还是没改啊。只贪图杀人时的快感，不会教新手收拾现场，所以你才会被警察抓到，明白吗？”

最后一句话仿佛是只无形的手，扇了莫石一耳光。谁为白宰烈身边的人开脱，谁就是那个帮人数钱却不知自己被卖了的傻瓜。

“是，是他。一个全副武装的人，看不清他的面容，大热的夏天，却戴着一副黑色的皮革手套。他只递给我一封信就消失了。信里不仅有谭天地的行踪地址，还有那枝‘黑玫瑰’。”

话音刚落，车子停下来，后车门被打开了，医护人员围上来，将担架放在医疗车上推进医院，刑警队的两名警察紧紧跟随他们。而走在前面的陆明飞回头发现，姜云凡仍旧站在医院门口，不禁喊道：“姜大神，你在发什么呆呢？快跟上来啊！”

姜云凡环顾了一圈，发现没人刻意观察自己，方才小跑着追上他们。

这时，藏在石柱后戴着黑色鸭舌帽的人才走出来，冷冷地看着姜云凡渐渐远去的背影。

莫石腿上的子弹被取出来之后，接受了一次审讯，承认自己杀害了谭天地，犯罪动机是喜欢的芙蓉被谭天地污辱后死去。

莫石，25 岁，画家，单身，爱慕对象是芙蓉。两年前，他家对面搬来了一个他眼中的绝世美人。起初，他每晚都用普通的望远镜窥见芙蓉的一举一动，清楚她大概会 8 点回家，有时会晚一点儿，只有经纪人去过她家。即使是休息日，她也很少外出，没有男性去过家中，因此得知她还是个单身贵族。

他很激动，想了一整夜如何表白，却始终没有开口说出。休息日的时候，她会在小区公园里晒太阳。他便提起画板，坐在她身后不远处，静静地画她的背影。偶尔，她会买饼干或面包来喂鱼，站在石桥上，对着蜂拥而来进食的鱼儿低声对话，笑靥如花。莫石为她画下这一面，笔下的石桥只有她，其他人都被他自动屏蔽了。

他暗恋芙蓉两年，眼中只有她，笔下也只有她。其中，有一幅为她而画的作品，被人用高价买下。做着与她相关的一切事情，都能让他快乐，即使她可能还不知道自己这个人。

那晚目睹她被人杀害，成为他至今都痛恨和自己的事情。原本，他送画到市局之后，在家中等待了两日，可特案组一直没有找到凶手的线索。他按捺不住了，花重金寻人调查凶手，却意外发现了一个老板谭天地与芙蓉争吵的视频。根据这条线索追下去，他发现了谭天地的卑鄙之处，更确定了谭天地就是杀害自己心爱的人的凶手。

但是，他调查不出谭天地的踪迹。

直到 23 日，一个自称是侦探兼黑客的人找到他，表示从朋友口中得知他在找一个演艺公司的老板，并且已经调查出老板躲在小乡村的某栋别墅中。莫石顿时大喜，掏出一笔钱给那人当作报酬，可对方却不接受。

“当时，那人只肯与我做一笔交易。如果我想要得到地址，就要杀了谭天地。我犹豫期间，他一直提醒我那畜生污辱了芙蓉，让我恨不得揪出那畜生扒了他的皮，所以答应了这笔交易。”莫石坐在审讯室里，

“你当真没有看到他长什么样子？”唐寒雨狐疑地盯着莫石。

“你不是会画画吗？把那人大概的模样画出来。”姜云凡说道。

陆明飞递上一张白纸，再给他一支笔，然后站在他身旁，生怕他用笔自缢。

然而，莫石接过笔之后，只是努力想了想，就在纸上描绘出了一个人物：健壮的身材，戴着墨镜和口罩导致完全看不清真面目，其身高可能有 178 厘米，身上穿的衣服不是大牌。

即使是寥寥数笔，也透露出了对方不少的信息。

第五案

奇诡新娘

人不是根本不相信自己的死，就是在无意识中确信自己不死。

——弗洛伊德

引子

7 月 28 日上午 9 点，市区下起罕见的大雨，地表的热气浮上空中，清凉的雨水没有降温，反而让人觉得有点儿闷热。公交车上的白领们纷纷不解，出门时未见有雨，此刻手机上的天气预报软件却显示整日有暴雨，提醒市民出门要带雨伞。

忽然，人群中“啊”的一声尖叫，所有人循声望去，以为是某个女子被人猥亵了。却见那女子不好意思地捂住嘴，将自己的手机给身旁的女友一看，对方也面露讶异不安之色。

接着，车上所有人的手机仿佛中了病毒，全都显示了一条新闻：某栋废弃的商业大厦附近，有一具古怪的女尸。

新闻附上的图片是死状非常骇人的女尸，浑身上下没有丝毫血色，脖子处有两颗明显的呈绿色的牙洞，乍看之下像是被什么东西所咬，且吸干了她身上的血液。

这时，大家听到公交车上响起广播员的提示音：下一站，东方商业大厦。

咬喉奇案

7月28日清晨7点28分，陆明飞第一个抵达市局的办公室，先泡了杯咖啡，一边慢慢酌饮，一边习惯性地刷新手机页面。忽然，他刷到某个论坛上的一则题为“僵尸咬死女人”的爆料帖子，顿时大感好奇，便打开帖子仔细阅读内容：

每位点开帖子的朋友，请相信，这不是危言耸听——世上真的存在僵尸！而今，它游走于我们或亲朋好友的身边，可能随时随地从某个角落跳出来咬你一口！

今日清晨6点30分，天刚亮，阳光正好。我毫无防备地从家中出门，前往商业大厦附近的公交站台等车。由于商业大厦施工到一半被暂停后变成了烂尾楼，这条路附近的地皮还在被开发中，当时街道上人流稀少，清清冷冷，半天都不见一个人影，更别提慢悠悠开来的公交车了。于是，我捧着热乎乎的包子和豆浆，坐在站台的凳子上，可刚咬一口包子，就听到不远处传来凄惨的叫声！

光天化日之下，那女人的惨叫声充满绝望和悲伤，吓得我手上的包子都掉落在地。我慢慢站起身，回头看向声音来源地，正是那栋被废弃的商业大厦。我这人天生好奇心重，虽然心中甚是恐惧，但当时我的双脚却情不自禁地朝着商业大厦迈进。

靠近大厦，隐约听见里面传来类似“不要，求你，救我”的求救声，没过多久，再也听不到声响了。我轻轻推开大铁门，顺手抡起一把木棍，打算遇到坏蛋就抡过去先揍一顿，可惜，对方没有给我这个机会。

我小心翼翼地走进大厦，发现一楼遍布神秘又诡异的黑纱，像是真发生了什么见不得光的事情。越是神秘，越吸引我的好奇心。我撩开黑纱，几乎蹑手蹑脚地来到有房间的走廊上，无意间目光瞥了瞥第一间空旷的办公室，却将我吓得差点儿尖叫到喊妈妈。

那是一具非常骇人的尸体，死者浑身上下没有丝毫血色，脖子处有两颗明显的绿色的牙洞，乍看之下像是被电影里的僵尸所咬，且吸干了她身上的血！

或许看到这里的你仍旧不相信，但我有证据来证明句句属实，绝无虚言。

陆明飞按下一页，看见一张的图片，差点被咖啡呛到。他放下咖啡杯，放大帖子的图片，仔细看了看，死者的死亡状况的确如楼主所述。

“陆队，你在看什么？我叫你两声都没听见？”唐寒雨走进来。

“我看到一个很古怪的帖子，你们相信这世上会有僵尸吗？”陆明飞说完就后悔了，这个问题肯定会被嘲笑。

果不其然，第二个推开门的姜云凡刚好听到，他毫不客气地笑起来：“陆队，你最近是不是看多了《僵尸道长》？甚至做梦都梦见自己被僵尸咬了？”

陆明飞瞪他一眼：“我是认真的，不信你们自己看。”

唐寒雨接过手机，姜云凡凑近她，两人仔细地看完了帖子的内容。可唐寒雨仍旧不信，认为这是无聊的网友只为图一时之快而制造的谣言帖，死者的图片是利用修图软件合成。

她向来秉持一个原则，那便是自己没有查实的事情，被网友疯传的热点新闻，她都不会相信。只有这样，才不会轻易掉入骗局中。

姜云凡点头认同她，顺手喝了一口陆明飞的咖啡，两人把陆明飞气得无言反驳。

就在这时，唐寒雨的手机铃声响了，来电显示人是老何。刚一接通电话，那道焦急的声音就跑出来：“唐警官，我们接到一个报案电话，对方声称自己在一栋被废弃的东方商业大厦，发现了一具被僵尸咬死的女尸。我觉得他的话很荒谬，但仔细考虑之后，觉得还是要向你们汇报一下。现在，我们要赶过去吗？”

特案组三人纷纷望向对方，这宗案子怎么与网上的帖子所描述的一模一样?

“当然，我们要马上过去。陆队，去开车吧。”唐寒雨挂断电话，看着陆明飞得意地挑眉，随后飞快地跑出办公室。

“真是活久了什么都能看得到啊。我刚刚通知香芋了，估计她会很感兴趣。”姜云凡发完短信，起身伸了个懒腰。

“现在下结论还为时过早，先去看看再说。”唐寒雨推门走出办公室。

特案组四人在现场齐聚，这地段人车稀少，此时的现场已被警察封锁，围观群众寥寥无几。四人见到门口的老何和凌峰，从他们手中拿到死者的身份信息，快步走进大厦一楼，撩开一层层神秘黑纱，看见了地上与网帖报道一致的女尸。

于风吟初步检查尸体，发现尸体的脖子有咬痕，上面的牙洞却不是血红色，而是绿色，因此感到很奇怪。她指着脖上的伤口，分析道：“这伤口有点儿问题，一般来说，人类或者动物的牙齿咬合造成，人的牙齿与磨牙锐利程度不同。当咬合时，上下牙齿紧压皮肤，会在受害人的皮肤上形成两列相对的弧形挫伤和表皮剥落。”

姜云凡仔细端详咬痕，问道：“伤口怎么是绿色的？该不会有毒吧？”

陆明飞也凑过去，突然拉住姜云凡往后大退一步：“千万别摸，看起来好像是僵尸咬的，肯定有毒！”他下意识地摸了摸自己的脖子。

话音一落，四周的黑纱飘动，安静的室内阴沉，窗户“砰”的一声响，竟全部默契地自动关上了，可是却没有一丝风吹来。

于风吟不知何时跑到陆明飞的身后，突然两手轻轻掐住他的脖子，笑得非常阴森：“我要吸干你的血，再把你丢到乱葬岗喂苍蝇！”

陆明飞顿时惊恐地瞪大眼，使劲地掰开她的芊芊玉手，却一直掰不动。因脖子被掐住，他的脸色迅速涨红，呼吸很不顺畅，只得本能地伸手求助：“老大，有僵尸！救命啊！”

唐寒雨朝他们翻个白眼：“你们把戏演得这么足，不当演员真是可惜了。”

陆明飞憨憨一笑：“你们别不相信嘛，毕竟世界之大无奇不有。我猜凶手肯定看多了僵尸片。我记得香港电影的僵尸片里，就有僵尸咬人之后，伤口呈现绿色，因为有僵尸气。”

唐寒雨一听，忆起有段时间，自己因压力过大而看了几部惊悚的美剧，之后却像是得了看剧后遗症，不仅幻想自己成为吸血鬼，还梦见自己被吸血鬼咬了一口之后，自己终于梦想成真。这样一来，陆明飞所言不无道理，或许世上真有这样变态的凶手。那么，凶手会是什么样的人呢？

“其实，看恐怖片或僵尸片，一是人的本能欲望，对未知的事物感到好奇。二是惊悚片可以减压，男女通吃。我认识很多爱看这类电影和电视剧的女性，大部分人都产生过看剧后遗症。”唐寒雨道出自己臆想成为吸血鬼的例子。

“我就从来没有你说的那种情况。”姜云凡立即反驳。

“那是因为你不太正常。”陆明飞脱口而出，愤愤不平地说，“依我看这宗案子的凶手绝对有毛病，居然假装僵尸来杀人，是吃多了撑的发起了这宗特殊命案？”

“这要看凶手的心理情况和当时的犯罪心态了。”唐寒雨望着尸体。

“凶手是随机作案？还是有固定模式犯罪？”蹲在尸体身旁的姜云凡提出疑惑。

“这两种有什么区别？”陆明飞反问道。

这两种模式是常见的犯罪模式。一般来说，随机作案比较难侦破，犯罪的人通常是那种流窜的连环杀人犯，为了谋求生存或不暴露身份，只要被人发现，就会下手杀人灭口。但有些也有漏洞，比如死者身上会有共同的特性，只是通常让人很难发现。

而固定的犯罪手法，就像“铁玫瑰”这种杀人之后会留下标志性的物品或记号，故意告诉警方是谁犯罪，但这种做法有时也会产生误导作用。

听姜云凡耐心地解释之后，陆明飞似懂非懂地点头：“原来是这样，那目前这宗‘僵尸’咬喉案采用的应该是固定模式的犯罪手法吧？”

唐寒雨摇头反驳：“不，这个还要等落实女死者的身份，找到相关嫌疑人之后，挨个进行排查，然后找出犯罪动机或心理问题才行。我到时候会专门对嫌疑人进行心理评估和人格分析。”

于风吟收起量尺，再次蹲下身，边检查尸体边说：“凌大哥，你记一记死者身高 160 厘米，穿着修身大红色礼服，一头乌黑的长发……”

“还有吗？于法医？”凌峰站在于风吟的身后，看着沉默的背影问道。

于风吟停顿很久，也没再说话。他好奇地蹲下身，望向一直在检查尸体的于风吟，却见她面露诧异之色，似有什么预感似的从法医服的口袋里掏出口罩戴上。

她再捏住死者的下巴，微微使点劲儿，死者的嘴自动张开了。可接下来却让她心生呕吐之意——死者的嘴里飘出一股恶臭味，口腔内部早已溃烂，流出了浓黑的血水。

这时，嗅觉灵敏的姜云凡也闻到了，捏着鼻子漫步走来：“好臭啊，好想吐，香芋，你到底在搞什么？”他皱眉走到女尸面前，大感意外，“我的天，死者口腔怎么会有这股味道啊……是身中剧毒了！”

于风吟点点头：“我知道死者中毒了，只是不明白，为什么她的中毒特征不明显？你看她浑身上下没有半点儿中毒迹象，皮肤和五官都没有变色，更别说流血了，一点儿血色都没有啊！”

陆明飞搓了搓双臂突起的鸡皮疙瘩：“太诡异了，实在是太诡异了。”

唐寒雨想了想，说道：“中毒未必会立刻蔓延全身，有些毒有延时性。还有一种可能性，受害者死后才被投毒到体内。因此，毒性无法在身体里运转，自然只会停留在表面，而不会深入体内的各大器官。”

于风吟翻开死者的眼皮，头一次反驳她：“老大，你这样说就不对了。你看死者的嘴里明明飘出了浓烈的恶臭味，若巨毒没有进入体内的器官，那口腔怎会有毒发的症状呢？”

陆明飞先是看了看一头问号的唐寒雨，又看了看胸有成竹的于风吟，连忙站出来说：“大家都别争了，咱们还是让检测报告来给出结果吧。”

“我正有此意，对尸体进行一次深度解剖，顺便提取死者的DNA。若能在DNA数据库中匹配出死者的身份，就更好了。所以，陆队，尸体就拜托你送回法医中心了。”于风吟冲他眨了眨眼，立刻走出大厦，不给陆明飞拒绝的余地。

陆明飞感觉她偷偷地笑了，本想向姜云凡求助，结果这个没良心的家伙跟随唐寒雨，转眼间已走到门口。只剩他一人硬着头皮，屏住鼻息，快速地拉上塑料袋的拉链，封闭那阵恶臭味。他这才再次正常呼吸清新空气，瞬间竟有一种世界无比美好的感觉油然而生。

“老何，你去发布人口走失的公告吧。一旦有知情人士提供相关线索，就核对死者的真实身份。”唐寒雨对守在门口的中年警察说道。

“是，凌峰有死者的部分信息，我们立刻去办。”老何与凌峰去乘警车。

临走时，坐在车上的凌峰忍不住望向大厦门口，却见唐寒雨和姜云凡有说有笑，忽然胸口隐隐发痛，甚至让他难以深吸一口气。他撇过头，忍住眼中的悲伤，暗暗发誓一定要让寒雨重回自己的怀抱。

奇诡新娘

次日上午8点30分，市局来了一位拄着拐杖的老奶奶。陆明飞去门口接她时，发现她坐立难安。他扶着老奶奶走去办公室时，发现对方习惯性地用手上的拐杖来探路。她是个盲人——陆明飞知道却不说，只是搀扶着她慢慢地走。

踏进办公室，唐寒雨先自我介绍，再介绍了姜云凡。老奶奶还没坐下，就掏出口袋中的一个纸团，将其抚平才发现是老何发出去的寻人启事。

她指着女孩的照片，又指了指自己的眼睛，抱歉说道："警察同志，我眼睛看不见，你们帮我确认一下，她是不是我孙女徐佳月，好吗？"

"老人家，你别急，先坐下慢慢说。"唐寒雨扶着她坐在沙发上。

"我孙女25岁，高高瘦瘦，有一头黑芝麻般的长发，长得很清秀，在金城集团上班，是一名会计呢。这丫头什么都好，就是比较任性。这次出门好多天了，也不打个电话回来。还好我邻居告诉了我，让我来警局认领人。警察同志，我孙女现在在哪里啊？她是不是犯了什么错被关起来了？"盲人奶奶絮絮叨叨说了很多，脸上洋溢着笑容。说到最后一句，她有点儿紧张，苍老的双手紧紧握着拐杖。

特案组三人互相看向彼此，老奶奶所描述的孙女确实与受害者的基本条件相符。他们面露难色，不知道是否要把事实告诉她。

老奶奶看上去应有70高龄，正处于一个容易突发致命疾病的年龄段。唐寒雨犹豫了一会儿，决定暂时不告诉她。为了消除她的疑虑和了解受害者，两人开始聊起受害者的话题。

“奶奶，你孙女不是我们寻人启事上的人。别太担心，她可能是出差太忙，忘记打电话给你了。”

“是啊，她工作特别忙，常说自己虽是个小职员，但也总是要加班，认为这样才有升职的可能性。”

“她出差前有没有说过自己要去哪里呢？或者，有没有说过什么？”

“我啊，年纪大了老是忘记东西，让我想想……想起来了，她说要去参加公司老板的儿子的生日宴会，还说如果运气好的话，有可能升职让我享福呢。这丫头，我都这么大年纪了，不知道自己还能活多久，享福什么的都不重要了，唯一的牵挂就是她现在还没有找个好人家。”老奶奶长叹一口气，面露担忧之色。

唐寒雨脑海中回荡着“生日宴会”四个字，打算利用这个线索来调查。

忽然，老奶奶颤颤巍巍地站起身：“既然不是我孙女，那我可以放心地回家了。打扰你们工作了，真不好意思啊！”

陆明飞立刻搀扶着迫不及待离开办公室的老奶奶，扶她走过长廊，叮嘱她在办公大楼门外等待，然后自己像亲孙子一样迅速跑到停车场，开车送她回家。

唐寒雨和姜云凡跟随他们，在办公大楼的门口目送警车离去。两人倍感欣慰，陆队总会替他们做这些不擅长的事情。

“你已经发短信给于同学了吗？”唐寒雨看向身旁的人。

“发了，她说很快就会出结果。”姜云凡收起手机。

“顺便让陆队问一问老奶奶家的邻居，她孙女徐佳月平日是不是真如老奶奶所说的那样？祖孙两人相处的情况如何？”唐寒雨提醒道。

“好。那你呢？”姜云凡掏出手机准备打电话，他知道陆队通常不爱看短信。

“我通知老何和凌峰去核实金城集团的会计名单。”唐寒雨边说边拨电话。

接到姜云凡的电话时，陆明飞正走在巷子里打算回市局。两人三言两语表达清楚之后，本想返回去问老奶奶。但仔细一想，若是向当事人询问，肯定会暴露唐寒雨的善意谎言。

这时，他遇见不远处有一位在修鞋的老大爷，正坐在家门口，身旁摆着好几双女鞋。

他过去坐在小木凳上，老大爷抬头看他一眼，笑道："小伙子要修鞋？"

陆明飞微微一笑，脱下自己的牛皮鞋，说道："大爷，你帮我这双鞋的边缘绱一圈线，固定一下呗。我经常要突然运动，怕久了会开胶。"

"行！"老大爷呵呵地笑，与他有一句没一句地聊起来，"小伙子是做什么工作的？感觉你和我孙子差不多大呢。"

"大爷，悄悄告诉你哦，我是警察。"陆明飞为了接下来的谈话，不打算隐瞒身份。

老大爷微微一愣，看四周没人，又抬头看了一眼楼上老奶奶的窗户，确定隔墙无耳之后，凑近他耳旁低声问："徐佳月是不是犯事了？"

陆明飞心里对他谨慎的举动感到好笑，便摇头否定："为什么大家都问这句话呢？难道她平时不是个安分守己的姑娘吗？"

老大爷松了一口气，但转眼间像是想起颇为无奈的事情，说道："那丫头被徐奶奶宠惯了，自从换到什么集团当会计之后，她晚上就不怎么回家了。听说她在外面交了个有钱的男朋友呢，估计是怕对方发现自己身份低微，或者嫌弃这种老旧的房子吧。唉，其实每个人都不容易，徐奶奶把她独自带大也不容易啊，希望她会善待老人家。"

陆明飞发现最后一句有点儿不对劲儿，问道："她们祖孙二人关系不太好吗？"

老大爷摇摇头，长叹一口气："不能说不好，血浓于水的亲情摆在那里。只是祖孙相处的问题，孙辈不愿花时间和精力来陪伴、照顾老人，只是每个月固定给徐奶奶一些钱。老人家呢，心底不愿意承认自己被冷落的事实。”

话音刚落，老大爷用牙齿咬了咬长线，确定鞋子固定好后，剪掉鞋边缘的长线，笑着把鞋子还给陆明飞。

陆明飞付了修鞋的费用，向低头继续修鞋的老大爷告辞。走出巷子时，他兴奋地跑去开车回市局，想将这个重要的线索快点儿告诉他们。

半个时辰后，他抵达市局。车子停在办公大楼的门口，他迫不及待地跳下车，完全没听到同事提醒他车不能停在这里。他快步走向那条长廊，打开办公室大门，伸出一只手，试图挡住所有发出的话语："你们先别说话，我怕自己等会儿忘记了这个线索。"

唐寒雨和姜云凡看他脸上挂着笑容，有点儿兴奋，便将嘴旁的话咽回去，仔细聆听他将自己和老大爷的对话娓娓道来。

"很好，陆队，联系你和老何的线索分析，我们可以确定徐佳月就是金城集团的会计。半个小时前，老何那边来消息，徐佳月已经三天没去上班了，但公司的前台人员说最近没有小职员去出差。因此，我们打算去一趟金城集团。"姜云凡递给陆明飞一份报告，"这是徐佳月的身份信息。"

"为什么要去金城集团？莫非你们和我想的一样？"陆明飞看着他们俩。

"去了就会知道。"唐寒雨简洁地回答。

正午时分，三人乘坐SUV警车抵达眼前这栋高达22层的写字楼。低辐射镀膜玻璃的反光镜面好似一片波光粼粼的湖面，让抬头仰望的他们睁不开眼。据说金城集团总部包揽了一半的楼层，旗下子公司在各行各业均有沾边，其中一家子公司的位置就在五百米外的商业大厦。

许多西装革履的白领从旋转门出来。三人下意识看了一眼自己的装扮，不约而同地望向彼此。两个大男人默契地走在前头，在保安人员阻拦他们的前一刻，率先出示自己的警察证件。在唐寒雨看来，此举的姿势堪比小孩炫耀超人模型，颇为幼稚，她是做不出来的。但保安人员瞬间会意，立刻打开门闸请他们进去。

乘坐电梯抵达22层，再从内部通道来到顶楼。此处空旷开阔，只有一间小小的咖啡屋。室内的老何和凌峰朝他们挥了挥手，与此同时，金城集团的财务总监凯尔站起身，伸手握住陆明飞，笑着说了些交际语。

大家都落座之后，总监的秘书端来热乎乎的咖啡。

姜云凡优雅地端起杯子，小啜一口浓醇的咖啡，却被对面的凌峰翻了个白眼。他自动视而不见，笑道："凯尔，你们部门的徐佳月平时表现如何？提示一下，我不要官方语，我问的是她与谁的关系亲密？有没有过想升职的强烈愿望？"

就在凯尔准备回答时，姜云凡又说："再提示一下，若我们发现你有隐瞒，将把你的言行举止当作阻碍警方办案的证据！"

凯尔很有耐心，尽管姜云凡有点儿欠揍，他也只是腼腆地笑："其实，她刚来的时候不起眼儿，只是个小会计，时常看到她加班到很晚。但从去年年底开始，她好像不想通过自身的努力升职了。"

"此话怎讲？"

"年底是我们财务部最繁忙的时候，若是换作平时，她早就主动和大家一起加班了。但是，那天下午6点一到，她背起包包就走人，也没人敢说她。上头提前通知我，徐佳月是惹不起的人物，很快就要离开财务部了。当晚很多同事都在抱怨，女同事们还说她高攀我们的总经理王浩，要靠他坐上总经理秘书的位置，但她一个周前才离开财务部。"

"那你说说一周前王浩的生日party上，有关徐佳月的事情吧。别问我为什么知道你也去了，即使你不爱参加聚会，是一个顾家型的男人。"

凯尔相当震惊，看着他愣了半天，缓缓说道："当晚来了非常多的人……"

生日宴会在金城度假酒店二楼举办，对外称作生日party，其实是一场蒙面舞会，更贴切的是一场商业性的聚会。当晚来了非常多酒店、餐饮、高尔夫等领域的商业精英，以及集团总公司高层领导者。

大家基本上都佩戴舞会面具，打扮的风格迥异，但大部分名媛都偏向清新风格，除了徐佳月。她扮成僵尸新娘出场的时候，把大家都吓了一大跳：面部妆容妖娆诡异，表露皮肤的地方没有丝毫血色，非常像一个活生生的僵尸。

她仿佛浑身散发出暗黑的气息，背上自带的黑羽毛翅膀，令人想要远离，又忍不住多看一眼。当她自信地笑着，朝王浩一步步前进时，对方竟出乎所有人的意料——王浩不但没有后退着拒绝这种奇怪的女子，还当着商业精英的面，没有一丝惧怕，只是笑着伸开双臂拥她入怀。就这样，两人的恋情公布于众，却不被人真心地祝福。

后来，大家得知徐佳月低微的身份，更是震惊得说不出话。万万没想到，一向不公开恋情的王浩——集团的继承人口味如此特殊，爱上了这样明目张胆而又怪异的女人。

不知为何，姜云凡听着凯尔的叙述，脑海中浮现的不只是当晚的场景，还有王浩拥抱徐佳月时，埋在她发中的那张若有若无的笑脸，使姜云凡觉得恶心。

“那是我最后一次见到她。她离开财务部之后，我听说她没有再上班，也没人知道她的行踪。”凯尔说道

“走，马上去个地方。”姜云凡睁开眼，推开椅子起身，快步走进通道。动作几乎一气呵成，令在场的人大吃一惊，甚至还没反应过来，就看见他的背影消失在通道中。

唐寒雨匆匆告辞，与陆明飞一同追上去。三人坐在车上时，唐寒雨面向副驾驶位上的姜云凡。他正双手合十撑着下巴，闭着眼思索。

“你这么着急，是要去哪里？”

“难道你们不觉得奇怪吗？为什么徐佳月会装扮成僵尸新娘？”

“或许是她喜欢看僵尸片，所以舞会上打扮成那样。”

“就算是这样，那王浩为什么这次选择公开恋情？”

“谁知道呢，或许浪子遇到真爱，想停靠在岸边了吧。”

姜云凡不以为然，没有接唐寒雨的话，而是催促陆明飞加快车速开往金城度假酒店。很快，他们面见了大堂经理，将自己的来意说清之后，大堂经理带他们来到二楼。但目前这里已被清理得一干二净，没有残留任何生日宴会上的痕迹，也搜不到任何物证。

“请问，你们当晚丢失了什么重要的物品吗？需要我们帮忙咨询工作人员吗？”大堂经理瞧他们一直寻寻觅觅耽误自己的工作时间，心中有点儿不耐烦，脸上却带着虚假的笑容。

“不用了，我们没有丢失贵重物品。”唐寒雨看了看经理，从他眼中读取出一丝质疑，她立刻掏出警察证件，“我们是警察，参加王浩生日宴会的徐佳月被人杀了，我们要调看酒店当晚的监控记录，你带路！”

大堂经理很是惊讶，随即摇头：“总经理的女友？怎么可能？”

姜云凡伸出臂弯钩住大堂经理的脖子，拖他进电梯里：“少废话，监控室在几楼？”

大堂经理念出“3楼”，姜云凡立刻按下楼层，四人很快抵达监控室。按照特案组的要求，工作人员调出视频，只看王浩和徐佳月的画面，两人在宴会上动作亲昵，几乎形影不离，而且最后一起走出酒店，钻进黑色的轿车中。

姜云凡忽然笑了：“我知道了！我知道为什么她要扮成僵尸新娘了！”

陆明飞奇怪地看他：“你这样好吓人，到底知道了什么？”

唐寒雨不解，监控视频中好像没暴露奇怪的线索。扭头一看，陆明飞恰好望向她，两人面面相觑，浑然不知疯子的脑世界发生了什么。

“走，陆队，我们再去一个地方。”姜云凡拍了拍陆明飞的肩膀，再次疯狂地跑出去，等不及停留在11楼的电梯，便冲进安全出口的楼梯口，身后响起其他两人追来的步伐声。

陆明飞气喘吁吁地打开车门，指着副驾驶车门外的姜云凡，埋怨道：“你信不信我揍你一顿，跑得快就算了，还让人带着疑惑和好奇心追来！”

“吱”的一声，警车被开锁了。姜云凡报了王浩的住宅地址，打开车门坐上去，笑道：“怪我咯，腿长也有错？”

唐寒雨坐在后排车位上，凑到他们中央，忍不住问道：“姜疯子，你就别卖葫芦药了，到底发现了什么？”

姜云凡微微一笑，做个噤声的动作，然后闭上眼装睡，就是不告诉他们。

分裂先生

途中，于风吟终于打电话来汇报。尸体被送到法医中心后，她先提取死者仅剩的一点点血液做 DNA 检测，然后抬尸体到解剖台上进行了四个小时的深度尸检。

但在解剖期间，尸体的内脏逐渐呈现黑紫色，连脖子上的牙洞都从绿色变成黑紫色，就像有毒的血液灌满了浑身。随之而来的是一股非常浓烈的恶臭味，迅速扩散于这间解剖室的每个角落，导致所有物品都被熏染上了那股恶臭味。

于风吟不得不暂时走出解剖室，站在室外的她嗅了嗅身上衣服，连一根头发都有那股臭味。但她的脑海中却满是疑惑，到底是什么毒能够导致延迟呈现毒发的症状？

她仔细回想了一遍，暂时没有想出毒物的名称，但她知道自己必须尽快告诉唐寒雨他们。这个用毒的凶手非同小可，极有可能是个受过高等教育、拥有组织能力的罪犯。除此之外，DNA 检测的结果已经出来，死者就是金城集团的会计徐佳月，芳龄25岁，死于7月28日凌晨5点左右。

于风吟挂断电话之后，姜云凡看了看车上的时间，此刻已是下午 4 点 14 分，又看了看窗外的别墅，前院的几棵常绿大树将房子遮得很严实，即使用望远镜，也看不见室内的情况。

“凶手就在里面，但我们怎么进去？”他回头一看，陆明飞和唐寒雨都在打电话。

“我正在打电话申请搜查令。”唐寒雨淡定自如。

“我在通知老何带领刑警队过来支援，可老是打不通。”陆明飞忧心忡忡。

二十分钟后，他们按响屏幕上的门铃。很快，那头传来接通的声音。陆明飞凑到屏幕面前，出示警察证件：“我们是警察。”

过了一会儿，黑色铁门缓缓打开了。一位看起来像保姆的中年女人推开木门，微笑着领他们进屋。简洁的客厅只有普通的沙发和茶几桌，墙壁上的液晶电视被白布遮盖，一看就知道主人不常回家。客厅的左边立着一排屏扇，走上台阶，便是被隔开的游泳池。

池中的男人还在游泳，见到警察在岸上等待，也没有流露出慌张之色。他不急不缓地游到终点，从不锈钢的阶梯上来，接过保姆手上的浴巾，再摘掉潜水眼镜，明目张胆地打量他们三人。

“王浩，你昨日凌晨 5 点在哪里？”

“凌晨 5 点能去哪里，当然是在家里睡觉啊！有什么问题吗？”

“你的女友徐佳月昨日凌晨 5 点被人杀害，难道你不知道？”

“警官你别开玩笑，这怎么可能？佳月怎么会……”

王浩坐在游泳池边的沙滩椅上，双手捧着脑袋，神色悲伤。

“据我们所知，你们关系亲密，来往频繁，徐佳月最后一个见的人是你。”

王浩猛然抬头，眼中闪烁着水光，紧紧盯着陆明飞，在等待对方说出下一句话。

只到刑警队的大队人马带着搜查令来了之后，陆明飞才接着说道："打扰了，开始搜！"

王浩瞬间愤怒不已，揪起陆明飞的衣领吼道："你怀疑我杀了她？"

一直在打量房屋的姜云凡，漫不经心地看一眼王浩，淡淡道："难道不是吗？"

王浩傲慢地大笑几声："OK，你们尽情搜。顺便提醒一下，我爸是著名的慈善家，每年捐款过百万。别说你们这些小警察，就是局长也要给他三分颜面。要是你们搜不到，就会吃不了兜着走！"

他凑近姜云凡的耳旁冷哼一声，语气嚣张，句句透出威胁之意。然而，姜云凡只是翻了个白眼，好像在说：我管你老爹是谁，只要犯了罪，我就让我爹抓你进监狱！

陆明飞走进客厅，负责检查家具。唐寒雨则来到卧室，姜云凡去了书房，两人第一时间敲墙壁，检查是否隐藏着密室。但是，没有发现密室。他们检查抽屉、衣柜、书柜中的物品，但是，仍旧一无所获。

唐寒雨走进书房，冲姜云凡摇摇头。两人来到客厅，见陆明飞略失落的神情，便知大家都没有发现任何线索。那些被他藏起来的物事，会在哪里？

姜云凡在客厅走来走去，说道："一定有什么地方被我们忽略了，而且是显而易见的……那些我们以为藏不了东西的，没有检查过的地方。"

王浩站在屏扇旁边，一步步走下台阶，似笑非笑地说："怎么样？没搜到？"

姜云凡昂起下巴，那双幽深又皓明的眼眸紧紧盯住他，一一读取他身上的信息：养萨摩狗，未婚，女性伴侣很少，寄生虫，经济来源于他父亲，有收藏癖好。

过了一会儿，王浩生怕被人看穿，不敢再与姜云凡直视。他心中掀起的巨浪翻滚而来，潮水时而上涨时而退去。他意识到自己开始紧张，但这并不是个好预兆。

为了消除紧张感，他打开冰箱，拿出一瓶矿泉水喝了一大口，发出“咕咕”的声音。这时，一只可爱的白色毛发的萨摩摇着漂亮的尾巴，在他的腿边蹭来蹭去，像是在撒娇，但被追上来的保姆抱了出去。

姜云凡淡淡地笑，第一条信息证实了，那么六条信息之中，只剩最后一条比较重要。但是，卧室和书房都没有见到值得收藏的物品，究竟会在哪里呢？

“各位警官，如果你们没事的话，就请离开。我家可不是收容所，不会随便收留流浪狗的。”王浩十分不高兴，毫不客气地嘲讽特案组，想让他们识趣地知难而退。

“在我看来，这间屋子还比不上我家猫的小屋呢，谁稀罕！”陆明飞会心一击，气得飞扬跋扈的王浩脸都绿了。

在他们斗嘴的时候，唐寒雨和姜云凡靠近屏扇，再次来到游泳池。姜云凡围绕着游泳池走了一圈。阳光透过落地窗进来，清澈的水面泛起鱼鳞般的亮片。忽然，他蹲下身，伸手舀出水嗅了嗅，没有异常。

“各位警官，请你们尽快离开，我要马上去公司开会了！”王浩大声地催促。

“你好像很喜欢游泳？拿过什么奖项吗？改天我们可否一决高下？”姜云凡丝毫不介意他凶巴巴的态度，反而笑着与他谈论游泳。

“友情提示，我从小就喜欢游泳，曾经拿过两次市里游泳比赛的冠军。你确定要和我比赛？输了可不能怪我！”王浩非常自信，仿佛已经预见自己胜利的结果。

“王大少，你家的游泳池多久换一次水？上次换水是什么时候？我觉得我们也别抽时间了，择日不如撞日，现在比一场吧！”姜云凡漫不经心地看向身旁的男人。

“我也不知道，这都是下人做的事情，谁清楚啊！我觉得咱们还是下次再比吧，万一水质不干净，那岂不是我亏待了你。传出去，我的脸往哪里搁？”王浩干笑两声，揽住姜云凡的肩膀，试图把对方转移至客厅。

可姜云凡偏偏不愿离开游泳池，甩掉肩膀上的手，不顾王浩的邀请，挑衅着问道：“难道现在不可以找下人打扫一遍吗？”

王浩没耐心地低吼一句：“你到底烦不烦？究竟想干什么？要我说多少遍，下人都休假了，我还有个会要开，实在没时间和你们耗在这里。”

姜云凡也不再和他绕圈子，四目相对的瞬间，说道：“王浩，我们认为你有杀人嫌疑，暂时逮捕你！”

陆明飞立刻会意，从口袋里掏出手铐，迅速跑上前铐住王浩的双手。王浩没想到对方突然使出这一招，被陆明飞押坐在沙滩椅上。陆明飞看了一眼手机的时间，再次拨打老何的手机，这次终于打通。

“老何，你怎么不接电话？快来别墅区，我把地址发给你。”陆明飞说道。

“好。不过，你之前有打我的电话吗？我手机上怎么没有显示呢？”老何还没说完，对方已匆匆挂断电话。殊不知，他的身后不远处，凌峰脸上闪过一丝诡异的笑容。

游泳池的岸上只有两张沙滩椅，一面可以看见远方金碧辉煌的寺庙的落地窗。唐寒雨摸索着其他三面墙壁，在一张窗帘后找到了按钮。他轻轻一按，池中的水很快被抽干了。

姜云凡跳下游泳池，掏出一颗棒球滚落于地面，发现冰滑的地板轻微下陷，有一定的倾斜度。他收起棒球，单膝跪地，耳朵几乎贴近地面，然后敲了敲地板，发出“咚”的一声。忽然，他站起来，笑道：“王总，你藏得真深啊！”

王浩一愣：“什么意思？”

姜云凡指着地板："这下面有密室，想要使池水不泄漏进室内，你应该花了很多钱吧。"

王浩微怒："我听不懂你在说什么！"

姜云凡不再和他浪费唇舌，用力地推了推地板，却纹丝不动，这应该是一间有开关按钮的密室。可王浩会把按钮设在什么地方呢？

这时，池中地板下传来"砰"的一声，像是物体被踢倒的声响，使特案组更加确信密室的存在。但是，为何会突然传出声音呢？莫非地下养着老鼠？

姜云凡冲唐寒雨使了个眼色，她瞬间会意，转身去客厅寻觅按钮。他正想上岸，不经意之间，瞥见地板上的排水槽，忽然脑海中浮现了一个奇怪的念头，双脚情不自禁地走向排水槽，伸手将它打开一看，黑漆漆的洞里竟有小按钮。

随着轻微声音的响起，池中央打开了一扇正方形的门。陆明飞站在岸上，定睛一看，那间只有一束阳光的密室里，竟藏着被捆绑的男子，看他身上的穿着，应该是个打扫的工人！

与此同时，王浩垂下脑袋，深知自己的阴谋即将被揭穿。

姜云凡跳下去，一眼看见工人面前被踢到的椅子，先解开了工人身上的绳索。他随意地用手电筒照向四周，篮子里全是僵尸牙套、帽子、鞋子、皇冠、僵尸新娘奢华的婚纱礼服等。其中，很多件服装都是崭新的。很明显，尽管黑蕾丝婚纱礼服极尽华丽，也没有哪位正常女性愿意穿上这些道具。

最显眼的是那台在暗中闪闪发光的化妆台。"咔"的一声，工人打开灯光，小小的密室通明如白昼，所有的物品一览无余。

尤其是那台被镶嵌水晶的化妆台上，整整齐齐地摆放着名为僵尸新娘的香水、著名品牌的眼影、未封盖的唇膏、闪闪发光的手镯、宝石戒指和项链，椅子上披着带血的婚纱和水晶鞋。这一切，看起来非常隆重而华贵。

姜云凡戴上手套，掏出放大镜，仔细看了看这些首饰，发现皆有佩戴过的痕迹。

唐寒雨也跳下密室，轻轻端起婚纱礼服，仔仔细细地看了看，忽然脑中闪过一个画面：她坐在化妆台前，看着镜中穿露肩的黑蕾丝婚纱礼服的自己，黑色卷发盘成髻，头上戴着黑纱，嘴唇涂上姨妈色唇膏。她长得很好看，但脸上没有笑容，哭花的黑暗哥特系眼妆，使脸上残留着两行黑色泪痕，漂亮的脸蛋显得阴森诡异。

她身旁穿僵尸服的年轻男人，一把掐住她的腮帮子，盯着她仇恨的眼神，忽然大笑起来，凑近她的耳旁哼唱："别害怕，我会给你准备一个完美的棺材。沉睡吧，我的僵尸新娘，沉睡吧，我永远的僵尸新娘，此生你只能为我所用。"

两行眼泪再次落下来，她被绳索捆绑，身心无处可逃，绝望地闭上了眼。

"果然没错，你是僵尸癖好者。其实，你很少游泳，但泳池常年有水，这样做是为了遮蔽密室和不让你的狗根据嗅觉找来，从而被人发现你的秘密。"姜云凡看向被陆明飞押着的王浩，但王浩一直没有任何反应。

唐寒雨从自己的沉思中回过神儿来，放下手中的婚纱礼服，找来干净的袋子，装下香水、眼影、唇膏、礼服和首饰等物品，说道："这些留给于同学做检测和鉴定用。"

姜云凡忽然看向角落沉默的工人："你怎么知道灯在这里……我知道了，你就是那个打扫泳池的工人。之所以被捆绑在这里，原因一目了然。你无意间发现密室，恰巧撞见王浩回来，他费尽心思藏起的秘密被你发现了，害怕你揭穿他不怀好意的真面目，所以你被困在这里三天三夜了吧。"

这时，王浩缓缓抬起头，那充血似的红眼睛直勾勾地盯着姜云凡，仿佛随时会像一头豺狼猛兽扑上去咬碎对方。

“你，王浩，是僵尸癖好者。很多年来，心中一直祈求有个僵尸新娘陪你玩儿，但是很多女性都不愿意，甚至觉得你非常变态可怕，通常交往不到一个月就分手。只有徐佳月，她是个例外，所以你才会和她在一起，并且公布恋情。”

妄想空间

王浩盯着姜云凡，忆起那一晚，夜色如水，他迫切地催促徐佳月打扮成僵尸新娘。她不但没有拒绝，还自己乖乖地换上了服装，之后也不曾问过一句，不曾咒骂他一句。

他非常高兴，自己终于实现了这个心愿。他轻易地同意了徐佳月的要求，除去每个月付给她固定的一大笔生活费，还要在生日宴会上公布两人的关系。

“让我想一想，好不容易得来的僵尸新娘，你怎么忍心下手杀了她？”姜云凡的话语像一根根刺，深深地扎入王浩的心。

唐寒雨看出王浩可能会突袭警察，劝道：“姜长官，我们先押嫌疑犯回市局审问吧。”

姜云凡摇摇头，拒绝她的请求，即使那是个安全的办法。他搬出密室角落的梯子，踩着梯子上游泳池，再快步走到王浩面前，说道：“你为什么要杀她？她不愿意再和你玩游戏了吗？好像不对，看你浑身散发出寂寞的气息，应该至少两个月没有接触女性了。”

王浩愈加愤怒，面目扭曲，声调提升了两倍：“你给我闭嘴！”

姜云凡佯装畏惧，后退一步：“她攀上更有钱的人，抛弃了你。其实，这很正常，你们起初就是交易关系，没有一丝爱，不是吗？”

王浩不屑地冷哼："你懂什么是爱？别以为我不知道你，一个没有正常感情的家伙，自己都不懂，有什么资格来说我！"

姜云凡一征，下意识地看向唐寒雨，随即盯着王浩："谢谢你刚才的反应，让我知道你可能被戴了绿帽子。"

这次，王浩冷冷地开口："你不要再说了！"

他是一直高高在上，端坐在云端的集团太子，生性高傲，从小没有童伴。

家人忙于事业，他忙于上各种各样的补习班，只有学习功课好，才可以看电视剧，因此结缘于香港的僵尸片。由于缺失童伴，内心孤单的王浩一直幻想着有个僵尸新娘能与自己玩游戏，然后生出很多很多的僵尸后代。

王浩听完姜云凡解剖自己的言语，燃烧的小宇宙被点爆，猛然扑到他身上，拽起他的领口，怒吼："我叫你不要说了，为什么不听？当时我叫你不要离开，为什么不听？"

姜云凡任由他发泄情绪，以手挡住要来抓人的陆明飞和唐寒雨，让他们站在周围，等待他的指示。他调换成女声，站在受害者徐佳月的角度，说道："王浩，你醒醒吧，他能够给我想要的一切，包括财产和股份。最重要的是，我受不了你的僵尸癖了，明白吗？我已经不爱你了，不想再陪你玩这种幼稚的游戏！"

王浩几近疯狂地摇头："不！我不明白！明明当初是你答应我，做我永远的僵尸新娘，别怪我心狠，是你先出尔反尔。我多么舍不得，我求你别离开，你还是抛弃了我，你们都抛弃了我！"

"所以，你杀了徐佳月，是你杀了她！"姜云凡冷冷说道，用力推了一把王浩，对方猝不及防，被推倒在地。

陆明飞立刻扑上去，两手掐住王浩的肩膀。从肩部传来的疼痛感，使王浩意识到自己方才掉进了姜云凡的情景陷阱之中，更糟糕的是，他认罪了。

“卑鄙小人，我不会放过你的！”

王浩不顾一切，疯狂地扑向姜云凡，却被陆明飞双手抱住腰。他站在原地，双腿使劲儿地踢向姜云凡，甚至朝对方吐唾沫，像是视之为死敌。

“屋里的人全部放下武器，你们已经被警察包围了。”老何拿着喇叭器在屋外喊道，周围遍布十余名举枪的警察。

陆明飞举起警用对讲机，向老何打个招呼，随即押着王浩走出这栋白色洋楼。

在审讯室中，唐寒雨按下录音笔，念道：“王浩，28 岁，不务正业的富二代，金城集团的继承人，初次与嫩模结婚，三个月后两人分手，离婚之后的第一个女友是集团的会计徐佳月。据说，嫩模和你离婚之后行踪不明，有人传言她远走国外，这该不会是你的安排吧？”

王浩根本不把她放眼里，冷笑道：“关你屁事！”

姜云凡冷不丁地猛拍一下桌子，眼神宛如冰面三尺之下的河水，足够令人胆战：“你他妈对她的态度好点儿，要是再说一句不敬的话，信不信老子打烂你的嘴！”

此话一出，审讯室的所有人，包括监控室的凌峰都被吓一大跳。

王浩愣神儿，反应过来后，意味深长地笑：“姜长官喜欢的女人，肯定也是与众不同。但他要是知道的话，肯定会不高兴。”

姜云凡淡淡地开口：“他是谁……不对，你们这些罪犯，当自己是我的父母吗？老子喜欢谁，用不着你们管，别把自己太当一回事！”

唐寒雨下意识地看一眼姜云凡，发现他黑色碎发中的耳根发红了。她不敢看单向透视玻璃，那头的凌峰肯定也听到了。她顿时心慌意乱，如坐针毡，却仍旧要坐在这里，直到审讯结束。她掐一把陆明飞的手臂，用眼神问道：这是什么情况？姜云凡不是喜欢你吗？

陆明飞吃痛地摇摇头，他也没想到姜云凡会突然表白。倘若换作自己，在这种公开场合，是绝对绝对不可能表白的，要不然被拒绝的话，他可能连个地缝都没得钻。

或许，人与人之间还是有区别的，姜云凡拥有的勇气，别人并没有。

不过，根据她从沈老那里所得的信息而知，姜云凡从小缺乏正常的情感，加上在监狱长大，面对的基本都是男人。之所以让他加入特案组，不全是因他的才能了得，还因沈老想帮助他，通过与特案组其他三人的相处，并结合唐寒雨的心理治疗。

但他怎么可能会喜欢上一个人呢？唐寒雨想不明白，便告诉自己，这应该是姜云凡审讯犯人的技巧之一。

“他，是你很熟悉的人。”王浩大笑两声。

“我熟悉的人没几个，除了身边两人，还有两老头。”姜云凡脱口而出。

“他要是听到这个答案，不知是该笑，还是该哭笑。”王浩说道。

“少说废话，‘黑玫瑰’是谁？”姜云凡开门见山地问。

“他让我带话给你，别着急，一切真相都会渐渐浮出水面，包括你想知道的所有答案。”王浩不愿意正面回答他。

“OK，你自己慢慢猜哑谜，请准备好迎接我的推理。说得好的话，麻烦给点儿掌声。不用谢，我帮你回忆。”姜云凡自信一笑，快速地说，“徐佳月并不是你心中理想的僵尸新娘，她爱慕虚荣，身材不如嫩模，智商也比不过攀附你的那些女人，唯一符合你标准的是她愿意扮演僵尸新娘。或许，起初你只当她是个玩具，后来她玩腻了，要离开了，你才发现自己爱上了她。可是，她决意离开，你如何劝都没有用。”

根据徐佳月每个月在商场刷银行卡的账额来看，王浩是个财大心粗的人，丝毫不知徐佳月在一边打扮自己的时候，也在一边物色更有钱的男人。她不傻，明知王浩拿自己当个玩具，便抱着装傻的心态，先从他那里获取好处，提升自己的外表和品位，好到时候一脚踹了王浩这个变态男。

王浩头一次生出感动，是在徐佳月穿上他找设计师精心制作的新娘服，出现在生日宴会上的时候。他心想，徐佳月才是自己的伴侣，她愿意为了自己做出牺牲，甚至愿意和他生许多后代，壮大僵尸家族。他丝毫不觉得这样的想法有何不妥之处，甚至每天满怀欢喜，自己终于有了伴侣。

“王浩，我说得对吗？”唐寒雨将自己的分析说出来。

“不，她是真的爱我，不是你说的那样有心机。别人说，女人为爱而生，为爱愿意做出很多牺牲。你说得不对，她明明为我而改变了，没有利用我！”王浩不愿承认自己反被利用的事实，脑中却比谁都清楚，只是仍旧在幻想。

“陆队，你配合我做件事。”姜云凡笑得很怪异。

“我拒绝！”陆明飞下意识地两手交叉挡在胸前，仿佛对方要做什么出格的事情。

“容不得你拒绝，来吧，陆新娘！”姜云凡冲他眨眨眼。

随后，不知姜云凡从何处弄来一件大码的僵尸新娘礼服，硬生生地套在陆明飞身上，再戴上一头长长的卷发，最后披上黑色的头纱。全部动作在五分钟内，一气呵成。

陆明飞哭笑不得，看着姜云凡快速套上僵尸新郎礼服，知道对方接下来要重演王浩杀害徐佳月的犯罪现场。

两人充满仪式感地站起来，神色严肃。原以为新郎会亲吻新娘的手背，可“啪”的一声脆响，顿时陆明飞下意识地摸着脸颊，感觉天旋地转。

时间仿佛回到半个月前，王浩扇了徐佳月一耳光。徐佳月冷眼看向他，笑道：“这下你满意了吧，可以放我走了？”

转身之际，她委屈得眼眶红了，一手摘掉黑色的头纱丢落在地，提起宽大的裙摆就往外走。但是，他拉住了她。回头一看，王浩跪在地上，眼中满是乞求之意。

“不要走，不要抛下我。我从小就没有好朋友，那些人全都是看上我家的钱，才愿意和我一起玩儿。”

徐佳月仿佛看见一头孤单的猛兽，在黑暗中，朝月亮祈求有人给他温暖和拥抱。

她不禁动了恻隐之心，跪在他面前，轻轻地拥住他，轻轻地拍他的背：“王浩，醒醒吧，别再幻想什么僵尸家族了，那都是虚无缥缈的东西啊！”

王浩忽然猛地推开她，眼神充满仇恨，几近疯狂地喊道：“我不会放过你们，永远也不会原谅你们！滚，给我滚！”

徐佳月目瞪口呆，没有过多犹豫，头也不回地离开了这栋已经居住半年的白色别墅。王浩望着她冷漠的背影，愤怒地摔烂了一个个描绘着精美图案的陶瓷碗。

“过了几日，我猜你以‘不再纠缠徐佳月’为由，邀请她去家中吃分手晚餐，把她灌醉了。”姜云凡看向王浩，对方垂下脑袋，没有反驳。

游泳池的落地窗外，温柔如水的夜色，花好月圆。王浩打开密室，替徐佳月穿上华贵精美的新娘礼服，轻柔地披上头纱，温柔地戴上项链和手镯。

直到戴上戒指的那一刻，徐佳月清醒了，看着镜中被换装的自己，再看向面前单膝下跪的男人，冷冷道：“你在干什么？为什么绑住我的脚和手？”

王浩替她戴上戒指，抬头的那瞬间，眼中闪烁着堪比钻石般的光芒，心中甚是欢喜，捧着她的脸蛋：“亲爱的，终于你今晚要嫁给我了。”

徐佳月顿时怒气冲冲地说：“你在说什么疯话，快放开我！”

王浩不依，把她扛到肩上，小心翼翼地登上楼梯。走过客厅，来到卧室，把她丢到宽大的床上，自己开始宽衣解带。

徐佳月心慌意乱，不知如何逃走，又害怕他侵犯自己，于是在他扑上去的那一刻，用力地踢开他的腿和肚子，痛得他嗷嗷叫。

王浩从小到大没有被人打过，很是生气，又扇了她一耳光。然后，他站起来，从床头柜翻出一沓沓纸币，拆开橡皮筋，将一张张纸币全丢到徐佳月的脸上，然后再次扑在她身上，撩她的长发。

徐佳月不从，狠狠地咬他的手指，继续踢开他，朝他吐唾沫："说话不算话的小人，早知道你这么玩不起，我当初就不招惹你了。王浩，我不爱你了，就算你现在留住我的人，也留不住我的心，懂吗？"

王浩瞪着她，开始粗鲁地亲吻她的嘴唇，冰冷的吻落在她的脖子上。忽然，徐佳月吃痛地喊了一声，两眼瞪得非常吓人，像突然预见了自己的死亡一样。

王浩割破她手腕上的静脉，血液无声无息地滴落于地，他却躺在她的身旁，轻声地哼唱："沉睡吧，我的僵尸新娘，沉睡吧，我永远的僵尸新娘。"

渐渐地，徐佳月不再出声，只是睁着眼睛。他假装她睁着眼入了梦乡，以手轻轻地帮她关上她的眼帘。

"陆新娘，你可以起来了，辛苦你了，晚上请你吃棒棒糖。"姜云凡扶起躺在地上的陆明飞，暧昧地眨了眨眼。

"我才不吃棒棒糖，晚上的海鲜大餐你逃不掉了，老大帮我做证。"陆明飞拍了拍自己的头发，摘下黑纱，再脱下新娘礼服，顿时感觉自己卸下了一块巨石，浑身轻松。

"我已经替你见证了一切，你放心吧。"唐寒雨见他们演完夫妻戏，偷笑着说了一句意味深长的话语。

"很有意思，还原度高达百分之九十。我承认，是我杀了徐佳月。"王浩拍手鼓掌，笑道，"姜长官，如果不是你们这么有意思的表演，我是不会认罪的。"

姜云凡骄傲地说："小声点儿，我知道自己向来都这么有魅力。"

陆明飞鄙夷地看他一眼："说瞎话也不害臊。"

唐寒雨突然像是想起了什么，说道：“那日早晨，在商业大厦听到的女声，是你们伪造的，目的是为了误导我们死者的死亡时间吧。”

王浩点头承认，但他始终没有说出，那个“他”到底是不是“黑玫瑰”。这时，凌峰推开门，与陆明飞一起将王浩押出去了，审讯室只剩下姜云凡和唐寒雨。

“你不用现在回答我，我喜欢你是我的事。但如果恰好你也喜欢我，请告诉我。”

“好，等我确定之后，再告诉你。”

唐寒雨对他微微一笑，她欣赏坦诚的姜云凡，欣赏这个正视自己情感的姜云凡和用成熟的方式来对待尚未确定的关系的姜云凡。很久之后她才知道，姜云凡此刻暗自松了一口气，庆幸她没有一口拒绝自己。

回到办公室之后，大家才发现自己的手机存着很多条未读的短信，全是于风吟发来的检测报告结果。报告显示，唐寒雨送去的化妆品和残留血渍的礼服，通过 DNA 检查之后，确定属于死者徐佳月。

第六案

卧底摸排

天堂不是我的家园，流泪心碎后，我要重返人间。

——艾米莉 · 勃朗特

引子

午后，不远处的小山坡上，有一道走路晃晃荡荡的人影，是个戴墨镜的男人。他穿着登山靴，背着鼓鼓的双肩包，手中拿着一瓶威士忌，看起来像是从远方来旅行的背包客。

忽然，男人毫无预兆地倒下，身子一动也不动，有点儿诡异。

这一幕被放牛的老头看见了。老头小心翼翼地靠近他，发现他两眼紧闭，无论怎么呼唤，也没有回应。老头战战兢兢地探了探鼻息，大吼一声："妈呀，这人怎么好像死了？！"

后来，特案组的姜云凡根据暗藏的线索，从背包客的突然死亡之下，竟挖掘出另一宗重大案件。

特案组肩负重担，谁都没想到，最终帮助他们成功破案的那个人，竟是他。

诡异猝死

漫长的午后，阳光炫目。戴着草帽的老头跟在两头牛身后，从恬静的乡村小路漫步而来。田野里风吹草动，林间的小溪潺潺流水声甚是悦耳。他哼着小曲，手持一根超细的竹竿，鞭策着牛儿到草地吃草。牛儿闷叫两声，小步跑着前进。

老头走了没两步，脚下忽然升起一种如棉花的柔软感，紧接着闻到一股特别臭的气味，顿时眉头紧皱，低头看见自己踩到了牛粪，不禁暗骂一声倒霉。正想管管乱排泄的牛，可转眼间，他的牛儿已经跑到小山坡附近，正甩着长长的尾巴吃嫩绿的草。

这一看，他发现不远处的小山坡上有个人影。那男人戴着墨镜，背着鼓鼓的双肩包，手中拿着一瓶威士忌，边喝边引亢高歌。忽然，“砰”的一声，男人倒地不起，身子一动也不动。

老头觉得有点儿奇怪，小心翼翼地靠近他，发现他两眼紧闭，便大声喊道：“喂，小伙子，你没事吧？喝醉了？要不要去村里休息一下啊？”

没有回应。无论老头如何询问，男人始终一动不动。

老头战战兢兢地探了探他的鼻息，大吼一声：“妈呀，这人怎么好像死了？！”

他不敢相信人会突然倒地死亡，再次探背包客的鼻息，顿时百感交集。此地除了两头牛，就只剩自己，别人会不会认为是自己杀了小伙子？

老头趁附近四处无人，连忙撒腿就跑，连牛都顾不上了，一路疯狂地跑回乡村。他气喘吁吁地坐在一棵古树下，两手搓来搓去，心中很纠结，究竟要不要去报警？

过了很久，他站起来，心一横，跑到附近的便利店，拿起座机电话，紧张得心都悬在上空了：“喂，你、你好，我在云朵村的草地里发现了一具尸体，麻烦赶快来处理吧！”

“啪”的一声，他粗鲁地挂断电话，坐在便利店门口，身上不断地冒冷汗。

获悉又出了一条人命的陆明飞像被人扇了一耳光，耳旁嗡嗡作响。反应过来之后，他立刻通知特案组其他三人和刑警队的同事们，火速开车赶往偏远的云朵村。

警察赶到云朵村之前，那片寂静的草地，不只有两头牛，而是多了很多村民。他们站在距离背包客三米之外的地方，有些大人特意遮住凑热闹的小孩的眼睛，不让他们看见这样的场面。从村民清一色的神色来看，他们心里怕得要死。

刑警队一下车，迅速封锁了现场，将村民拦在黄色的警戒线之外。特案组紧接而至，于风吟率先戴上口罩和手套，跨进警戒线内检查尸体。陆明飞问了一圈村民，大伙都表示不是自己报的案。但这时，有人大喊了一声：“那两头牛不是王老头的吗？”

陆明飞循声望去，走到年轻男人面前，问道：“王老头是谁？”

年轻男人眼明手快，指着人群身后戴着草帽的老者：“王老头，你的牛不要了吗？”

所有人纷纷回头，看见老头摘下草帽，瞪了一眼年轻男人，像是责难他多嘴多舌。老头挤到人群面前，皱着可爱的鼻子：“是我报的案，我是王国华。”

唐寒雨走到王国华面前，问道：“老人家，您能详细说说这个人的死亡过程吗？”

所有人再次看向王国华，老头向来只是放牛种田，不曾见过如此大的场面，哆哆嗦嗦地说："警察同志，我没杀人啊！你要相信我！"

唐寒雨顿时哭笑不得，警察的形象在老百姓心中怎么变成这样了？她顿了顿，安抚老人的情绪："老人家，您放心，我们没说凶手是你呢。只是你作为报案人，有义务配合我们了解案情。"

老头点点头："有……啥问题，你们就问吧，绝对配合你们的一切工作。"

唐寒雨差点儿让老头朴实的性格逗笑了，便轻声道："请您说一说受害人的死亡过程吧。"

老头挠挠稀疏的白发，不知从何说起。好在他一看到自家的牛，就顿时打开了话匣子，指着四米之外的牛粪说："吃完午饭，我本来是打算在这一片草地放牛，顺便散步消化肠胃的食物。结果，踩到牛粪。然后，我看到那个小伙子边喝酒边大声唱歌。唱什么，我也听不懂。没多久，他整个人倒在地上。我好奇地走过去，可无论我怎么叫他，他都没反应。探了鼻息，我才知道他已经断气了，把我吓坏了，怎么会有人突然就倒地死了呢。"

唐寒雨仔细观察老人的面部表情，他的瞳孔正常，没有闪躲，讲话期间也没有刻意的反应，手脚比画自己牵牛到走进死者的画面也很真实。初步鉴定，老人没有撒谎。

"王大爷，由于您是头一个发现尸体的人，需要先去警局做笔录和DNA 检测，这个程序你能理解吧？若最终确认死者和您没关系，就可以离开了。"姜云凡说得很委婉。

王国华冲他点头："明白，我王国华一定支持警察同志的工作，说到做到。"

于是，老何带着王国华去做相关检测，而凌峰则拿出笔和本子，开始做现场的笔录。

此时，于风吟轻轻地拍打死者的脸颊。几秒之后，死者的脸上浮现了一点儿黑紫色斑点，她分析道："死者死于某种慢性毒药，这种毒药无色无味，但若是配上烈酒饮入体内，以及长途跋涉的话，毒药会自动发挥作用，开始攻击心脏和全身各大器官，诱发心肌梗死而诡异猝死。他很有可能是被人下了毒，却不自知，只顾喝酒。"

陆明飞觉得不可思议，追着问："于魔女，你没骗我吧，世上真的有这种事？明明是两种不相关的玩意儿，还能致命？"

于同学朝他翻了个白眼："陆队，平时叫你多读书吧，你还不听我的。这个在法医学里被称为毒物联合机制，物与物之间有共同性和排斥性。这好比有些人吃了油腻的东西，立马喝冰水就会拉肚子一样，原理基本上相同，只是物质变了而已。"

说罢，于风吟吩咐刑警队的同事收拾尸体，然后深深看一眼凌峰："你和我回实验室，我解剖尸体需要人帮忙，老大，人我借走啦！"

唐寒雨回头迎上于风吟暧昧的眼神，这个小魔女，真是唯恐天下不乱。

王国华和死者的尸体都被带走了，眼见没什么看头，村民们逐渐散去，大人牵着孩子的手，慢悠悠地回了村庄。

这时，姜云凡坐在草地上，抱着死者的大背包，从包里翻出不少东西。除了换洗的衣物，还有旅途攀爬时用的绳索、手电筒、口罩、保温杯和酒瓶等。

包里的东西所剩无几，他伸长手臂摸到最底下的卡包，发现了好几张女性的身份证件，大多数年龄在 10 岁至 30 岁。

这么多身份证，死者拿来干什么？死者的身份证又在哪里？

姜云凡顿时神采奕奕，大感意外，觉得其中必有蹊跷。他再次用力地往包里一掏，钱包里没有现金，只有一张酒吧的优惠券，还有几个护照。可护照上的照片和名字亦全是女性的，唯独不见男性的身份证和护照。

"真奇怪，死者怎么兜着女人的身份证和护照？"陆明飞冷不丁地冒出一句。

为防遗漏线索，姜云凡将背包里零碎的小东西全倒出来，仔细检查里布是否有破洞，结果摸索出一台手机，根据手机边缘划花的痕迹可以看出，死者应该使用了非常久。他打开手机，仔细翻阅通话记录，在脑中记下每个联系人打电话的次数，以及通话时间有多久。

“陆队，你带人去附近的村子里排查一下是否有孩子和妇女失踪，或外来人口莫名增多。记住，一定要仔细排查，这个案子绝对不简单。”姜云凡忧心忡忡地说。

陆明飞头一次见他这样，严肃地点点头，带着几名刑警队的同事准备进村，却见老何领着放牛的老头王国华，正一步步朝自己而来。

“陆队，我们目前已经带他去做 DNA 检测了。但是，于法医说结果最快也要晚上才出来。”

“你来得正好，和我们一起去附近的村子排查失踪或莫名增多的人口。”

老何点点头，将王国华带给其他刑警看管。但王国华拉住了陆明飞的手臂，一副欲说又不敢开口的模样，既纠结又犹豫。他把陆明飞拉到没有人的地方，小声道：“警察同志，我有件事不知当不当讲。”

陆明飞隐约觉得对方知道点儿什么，只是有所顾忌，便说：“你说吧，我替你保密。”

“前阵子，我听说村子里有孩子失踪，怀疑被人贩子拐走了。”

“那怎么不去报案呢？哦，我知道了，你们觉得警察不会受理，是吧？”

“唉，报了，但是派出所没有查出什么。其实，乡村里丢失孩子也不是一两天的事情了，很多家长都只能靠自己寻找，但人海茫茫，上哪儿找啊。”

陆明飞见老头垂头丧气，出了个主意：“王大爷，你想不想去做些有意义的事情？”

王国华点点头，陆明飞凑到他耳旁，低语几句。两人边说边去坐车，与刑警队的同事一同去云朵村。五分钟不到，他们来到村里，由王国华通知丢孩子的村民前来村委办公室开会，大家挤在小小的办公室里，纷纷说起了失踪案。

全场一片痛骂声，所有人的脸色都很不好看。有人痛恨疾首，捶胸顿足。有人保证，一定积极配合警察的工作。

根据大家提供的信息得知，目前有三位女性失踪：

25天前，村里13岁的女孩烟烟，在放学回来的路上失踪。长相甜美，黑色长发，肤色偏黑，身高155厘米。

12天前，村里22岁的女孩昀昀，去果园摘杧果之后，再也没有回来。标准的美人面容，棕色卷发，肤色白如雪，身高162厘米，原本一个月后就要结婚。

两天前，村里18岁智商方面有缺陷的女孩壳儿，放牛的时候失踪了，家人在林间找到了她的外套和水牛，但没有发现女孩其他的踪迹。长得可爱，但身材较胖，难以与人沟通。

陆明飞眉头紧皱，深知若是妇女被拐卖后，极有可能被人贩子卖到大山里。那里的村民会互相包庇，他们串通起来买妇女当自家的儿媳妇，目的是传宗接代。若是生不出儿子，就要一直生，根本不把她们当作人来看待，相当于一台生殖机器。

忽然，办公室的木门被人推开了。陆明飞回头一看，只见一对中年夫妇探进头，见几位村委员都在场，确定自己走对了地方。

他们走进来，妇女看陆明飞穿着警服，激动地握住他的手，几度哭出声："警察同志，我听说你们要调查女孩失踪一案，拜托你们，尽力调查，抓到人贩子，救出我女儿啊！"

中年大叔为妻子冒昧的动作，冲陆明飞歉意地笑了笑。他带妻子坐在一旁，轻轻拍她的手背，给她一丝安慰。

据了解，这对夫妇的女儿是13岁的烟烟。四点半放学之后，母亲一如既往地到村口去等待女儿归来。可那一天，天色已晚，她望眼欲穿，走了很长的一段路，甚至到学校联系老师和女儿的好朋友，却没人知道烟烟究竟去了何处。

当晚，他们到派出所报了警，几乎每一天都去派出所询问案件进展和女儿的消息。可是，半个月过去了，依旧一无所获。夫妻俩伤透了心，恨人贩子入骨。他们辞掉工作，印刷女儿的寻人启事，张贴在每一个角落，发放给每一个路人。他们一直不敢搬家，就怕女儿回来之后找不到自己，该有多害怕。

而今，距离女儿失踪快一个月了。就在他们心灰意懒的时候，终于听到特案组要重新调查这一系列失踪案了。此刻的他们就像在暗河中跋涉的人，遇见了藏着希望的灯笼一样。

陆明飞十分能理解他们身为父母的心情，微微一笑："你放心，我们绝对不会错过这些罪无可恕的犯人。一般来说，我们不能对外允诺。但现在我可以和你们保证，只要有特案组的长官们在，就会把这些罪犯绳之以法。"

忽然，门再次被推开，唐寒雨瞪一眼陆明飞："谁让你保证的。要知道，调查人贩子的窝点，再进一步瓦解窝点是非常有难度的，你怎么能做出这种保证呢？"

身后的姜云凡挤进屋子，看着满满一屋人，揽住陆明飞和唐寒雨的肩膀，笑道："哎呀，唐组长别这么严肃，我们要对自己有信心。虽然这次的行动很危险，但我们既然插手了，就一定会尽力而为。"

唐寒雨无奈地摇摇头，推开那只细长的手，知道姜云凡和陆明飞是一路人，遇到此类案件就气愤不已，甘愿为此冒险、为此拼搏，索性由他们去。

谁知话音刚落，全屋的人站起来鼓掌，纷纷表示姜云凡说得对，还叮嘱特案组三人在行动中一定要小心谨慎。特案组临走前，王国华代表全村人民朝他们三人深深鞠了一躬，表示敬重肩负重担的人民警察！

边境人贩

在回市局的路上，陆明飞像一只雀跃的小鸟，开车也不忘哼小曲。姜云凡拍了拍他的脑袋，说道：“陆队，你别唱了，刚才我之所以那么说，是为了不让他们担惊受怕。其实，他们内心对背包客的死和村民失踪怕得要死。”

唐寒雨同意他的观点：“是啊，他们大多数时候能够依靠的只有自己。奈何村里的青年极少，实力不足以抵抗外来的恶徒。”

陆明飞微微一愣，仔细想了想，问道：“背包客的死，与人口失踪案有关系，对吧？”

唐寒雨点头：“或许有吧。前天沈老打电话给我，听说最近频繁出现儿童和妇女失踪的案子，怀疑是被人拐卖了。”

姜云凡回头看着她：“看你的样子就知道，和我心有灵犀啊，那几宗失踪案与本市失踪的人口应该有牵连，沈老怎么说？”

唐寒雨知道他的意思，便说：“沈老还不知道本市的人口失踪案，等会儿汇报给他，等待上级的通知吧。这个案子非同小可，咱们要开会制作一份共同战略了。”

夜幕降临，警车驶入市中心。道路很拥堵，几乎停几步走几步。唐寒雨望向窗外，不远处有很多摆地摊的小贩，平日通常可以看到当地人携带孩童，顶着大太阳售卖手工艺品，到夜深才回家。

而此时此刻，于风吟戴着口罩，露出的双眼望向遥远的天际，美丽的夕阳余晖转瞬即逝，余光却是对面的手腕套着大塑料袋的凌峰，他正在等着她解剖下来的器官。

她皱着眉头，回头继续解剖尸体。她轻车熟路地挥舞解剖刀，为了后期通过指纹来排查嫌疑人，先分离尸体上可能带有指纹的皮肤组织，这样还能用指纹来判断死者生前最后接触的人是谁。

接着，她右手持刀，左手轻轻按压死者的胸腔处，一路往下划开。很快，尸体的内脏映入眼帘。再缓缓切开死者的胃部，发现胃里有许多堆积且没消化的食物跟少许海鲜，以及一部分酒精液体。

整个解剖室溢满尸臭和海鲜混合的气味，凌峰一时没能忍住，冲出去抱着门口的垃圾桶，想呕又呕不出。等他回去再看解剖台上的尸体时，脸上浮现疑惑的神情："为什么他的肝脏都是暗黑色？"

"因为他中毒了，是一种需要酒精和运动一起刺激才会激发毒性的特殊毒药。"于风吟深深看他一眼，像在暗示什么。

"是那个东西？"凌峰听见"特殊"二字，眼中闪过一丝惊恐。

"那东西研究出来了吗？没人告诉我。"于风吟面无表情地解剖着其他的器官。

凌峰狐疑地看向她，若杀神不告诉她，她怎么知道毒药的性质。他在心底冷哼一声，明显是不愿意理睬自己。也罢，杀神提醒过，她其实是很冷漠的一个人，生人勿近，否则有生命危险。

十分钟后，于风吟抬头瞥见对面那双注视自己的眼眸一直没转移过，没好气地说："看够本仙女的俊脸了吗？看够了就把死者的器官装好，回头还有用。"

凌峰"哦"了一声，靠近解剖台，戴上橡胶手套，将器官依次装入塑料袋中，嘴边喃喃自语："中毒的肝脏、心脏、肺、胃、大肠和小肠……"

于风吟站在一旁看完全程，冷然道："死者浑身器官完整，准备封尸推入冷藏室吧。"

凌峰听她冷冰冰的语气，心中很不愉快，说道：“我们是一类人，你不必老是用这种口气和我说话吧，我又不是尸体。”

于风吟扯下口罩，摘下橡胶手套，再将其丢到解剖台旁边的垃圾桶，这才抬头看向凌峰：“我跟你不同，至少我还是一个人。顺便说一句，杀神让你适当地帮助他们，提供一点儿人脉什么的。还有，找机会解决唐寒雨。”

凌峰几乎是下意识地脱口而出：“为什么？”

于风吟饶有趣味地看他，嘲讽地扯了扯嘴角：“怎么？看你这不解和不舍得的表情，该不会是对她真的动情了吧？”

凌峰撇过头不看她，以此来掩饰自己的心虚，淡淡道：“我知道了，会照办。”

他不明白，自己最初的任务中，并没有杀害唐寒雨这一项。以他对杀神的了解，对方善于运筹帷幄，以戏弄特案组成员为乐，可如今怎么偏要杀唐寒雨？

很久之后，他才知道，从这一刻起，自己的命运被扭转了。

于风吟听到他会完成任务，头也不回地离开解剖室，留下他一人站在原地冷笑不已。他甚至和于风吟一样怀疑起自己的情感。过了很久，他坚定地摇头，不，我没有心动，我只是替自己，从姜云凡那里抢回原本属于自己的她。

刚下车的唐寒雨连打好几个喷嚏，揉了揉鼻子，看见姜云凡看了自己一眼，那眼神……是她看错了吗？那双清凉的眼眸竟有一丝丝常人难以察觉的关切之色。若她稍不注意，就会忽略。

她这才发现，他有时候会掩饰自己的情感，与之前在审讯室大胆表白的那个男子判若两人。他到底是个怎样的男子，经历过什么才会变成如今这样？她觉得他有点神秘，却又令人想揭开那层神秘的外纱。

三人先后走进办公室，陆明飞急忙拨打外卖的电话，看着外卖单上的照片，差点儿饿得流口水。姜云凡也抵不住饥饿，掏出裤兜里的棒棒糖，开始补充能量。

唐寒雨还没坐下，就掏出手机打电话给沈老。对方的电话接通之后，她先汇报了云朵村的妇女失踪案。

“你等一下啊。”沈老那头已是晚上8点左右，他关掉客厅的电视，走回卧室继续说，“寒雨，前几天和你说的大陆人口失踪案，目前有进展了。根据刑警追踪的情况，他们追踪人贩子时，追丢了。我们怀疑人贩子进入了清武里市，你留意一下是否跟你们要查的案子有关联。”

“好，我明白了。”唐寒雨挂断电话，还没来得及开口，便听见门外“咚咚”两声。

三人望向大门，隐约不安。以往这个点来办公室的人，不是市局办公大楼工作的人，就是于风吟风尘仆仆地推门而入。可是，通常很少有人礼貌地重复敲两次门。

下一刻，他们松了口气。外卖小哥打开门，探进头来问：“是你们点的外卖吗？”

陆明飞举起手，激动地说：“是是是，我等你好久了呢。”

外卖小哥愣一愣，见唐寒雨上前接过沉甸甸的袋子，笑着对自己说辛苦了，顿时把陆明飞听起来像久别重逢的恋人的情话抛到脑后。

姜云凡看外卖小哥一直盯着唐寒雨，脸色不太好看，立刻付钱打发外卖小哥离开办公室。

吃完晚餐，唐寒雨将沈老的信息告诉他们，然后站起来走到门口，说道：“我先去信息调查科，让小王调查最近一个月边境出入的情况。”

姜云凡拉住她的手臂，将早已保存的物证袋塞到她手中：“顺便调查一下这些东西，很有可能是被拐卖的妇女的假身份证和护照，但照片可能是真的。那一张酒吧的优惠券也不能错过。”

唐寒雨攥紧物证袋，推门而出。

过了一会儿，陆明飞接到于风吟的电话。对方大大咧咧地说：“陆队，瞧我多敬业，我晚餐还没吃，正饿着肚子打电话向你们汇报情况呢。”

陆明飞脑海中满是她埋怨的眼神，顿时笑了：“看你这么敬业的份儿上，我让云凡请你吃两颗棒棒糖。”

于风吟忍不住翻了个白眼，长叹一口气：“你们小两口不愧是一家人，用得着这么抠吗？难怪你们都交不到女朋友！”

姜云凡也笑了，抢过电话说道：“那是本少宁缺毋滥。少废话，说正经事。”

根据于风吟提供的检测报告可知，背包客确实是死于慢性毒药。这种毒药起效慢，常被误以为是受害人自杀。这证明凶手是想杀人于无形，可遇上经验丰富的特案组，这招就泡汤了。

“很遗憾，目前没有发现任何嫌疑人的指纹。”

电话挂断后不久，门外传来平稳的脚步声。姜云凡微微一笑，她带着成果回来了。

唐寒雨推开门，听他们说完于风吟的新发现之后，递给他们一份报告。

“我们调查了正常出入边境的情况，没有云朵村三位受害女性出入边境的痕迹。这些身份证和护照应该是伪造的，她们极有可能通过偷渡离境。另外，这家名为‘风火轮’的酒吧位于红灯区，前去调查的同事说，酒吧半个月前就闭门不营业了。”

“这么巧，时间和失踪案很接近啊！”陆明飞说道。

“正好天也黑了，咱们去一趟酒吧呗。在哪一片红灯区？”姜云凡整理自己的衬衫领口。

距离市中心 5 公里的地方，有一片霓虹灯璀璨的红灯区。踏进挂着霓虹灯招牌的街头，随意望去，能看到酒吧内昏暗的灯光下人影摇晃，里面传出的震耳欲聋的音乐更是响彻这片天空。

夜晚 10 点 30 分，特案组三人找到风火轮酒吧，大门上悬挂着“暂停营业”的吊牌。他们便继续往前走，鬼使神差地进了隔壁的酒吧。门外揽客的酒吧女一直盯着他们三人，更确切地说，是盯着女扮男装的唐寒雨。

为了行动方便，唐寒雨特意戴上假发，画着男人的妆容，穿着朋克风格的铆钉皮衣。除了身材太过苗条，透出的气质酷得无以形容，脸蛋过于俊俏容易引人关注，其他地方从表面看几乎没有与普通男人不同的地方。

酒吧的闪光灯十分炫目。特案组三人来到二楼的卡座，凌峰和陆明飞坐在一起，互相为对方点烟，倒两杯白兰地喝起来。烟雾缭绕，四人玩起骰子游戏，陆明飞连输两盘，喝了两杯白兰地。十多分钟过去了，凌峰约的负责人还没出现，姜云凡忍不住随意望了望四周。

这时，凌峰身后走来一个戴金项链的当地人，身材肥胖魁梧，两只眼珠溜得很，猛地拍了凌峰的肩膀。两人宛如亲友，从坐下开始便滔滔不绝。可惜酒吧的音乐声如同雷霆，只得凑近耳旁说话才能听得清晰。

为了不引起这位负责人的怀疑，特案组三人开始装作在谈生意，时而皱眉思考，时而怒气冲冲地反驳。片刻，这位负责人起身往楼下走，凌峰冲他们三人使了个眼色，暗示他们这家伙就是负责人，要准备行动了。

两个小时前，特案组临时起意要去酒吧调查。但是，红灯区鱼龙混杂，带刑警去的话，大家警惕地监视旁人的行为太过显眼。

就在大家愁眉不展的时候，唐寒雨忆起凌峰曾说自己当年在执行任务期间还积累了一点儿人脉，立刻打电话给他，吞吞吐吐地说：“凌峰，你来市局一趟吧，我们需要你的帮助。”

凌峰当时正换上自己的衣服，准备去开车离开法医中心。当他听到“帮助”二字的刹那，杀神的面容浮现在眼前。对方的确料事如神，竟提前通知他帮助特案组。

转念一想，这是一个参与破案的好机会，亦是抢回唐寒雨的好机会。他没有多犹豫，走出法医中心的实验大楼，马不停蹄地赶回市局。

凌峰来到办公室，一听说风火轮酒吧，不禁皱眉道："这家酒吧我知道，老板是黄天。他们的酒非常出名，不仅可以酿造出质感极好的美酒，还会对外销售，其中红酒最为出名。但听我的那些朋友们说，其实他们暗地里非法买卖药物，靠这些每年都能赚几百万。"

陆明飞恍然大悟："难怪别家酒吧都用艳舞女郎揽客，而这家却以红酒揽客，原来他们还有副业。这些家伙醉翁之意并不在酒啊，简直是老谋深算！"

姜云凡笑了："陆队，这些家伙才有意思，不是吗？这说明风火轮的老板想用名酒来洗白自己，掩饰那些见不得人的勾当。但我估计他们除了买卖药物，还拐卖人口吧。"

唐寒雨若有所思地点点头："目前，我们有两个任务：第一，揪出这家酒吧的老板黄天；第二，尽可能地从他们那里救出失踪的妇女和儿童。"

"明白！"三个男人齐齐点头。

只花了一刻钟的时间，四人研究出两个计划。Plan A 是特案组三人当作投资人，以投资当地的葡萄酒为由，让凌峰的线人联系风火轮酒吧姓周的负责人。此人是黄天的助手，只有赢取他的信任，才能再进一步接触黄天。

而 Plan B 是为了以防万一，派部分刑警队的同事化作便衣刑警，在红灯区外不远处随时待命。若特案组与对方达成协议去酒庄，刑警队的同事则可以返回市局，不必跟随。

卧底摸排

晚风把特案组的人拉出回忆。转眼间，他们跟随周姓负责人来到了酒吧后面的街道上。这里风光旖旎，只可惜灯火昏暗，人烟稀少，比红灯区安静太多。

凌峰与周姓负责人并肩而走，向对方介绍特案组三人："周先生，中间那位美女是我们的大 BOSS。验过货之后，她会先投一半的资金。"

周负责人点头："好的，我们老板在酒庄等你们。不过，去酒庄之前，你们不能带手机，而且要蒙上眼睛。包括你，凌先生。"

四人微微一愣，唐寒雨耸耸肩，觉得无所谓："OK，没问题。"

不知不觉中，他们已经来到马路边。周姓负责人从车上拿出扫描仪，确定他们身上没有携带任何电子产品，才让他们坐上自己开来的白色轿车。

他们接过对方递来的眼罩蒙住自己的双眼，听见"嗡"的一声，知道周姓负责人发动了引擎。四位蒙眼侠高度警觉，大脑开始开启了记忆模式，全方位刻录路线。

对时间极敏感的陆明飞来说，起初的十分钟，路途平坦，车鸣声不断，还能听到窗外摩托车的声音，以及有一个孩子说"走吧，是绿灯了"。因此，他判断此刻应该还在市区。

约莫二十分钟后，伴随着一阵阵"轰隆隆"的声音，唐寒雨觉得自己宛如走进一条长长的轨道，头上掠过哐哐作响的火车。她想，不远处或许有火车站。

转眼间，微风透过窗户的一丝缝隙吹进车内，几人迎来阵阵浓郁而又清新的花香。姜云凡仔细一闻，只觉得自己曾在哪里闻到过。他捧着脑袋，在脑海中仔细地搜索记忆碎片。

花香？难道是香水？他靠近身旁的唐寒雨一嗅，立刻摇头。不，不是她身上的。

难道是办公大楼的植物？好像办公室没有摆放鲜花。盛夏盛开的鲜花……我知道了，是公寓楼下那一盆盆可爱的茉莉花，白洁优雅，不如玫瑰那般妖艳显眼。若不是它散发香气利人利已，可能没人会注意它们。

姜云凡微微一笑，忽然整个人差点儿跳了起来，听到身材高大的陆明飞吃痛地喊一声：“哎哟，这司机怎么不好好开车？撞到车板疼死我了！”

周姓负责人似乎听懂了他的意思，充满歉意地说：“对不起，我会注意的。”

很快，白色轿车驶入酒庄内的停车场。等候已久的黑衣人打开车门，搀住他们四人的臂弯，一起慢悠悠地走过长廊去乘电梯，最后来到总经理办公室的门前。

黑衣人摘下他们的眼罩，排成一列，摆出“请”的手势。

周负责人走在最前面，轻轻敲了敲门才打开。唐寒雨一眼望去，落地窗前穿老头衫的男人映入眼帘。他正背对着门口，看窗外的美景。

“Boss，他们来了。”说罢，周姓负责人悄悄退出去，顺带关上门。

那男人徐徐转身，鼻梁上的金丝边眼镜在阳光下熠熠生辉。见到客人一来，他连忙放下烟斗，打开通风口排出烟味，从始至终嘴角都挂着淡淡的笑意。

他迎上去，伸出右手：“你们好，我是黄天。请问，哪位是……”

唐寒雨立刻会意，握住他的右手：“你好，我是 Rachel，要投资酒庄的人。他们三位是我的助理。那位凌先生你应该认识，之前都是他来对接和洽谈。”

黄天看了一眼凌峰，点点头：“认识认识，只是我没想到合作方会是个大美人。请坐，咱们慢慢谈。”

五人落座之后，还未喝茶，便见周姓负责人再次推门而入。他抱着几份文件分别摆放在四人面前，坐在单独的沙发上，讲解文件的内容：“这份文件包括了我们酒庄的历史，每个产品的成分和制作方式。我们大部分红酒都是用自己种植的葡萄来酿造，质量上绝对没有问题。我们每年的葡萄年产量高达几十万斤，酿造出来的红酒除了提供酒吧，还长期远销国外，包括俄罗斯、韩国、意大利、法国等国家。而且，每家经销商反馈的成果都很好。”

陆明飞凑近唐寒雨耳旁，用他们俩才能听到的声音，说道：“这家伙练得一口好口才，说得头头是道，我差点儿以为自己进了传销组织。”

唐寒雨憋住笑，替于风吟不在场感到可惜。若她看到陆明飞如此毒舌，必定倍感欣慰，终于有人传承她的衣钵了。

姜云凡对周负责人点点头，也和唐寒雨交头接耳几句，象征性地点点头。让合作方以为他们在讨论这单项目是否值得投资，该投资多少资金或高科技设备。

“话虽这么说，但我们还是想参观一下你们制作的地方。我们最看重的是红酒的口感，首先，它制作的材料必须要好，制作过程我们需要把关。”唐寒雨演起戏来也是有模有样。

“没问题，我能理解。每次开始打造新品的时候，我也会站在消费者的角度上思考，替他们品尝自己家的酒。现在，我带你们去看看。”

走出办公室，唐寒雨才看到这个酒庄的位置有多大。只可惜四周有高墙围住，加上夜晚一片漆黑，看不到墙外的风景。根据黄天的介绍，他们的东边是种植葡萄的区域，而西边那一栋栋高楼则是酿酒和藏酒的位置。

唐寒雨不禁皱眉，这两个地方与自己所在的位置相距好几公里，若要一向不常穿高跟鞋的自己走来走去，恐怕脚指头会因起泡而疼痛不已。

谈话期间，黄天似乎看出她的顾虑，立刻派人去开来两辆小小的白色观览车。六七人坐上车，围绕着酒庄饶了整整一圈，途中路过葡萄园、加工厂、酿造厂等，最终抵达特案组感兴趣的藏酒楼。

藏酒楼，顾名思义是酒窖。正如黄天所介绍的那样，他们一进去便看见每条走廊和每面墙壁，包括每间藏酒屋都装饰得一模一样。若不是悬挂上空的指示牌，恐怕特案组四人都要在这栋溢满酒香的迷宫中绕晕了。

每层楼储藏的都是不同种类的酒，特案组所要验证的红酒在地下一层的区域。七拐八拐之后，黄天终于停驻于铁门外，掏出一大串钥匙，打开眼前这扇门。

几乎全都是相同的木桶，淡淡的酒香气味扑面而来。黄天指着约莫50个酒桶讲解说，他们为了提升白兰地和葡萄酒的质量，用的都是欧洲顶级的橡木桶来储存。橡木具有良好的透气性，可使葡萄酒发生适当的氧化，在此过程中还可为葡萄酒润色，使其色泽更加鲜明和稳定。不同国家的橡木制作的酒桶储存葡萄酒之后，会孕育出不同的味道和香气。

他从角落的柜子里拿出高脚杯，打开一桶酒的木盖，亲自舀一勺红酒倒入高脚杯中递给唐寒雨，笑容充满自信和骄傲："这一杯呢，是用美国橡木桶储存的。Rachel，你先品尝品尝，看看这酒的质感如何？"

唐寒雨接过高脚杯，低头看赏心悦目的颜色，扑鼻而来的香气沁人心脾。小嘬一口，生涩、圆润的酒液滑过舌尖。她点点头："的确不错。"

姜云凡不动声色地观察这间屋，悄悄靠近那些橡木酒桶，特意深深地闻了闻。除了橡木本身散发的气味，还有香草味、柠檬味的气息，唯独没有闻到药物的气味。他有点儿失落，回到唐寒雨的身后，轻碰一下她的手臂暗示。

唐寒雨自然懂得他的意思，与凌峰商量了投资的金额，然后对黄天说："我们打算先投资一部分，再定购几十万的葡萄酒运去不同的地方卖，你看怎么样？"

凌峰和陆明飞上前，将手中沉甸甸的箱子递给他们，黄天身后的两个保镖接过箱子，放在地面上验钞。见手下点头确认，黄天笑得合不拢嘴，伸出右手："希望我们合作愉快。"

唐寒雨握住他的手，淡淡一笑，这笑中含着几分冷漠和恶心。

再次乘坐观览车回到办公室，两方的保镖分别站成一排，签约现场充满仪式感。三位高颜值的男保镖将沙发上的唐寒雨映衬得像是混在道上的"大哥"，而黄天那边基本上都是身材魁梧的手下。

他们签完合同，黄天几番邀请特案组去吃大餐或安排他们在酒店就寝。唐寒雨却以明日一大早要在自己住的酒店开会而拒绝。于是，黄天只好让周姓负责人连夜送他们回去。

不一会儿，周姓负责人开着黑色越野车来到酒庄办公大楼的门口。黄天送他们到楼下，说道："很抱歉，由于我们的规矩，还要让你们蒙上眼睛回去。谢谢你们的信任，我们会做得更好。"

唐寒雨大方地一笑，表示能够理解。只要能够赚到钱，这些都是不足挂齿的小事。

黄天还是感到很抱歉，准备去打开车门，恭送他们离开。谁知这时凌峰率先跑过去，替唐寒雨打开车门，以手护住她的头，让她不损一丝一毫地坐上车。

目送他们离开之后，黄天一想到以后要发大财，顿时哈哈大笑几声，然后旁若无人地哼着小曲，一路跳Michael Jackson的舞蹈返回自己的办公室。

夜色暗沉，车内寂静无声，盛夏温热的晚风吹得人昏昏欲睡。陆明飞坐在副驾驶位上，终是抵不住深深困意，一手撑着窗户小寐。

唐寒雨两眼发酸，几次闭目又睁开。或许是今夜的晚风太过温柔，她再次闭上眼睛后睡着了。忽然，凌峰感到肩上一沉，下意识地侧首，闻到她发丝散发的淡淡香气。这需要隔得很近的距离才能闻到。他笑得满脸宠溺，原来是她可爱的小脑袋。

他虽然看不见她沉睡的面容，但还是十分渴望轿车开得慢一点儿，再慢一点儿。他贪恋这种时刻，甚至想让时间在这一刻定格，轿车永远不要开进市区。

但美梦总是容易被破碎。

“到了。”周负责人熄了火。

四人纷纷摘下眼罩，望向车窗外的那栋灯火通明的五星级酒店，迅速钻出车室，一同步入酒店大门，自然地走进电梯。周姓负责人见状，安心地开车回去复命。

等黑色轿车远走之后，四人抵达酒店第20层楼，进入2020的总统套房。

“天啊，这里也太高级了吧，云凡，你是怎么办到的？按照你的工资来算，住套房一晚，你应该要打几个月的工才行吧。”陆明飞打趣道。

“我才没有那么low，这家酒店的老板是我的粉丝，所以这间套房是免费入住的。”姜云凡看着瞬间石化的三人，奇怪地问，“你们生病了？”

陆明飞摇摇头，打开冰箱取出一瓶白色液体喝起来。结果，脸上立刻浮现后悔的神色，吞下去两秒后就被呛得脸颊发红。低头一看，我去，这不是矿泉水，而是烈酒！

他噘嘴抱怨道：“不公平，太不公平了，没有粉丝就算了，他大爷的，喝口酒都能被呛到。”

唐寒雨十分疲惫，已经无法笑出来。她手上提着高跟鞋，指着一间简洁的客房：“我睡这里，其他三间房你们随便选吧。对了，明晚6点准备开餐，20分钟的时间吃完。先找到酒庄，计划夜里9点左右展开行动。”说完，便关上了房门。

雷霆出击

第二天晚上 6 点，四人坐在长方形的餐桌上共进晚餐。20 分钟后，他们乘电梯到停车场。由于四人头一次住在同一屋檐下，电梯内的气氛很怪，他们从吃晚餐到现在没有说过一句话。

坐上酒店老板免费租赁的轿车，陆明飞发动引擎，为打破车内的沉默，有意无意地问："昨天黄天有怀疑我们吗？"

"当然有。最开始，周姓负责人开白色的 SUV 轿车，后来送我们回酒店的是黑色轿车，这证明他们换车子检查了我们是否在车上安装什么东西。"唐寒雨说道。

"那我们现在要怎么去酒庄？刑警队的同事已经在候命了。"

"我们要把之前的路重走一遍。"

陆明飞听从唐寒雨的指令，很快开到昨晚的红灯区酒吧的后街。除了他以外，其他三人戴上眼罩，利用犯罪地理画像来摸索路线，也就是凭借自己当时的感官和记下来的东西来辨识路线。比如路途中听到的特殊声音、特殊气味，转了几个弯，颠簸了多少次，停了多长时间的车。

起初十分钟，他们还在市区内，路过红绿灯，再往前直走十多分钟。陆明飞提出目前遇到一处岔路口，不知该往那边走，只能先开过去停靠在路边。

凌峰根据自己的记忆，说道："清武里市有两个火车站，离这里最近的是小火车站，地理位置比较偏。我记得昨天开车半小时后，好像就在安静的公路上了。"

姜云凡忆起自己闻到的气味，开口道："如果小火车站附近有花香，那就是正确的道路。我初步鉴定是茉莉花香，此时是盛夏，茉莉花开得正好。"

陆明飞打开导航，立刻发动车子掉头，开往小火车站。路上的确越来越安静，地理位置也越来越偏僻。公路逐渐不平坦，碎石到处都是。但所幸前方白茫茫的一片风光，以及扑面而来的茉莉花香，证明了姜云凡的推断正确。

可是，陆明飞开了很久，也不见附近有葡萄园或高墙围绕的酒庄，只有茂盛密集的树林。

"奇怪，为什么还没到那个地方？我记得当时自己的头被撞到了。可这里啥都没有，我们会不会走错路了？"

话音刚落，车子驶上小坡，再缓慢地下坡，忽然身子腾空而起，头部撞到车板。陆明飞侧首看向副驾驶的姜云凡，大笑道："没走错没走错，就是刚刚那里，下坡路的末尾有条凸起的褶子。"

姜云凡捂着被撞的脑袋："你小心点儿，看好前面的路。我估计很快要到酒庄了，咱们得先把车藏起来，再潜入酒庄。"

十多分钟后，车子驶入一片林子里，四人一袭黑衣，极像古时的采花贼，偷偷靠近酒庄。本想攀岩走壁而入，谁知今夜的值班室没有保安，就连办公大楼和藏酒楼的附近区域也没人把守。但是，越是平静越让人心生怀疑。

"大家要小心，今晚的酒庄不太对劲儿。"唐寒雨提醒道。

"不怕，大不了拿出咱们证件，再拖延时间，等老何送来搜捕证。"陆明飞出了个主意。

一小时之前，上头刚刚通过特案组的申请。由于时间紧迫，去市局的方向与酒庄的完全相反，只好随后让老何带过来。但刑警队其他同事已经跟随特案组，正潜伏在夜色之下、丛林之中。

他们轻车熟路地来到藏酒楼的地下一层，姜云凡凭借自己强大的记忆力，七拐八拐之后，来到入口处。但是，他们立刻停下步伐，靠在墙壁上隐藏身影。

“今晚你们务必整夜巡逻红酒区域，若有什么闪失，拿你们是问。”黄天命令道。

“是，老板。”众人齐声答。

凌峰小心翼翼地探出头，只见两个手下跟在黄天身后，从另外一条路走了，剩下的都是身姿挺拔的保镖。他回头看向唐寒雨：“黄天走了，大概还有10个保镖在这里，看不出他们有没有带枪。咱们接下来怎么办？”

“等会儿陆队把守门口，我们三人进之前黄天带我们去的红酒屋搜物证。如果被人发现，陆队你懂的。”

“明白，这对我来说都是小菜一碟。”

话音刚落，他们眼前出现了一道黑影。那保镖眉头微皱，正想拿起对讲机汇报。陆明飞迅速地用力一拍保镖的手，对讲机沿着抛物线掉落在地，随后用手铐铐住保镖的双手。凌峰赶紧上前捡起对讲机，将其胡乱地塞住保镖的嘴。

“老大，把这个小喽啰关到哪里比较好？”陆明飞抓着保镖。

“带他和我们一起走，说不定有用处。”唐寒雨看了一眼他们。

五人成功地避开巡逻的保镖。唐寒雨一路仔细观察藏酒屋的构造，发现黄天之前带他们去的那间是红酒区域最大的一间。除了空间大小，橡木桶的摆设、墙壁图案、酒杯柜子的位置都与其他屋子没有什么不同。

为什么偏偏那间占地面积最大？唐寒雨一边思考一边打开眼前的橡木酒桶的盖子。

陆明飞找来绳索捆绑保镖全身，将其丢在角落，自己也跑去打开木桶的盖子。五分钟后，所有的木盖都被打开了，但五十只橡木桶里呈现的只有满满的酒液。

奇怪，他们把药物藏到什么地方去了？

姜云凡出人意料地做起法医的工作，用胶帽滴管汲取了红酒，分别装在三支密封的滴瓶中，边装酒边说："香芋肯定会感谢我在帮她做这些事。老大，我猜药物不在这间屋里。你们也别找密室的开关了，让陆队审一审保镖看他说不说。"

陆明飞觉得这个主意很好，撸起衣袖，按得手指咔咔响："你是选择说出来呢，还是选择被揍得半死不活？"

陆明飞单膝下跪，揪住保镖的衣领，见对方嘴硬不说，假装就要一个拳头挥过去。

"别打，我说，我说。这间酒窖有个密室，开关在左边的空心墙后，轻轻一推就可以进去。"看来这个保镖并不经吓。

凌峰一脸狐疑地推动墙壁，没想到墙壁真的缓缓移动了。但就在这时，门被推开了，黄天出现在他们眼前，身后站着一批扛木棍的黑衣保镖。

"Rachel，再次相见，别来无恙啊！"黄天摘下金丝边镜框，忽然夸张地捂住嘴，阴阳怪气地说，"哦，不对，我应该称呼你为唐警官。"

唐寒雨笑而不语，背在背后的双手却在暗示：就是这时候了，开打！

不知谁"啊"的一声大叫，门外的黑衣保镖冲进来，挥着棍棒朝他们四人劈头盖脸而来。陆明飞大展身手，两分钟之内，一人打趴五六个敌人。凌峰的实力与他不相上下，同样打趴六名黑衣保镖。

唐寒雨弯腰躲开那些疯狂的保镖，通过落地窗看见黄天逃到藏酒楼的门口，立刻按下耳中的传唤器："快进来救援，抓住黄天，别让他跑了！"

刑警队的同事们收到命令，从附近的林子里蜂拥而出，纷纷迈着飞毛腿赶去酒庄。

酒窖里的橡木桶被打破了很多，香醇的酒液流淌出来，浸湿了地上躺着呻吟的黑衣保镖，但仍旧还有数十名保镖不屈不挠地持续战斗！

姜云凡对打架不擅长，早已偷偷溜进密室。乍一看，这间密室与外面的酒窖并无区别。但他仔细一闻，总觉得有点不对劲儿。

他打开面前的橡木桶的盖子，顿时笑了，终于找到了——桶里装着大量的氯胺酮。这东西是毒死背包客的罪魁祸首之一。

唐寒雨重返酒窖，在门口看到凌峰的背后站起了某道魁梧的黑影。她想也没想，冲过去推开凌峰，自己的手臂却被尖锐的刀片划伤，鲜血洒了戴着手铐的保镖一脸。

“寒雨！”凌峰一声尖叫，扶住要跌倒的她，心疼地问，“你还好吗？”

“没事，只是一点儿皮肉伤。”唐寒雨摇摇头，可嘴唇却泛白了。

姜云凡听到凌峰的尖叫声，立刻冲出来，见唐寒雨跌倒在地，顿时心被揪起来，跑过去一看，焦急地撕下自己的衬衣襟：“你别说话，我先帮你止血。”

这时，老何带着刑警队的同事们冲进来，举着枪对准屋内的黑衣保镖，大声喊道：“警察，全部放下枪！”

那些黑衣保镖愣住了，纷纷放下枪，蹲下做投降的姿势。刑警队的同事们掏出手铐，将所有犯罪分子都铐起来，然后押着他们走出藏酒楼。

姜云凡替唐寒雨包扎好之后，冷冷地问道：“黄天呢？”

老何往旁边移了移，门口出现了他要找的人。原来黄天逃到藏酒楼门口，正要开车离去，不料遇到飞快冲来的刑警，老何也开车猛地撞上他的车子使其报废。随后，刑警持枪包围了车上的黄天。对方乖乖举起双手，被两名警察扣押而来。

姜云凡站起身，忍住心中的怒火，冷眼看向对方：“那些妇女和儿童在哪里？”

黄天举起双手：“你解开手铐，我就告诉你。”

姜云凡二话不说，一拳挥过去，打得对方脸颊红肿，鼻孔出血。黄天不屑地擦掉血液，冲他笑了。眼见姜云凡又要挥拳过来，陆明飞连忙拦住他，让老何押着黄天回市局，部分刑警留下来搜寻任何可藏人的地方，包括每一个橡木酒桶。

在场的人都没有看过姜云凡发这么大的脾气，他向来不与犯人动粗，只会用智慧与他们周旋，今晚真是奇怪了！

特案组乘车回到市局，连夜进行审问，由于证据确凿，酒庄总负责人黄天对于非法贩卖药物，主动承认了罪行。但是，对于拐卖人口和杀害背包客苏樘的案子，他避而不谈。无论如何提问，他只说“我不记得了”或“我不知道”之类的话语来敷衍特案组。

直到次日正午，陆明飞急匆匆地跑回办公室，推开门便说：“老大，找到了一个女孩！”

唐寒雨轻轻放下茶杯，立刻起身：“人在哪里？”

“目前，她已经被送回家了。但这个女孩有沟通障碍，要她指证犯人可能很难，而其他两个女孩……”陆明飞话锋一转，面露难色，唐寒雨便知结果了。

姜云凡这才放下报纸，动作不急不缓，似乎这是早已料到的事情。

约莫半个小时之后，特案组三人乘车抵达云朵村。刚下车，就听到入口处传来一阵阵凄凉的悲泣声。循声望去，正是痛失女儿的那些父母。

唐寒雨心生哀伤，忽觉自己手上的伤痛，抵不住他们失去女儿的痛的万分之一。为了给死者一个交代，她要马上去见那个女孩。

眼前这间简陋的砖瓦房，是壳儿最熟悉的家。唐寒雨怀着沉重的心情，进门便见一个微胖的女孩垂着脑袋，清澈的眼眸看了看特案组三人，随后很快低下头。为了顺利地进行谈话，唐寒雨只身一人坐在她对面，让姜云凡和陆明飞守在门外。

“壳儿，你回家高兴吗？”

对面的女孩沉默不语，但从她的行为上可以看出她很焦急：此刻，她正坐在座椅的边角上，双手紧紧攥着自己的裙子。

唐寒雨知道，与壳儿对谈需要足够的耐心和专注，要确定她能够辨识善恶，便提及她最熟悉的生活。

“壳儿，你家的牛有几头？”

“我不知道，我要见爸爸妈妈。”

“他们就在门外。你放心，我只是想和你聊聊天儿，不会伤害你。你回答我的问题，好吗？”

“好。我家有……一、二、三，三头牛。”

“如果有人偷了你家的牛，那么他算不算是坏人？”

“算。妈妈说，自己家的东西可以拿，但是不能随便拿走别人家的东西，必须要经过别人的同意才可以。所以，我不是坏人。我不拿别人的东西。”

唐寒雨很欣慰，确定壳儿能够分辨善恶，虽然她说得抽象。

“壳儿，当时他们偷走你和其他的女孩后到哪里去了？”

对面的女孩突然哭起来，过了很久，她才开口回答：“他们杀了她们，把我们藏在圆圆的木桶里，不给我们饭吃，还说要卖掉我们。”

唐寒雨不禁松了口气，原以为她会闭口不谈。趁此时机，她递上一张黄天和黑衣保镖的照片，问道：“是不是这些坏人？”

壳儿点点头，再次大声哭起来。这时，一个妇女跑进来，紧紧抱住她。

“妈妈，我好害怕。”

“壳儿乖，妈妈在这里。咱们回家了，不怕。”

唐寒雨拿着录音笔走出门口，对守在门口的两人点点头，表示已有定罪的证据。

之后，特案组三人赶回到市局，再次审讯黄天。这才得知，死者苏樘其实是酒吧犯罪集团的其中一员。但他只是负责拐卖人口，并不知道贩卖非法药物一事。不久前，他想金盆洗手，逃到很远的地方躲起来生活。

可黄天知道之后，担心苏樘会破坏自己的好事，正愁眉不展，便接到对方的电话。苏樘要求签订解约合同，黄天答应了，但前提是苏樘要去一趟酒吧。

那一晚，苏樘喝得迷迷糊糊，不知酒里放了多少有毒的药物，更不知这种药的起效性质。但他很高兴，想着第二天去云朵村拐卖最后一个女孩，这单成功之后就能解约，自己从此可以远走高飞。

“之后的事情，你们都知道了，他就那么死了。”

第七案

英雄葬礼

英雄不但要知道适时而生，更应知道适时而死。

——尼采

引子

刺眼的阳光透过窗户射入出租屋，她坐在铁椅子上，只想轻轻活动筋骨，却浑身酸痛乏力，头痛欲裂。猛然睁开双眼，发现自己四肢被固定在椅子上，右手手背正在输液。

不，那不是普通的液体，而是一瓶血液。

她抬头一看，手肘旁的高杆上，正挂着灌满血液的医用玻璃瓶！

自己怎么会在这间小破屋里输血？为什么头疼欲裂且浑身乏力？她不知道，甚至想不起来自己之前做了什么事，去过什么地方。

为什么会这样？为什么？！她几乎崩溃，豆大的泪珠倏然落下。

渐渐地，她平静下来，想开口对外呼救。可平视眼前的窗户时，她才发现玻璃上有一行嚣张的血书：

不要做无用功。若有人擅自拔掉你的针管，你将牵连一系列人死去，包括你自己。另外，当这瓶血液只剩最后一滴时，亦是你的死期。光是想到你吐血身亡，我连呼吸都是亢奋的。

吊瓶续命

市局不远处的巷子里，有一家早餐店，每天来这里吃早餐的人非常多。店家掌柜手工捏做的包子和糕点既精致又好吃，排骨粥香飘十里。这不，嘴最刁的于风吟也来吃了。

自从拐卖案完结之后，特案组四人已经休息三天了。平时只要有案子，他们就会非常忙碌，盼望着休几天假期。可一旦闲下来，他们又盼望着上班。或许是职业的原因，他们的危机意识比较强，害怕过惯安逸的日子，突然某天一个暗涌侵袭而来，让自己措手不及。

“没有案子的人生，喝冰糖豆浆都是苦的。”姜云凡轻声叹了口气，用鸡蛋揉了揉脸颊，“陆队，你昨晚下手也太狠了。”

陆明飞翻了个白眼：“姜公子，昨晚是你不仁，把我从梦中吵醒，却只为了让我夸你帅，我只好不义。这叫礼尚往来，你怎么能怪我呢？”

于风吟“扑哧”笑出声：“你们小两口居然打架了？”

两天前，姜云凡闲得心慌，上网发帖子表明，凡是有私人案件的客户，可以发短信或上门请他破案。但是，至今他一个客户都没有，一度怀疑自己的魅力有所下降。

昨晚，他邀陆明飞来到公寓，只为听到那句：你很帅，你很有魅力。陆明飞当场揍了他一拳。再加上市局的主业也是一再清闲，此时他的表情堪比即将枯萎的花朵，仿佛再不来点儿刺激的东西，就要凋零。

“话说回来，我挺喜欢现在这样的生活，多好啊，没人闹矛盾，没人无辜地死去，世界一片平和。”陆明飞仿佛在念诗句一般，语气平缓，含着情感。

“陆诗人，你好。陆诗人，再见，前方左拐不送。”于风吟趁陆明飞不注意，抢过他那杯未喝过的豆浆，咕噜咕噜灌下肚子。

“大家别说这些了，我觉得陆队说得挺对，没有案件发生，不只是世界美好，还能证明这个社会的发展如何。”唐寒雨喝了一口排骨粥，她可不想这时候来案子破坏美好的心情。

然而，世事无常，天有不测风云，她担心的事情还是发生了。

“丁零零——”姜云凡的手机铃声不断地响起来，屏幕上出现一串陌生号码。他习惯性地按下拒绝键，不打算理会这些打广告或搞推销的人。

打电话的人不死心，一遍遍重拨姜云凡的号码，直到连环夺命铃声招来早餐店其他客人不满的目光。姜云凡不耐烦地接了电话，低吼道：“我不管你是谁，你大爷的一大早打什么电话！如果你告诉我你是推销产品的人，我会寄一把刀片到你家。”

“好大的脾气！姜兄，初次在电话里相见，别来无恙啊！言归正传，虽然‘铁玫瑰’那个废物还是输给你了，但新的挑战开始了！”电话那头的声音奶声奶气，一听就知道对方用了变声器。

姜云凡微微一愣，精神高度集中：“你是谁？你想干什么？”

那人讥笑两声：“现在你还没资格知道我的身份，但接下来的话你们听好了，你很快会收到一个网址，进入网址后，会有人告诉你，你该做什么。如果你不照做，那人就会死。另外，你必须要和死神来一场时间赛跑。如果你跑不赢，那很抱歉，会有很多人因你送命！”

“你到底……妈的，断线了！”姜云凡翻看通话记录，讲述着方才的谈话内容。

“他终于露面了，玫瑰分子打招呼的方式没什么变化。”于风吟暗指“黑玫瑰”。

“我估计要出大事了，赶紧开车回市局，让信息调查科的同事查出这个号码的 IP 地址。”唐寒雨皱眉道。

陆明飞点头，立刻去发动车子。四人风风火火地跑出巷子，乘坐警车回市局，全然不知有个人正站在早餐店门口，一边喝豆浆一边看他们焦急的样子，笑了。

在路上，姜云凡和她们坐在后排车位上，眼眸一直盯着屏幕。忽然听到“叮”的一声，提示着手机有新的短信了。

没有丝毫犹豫，他直接打开了网站，有个东西忽然弹出来，是一个视频。姜云凡点开视频，屏幕上先是显示连接成功，随后视频中的内容令他们紧张起来。

那是一间简陋的出租屋，墙壁上只有几张海报，室内摆着几张桌椅，其中有个约莫 16 岁的女孩双眼紧闭，身着精神病院的病人制服，被捆绑在铁椅上，动弹不得。

最为奇怪的是，女孩的右手上正在输液。哦不，那不是普通的药物液体，而是嫣红的血液。强烈的日光射向她的上身，她缓缓睁开眼，因头疼欲裂而皱眉，视线模模糊糊，过了好一会儿才看清自己的处境。

她几乎疯狂地想拔掉手背上的针管，可是没有用，她被绳索绑住了双腿和上半身，而且一动就头疼欲裂，只能乖乖坐在铁椅上。

为什么会来到这里？为什么自己被绑架了？为什么会输血？一连串的问题浮现在脑海中，可她都记不起来了。昨晚去见过谁，与谁说过话，去过哪里，她统统记不起来了。

委屈和恐惧的心理一涌而来，她眼中噙着泪光，豆大的泪珠倏然落下。

“喂，姑娘，你听得到我们说话吗？”姜云凡问道。

女孩听到声音，抬头望去，却发现玻璃窗上有一行血书，轻声念道：“不要做无用功。若有人擅自拔掉你的针管，你将牵连一系列人死去，包括你自己。另外，当这瓶血液只剩最后一滴时，亦是你的死期。光是想到你吐血身亡，我连呼吸都是亢奋的。”

姜云凡听得一头雾水，不禁提高声贝："姑娘，你在念什么恐吓信呢？听得到我们的声音吗？"

女孩这才转移目光，看到窗帘旁的支架上，立着一台笔记本电脑。屏幕弹出的视频窗口中的男人神色不耐烦，眉宇之间藏着丝丝焦急。可是被人一吼，她更觉委屈和害怕，只一个劲儿地哭。

唐寒雨夺过手机，柔声道："姑娘，先别哭。你听着，我们是来救你的。"

女孩突然止住哭泣，眼中闪着光芒："真的吗？你们怎么救我？"

姜云凡点点头，语速极快，问道："先回答我们，你叫什么名字？从事什么职业？被绑之前去的最后一个地方在何处？"

女孩先是一愣，呜咽着答："我叫何蕊儿，是一名车模。昨晚我出门了，但是去过什么地方，我记不起来了。"

"好，你先别慌，冷静下来，我们必须争取时间。你仔细观察周围，看看有什么标志性的东西。"

何蕊儿缓缓转动上身，遥看四周："除了桌椅，还有一台笔记本电脑。我正对面的窗户上有一行血书，就是你说的恐吓信。还有一个像避雷针似的东西，但我近视 300 多度，3 米之外的东西都不太看得清楚。"

"谁知道哪里有避雷针？"姜云凡问其他三人。

唐寒雨立即掏出手机搜索地图，却显示有两百多个地方都有避雷针。若只用人工寻找何蕊儿所在位置的避雷针，这难度堪比在大海中捞针，以及在茫茫人海中找人。

陆明飞嘟囔道："两百多个！等咱们找到她，黄花菜都要凉了。"

于风吟亦心神烦忧："姜疯子，有缩小侦查范围的方法吗？如果没有的话，那个女孩就会……这可让玫瑰分子得意了！"

姜云凡听到最后一句，瞬间斗志力满满，在脑海中过滤自己储存的知识。忽然，他睁开眼眸，打个响指："有了，咱们前两天不是用过犯罪地理画像吗？这可是大招啊！"

只要受害者打开自己所有的感官和精神高度集中，正确回答特案组的问题，以此为依据锁定她的大概方位，就会大大增加被拯救的概率。

唐寒雨将此方法解释给何蕊儿，对方点点头，语调中带着哭腔："好，我明白了。你们一定要救我啊，如果这瓶血滴完了，我也完蛋了，可我还不想死啊！"

于风吟在一旁看得着急起来："你深呼吸，别紧张害怕，留点力气。"

姜云凡拍拍于风吟的肩膀："香芋，我觉得你应该放轻松点儿，你看起来比她还紧张。"

于风吟瞪他一眼，听到唐寒雨需要帮忙的声音，从车上翻出小本子，开始配合她做记录。

忽然，何蕊儿连打两个大喷嚏，皱眉道："这是什么臭味，好难闻，快把我臭死了！"

唐寒雨欣慰地笑，捧着手机说："对，没错，你赶快使劲闻闻这是什么气味？要确定是非常特殊的气味，有标志性的那种。"

何蕊儿有点鼻炎，对污浊的气体敏感，连打两个喷嚏，往往代表自己的附近肯定有污染空气的建筑物或家用电器。她将此发现说出来，下意识地抬头检查，这间屋子并没有空调或冰箱等电器。

"我猜应该是外面传来的，是一股非常臭的，像是发霉后的臭味，但我不能确定是什么东西传来的。"她的语气中含着惋惜。

"没关系，现在你静下心来听听周围的声音。"唐寒雨耐心地问道。

何蕊儿深呼吸好几次，然后闭上双眼，全身放轻松，能够听到自己的心跳，还有不远处"咚咚咚"的声音。她微微皱眉，想去探索声音的来源，但越是着急，越难以捕捉。

"有'咚咚咚'的声音！像敲钟声！咚——咚——咚，这样的节奏！"

于风吟在本子上写着：

受害人何蕊儿，是一位车模。所处位置发出难闻的臭味，像发霉后的气味。附近有“咚咚咚”的敲钟声，每敲一次的间隔时间为十几秒。

姜云凡仔细想了想，忽然想起什么，问道：“对了，你能分辨出自己处于什么方位吗？”

何蕊儿摇摇头：“我地理不好，分不清东南西北，但正对面的窗户外只有太阳。”

于风吟继续写：

正对面的窗户外有太阳，证明受害者所在的房间位置较高，或者出租屋前面没有建筑物。

转念一想，为何她在出租屋这么久都没人发现？难道那个地方在荒郊野外吗？

于是，在本子上加了一行字：

受害人可能在较为偏僻的地方。

忽然，视频中断了，手机视频上的女孩消失不见，屏幕一片暗淡。所幸，陆明飞已经通过道道红绿灯，开车驶入市局。

“叮”的一声，犯罪狂徒发来短信，语气仍旧狂妄：“姜兄，等你们收集到线索，我会让你和那个可怜的女孩通视频。要抓紧时间哦，否则她会吐血身亡！”

定时救人

车子停在市局办公大楼的门口，于风吟拿着唐寒雨开着地图的手机和写满记录的小本子，信心满满地保证五分钟内跑上信息调查科，一下车就溜得无影无踪了。

但五分钟后，在人群中静静等待电梯的她，抬头看到面前人的白发和宽厚的背影时，略微露出讶异之色。咦，这人好像是……她迫切地看向电梯镜面显示的面容，忽然惊讶得目瞪口呆，是杀神！

他戴着警帽，推推鼻梁上的镜框，冲她摇了摇头。

于风吟立刻会意，摸着肚子装出疼痛的表情，猫腰走出人群，来到洗手间。过了好久，她都没有缓过来。杀神来市局干什么？他是怎么进来的？为什么他穿着警服？

陆明飞停好车之后，三人迫切地回特案组办公室。在走廊上，他们看到门口皱眉的老何。

“陆队，你们终于回来了，刚刚我们收到恐吓电话，有个车模被绑架了。对方什么都不肯说，只要你们去救那个女孩。”

“我们在回来的路上知道了。这家伙真是胆儿肥，还敢不断地拨打电话给我们制造混乱。”

“还好，我一接电话，就让小王查对方的 IP 地址了。不过，目前还没结果。”

老何看他们走进办公室，给自己倒杯水坐下来，脸上仍旧风平浪静，便知他们应该提前做了准备。

可是，过了很久，于风吟都没有回来汇报情况。陆明飞按捺不住，打电话给她：“于魔女，你那边出结果了吗？咱们要争取时间，你催一催小王。”

电话那头的于风吟刚刚走出洗手间，想不出撒谎的理由，提高声贝说道：“哎呀，你别催了，这不刚刚开始调查，哪有那么快啊！”

陆明飞莫名其妙地看手机屏幕，这才一转眼的时间就对我发脾气，她吃炸药了？

于风吟跑到信息调查科，将自己手上的东西交给小王。两人对接许久，逐渐缩小受害人所处位置的范围。半小时后，于风吟拿着几份地图报告回到办公室。

她指着地图上的红星解释："小王通过咱们提供的信息，没有查出IP地址，但搜出了这几个地方，分别是钢铁厂、化工厂、垃圾场、炼铁厂、寺庙。这类地方安装避雷针的就有7家，咱们怎么找？"

姜云凡分析道："我觉得，根据声音可以先排除垃圾场，寺庙的气味也不符合，那就只剩三家工厂了。再看看这些位置，全都离市区较远，而且分布得很均匀。以咱们的位置为中心，那就是东边、西边、南边都有一家。"

唐寒雨拿起于风吟做记录的本子："这说明犯罪狂徒很了解本市的地形，想让我们分别去寻找。再看看于同学的记录，找高建筑物或四周极少建筑物的地方，不太容易。"

陆明飞两手托腮看着他们纠结的神情，这下线索有了，却有个暂时解不开的结了。

忽然，唐寒雨的手机铃声响了。她看一眼屏幕上的号码，接通之后按下免提键，又是那道奶声奶气的声音："唐警官，线索收集够了吗？再不来，她就要死了。"

"救救我！救救我！只剩半瓶血了……"何蕊儿的抽泣声越来越远。

"有本事你来我们这里嚣张，欺负一女孩算什么！"陆明飞气急败坏，抢过手机吼道，"你别嚣张，我们一定会救出何蕊儿，逮捕你！"

那人冷笑几声，讽刺道："小陆陆有志气，那我给你们加大难度吧！"

电话再次被挂断。办公室的门被推开了，凌峰收到老何的通知后赶了回来。

特案组四人面面相觑，忽然眼前一亮，姜云凡的手机发出一道亮光，但屏幕仍旧没有任何画面。接着，他们再次听到了何蕊儿的声音：

"其实，你们已经掌握了正确的信息，我就在其中一个工厂附近。现在，在我面前有一台笔记本电脑，正在进行60分钟的死亡倒计时。另外，我有两个线索可以提供给你：第一，出租屋的楼下没有锁门；第二，我这边的街道上有常见的大树和莲花。”

何蕊儿呜咽地念着犯罪狂徒交给她的纸条，忽然屏幕的倒计时发出鬼娃娃似的笑声，阴森且悠长，令人毛骨悚然，只一瞬间便恢复了平静。

“这他妈是什么线索，讲和没讲有什么区别。”姜云凡快被气炸了，转念一想，犯人也不会给出明显的线索，否则他们就觉得游戏不好玩了。

“按照我对本市的了解，我觉得她应该在 A 点和 B 点之间，这两个地方的莲花我没注意过，但树林较多，也更为偏僻，开车过去起码要半个小时。”凌峰仔细看了看大家目前的线索，打开地图搜了搜距离，分析道。

“如果大家相信凌峰的推……”唐寒雨话说到一半。

“我不相信。”姜云凡打断了她，他看向凌峰，“如果你的推测错了，我们走错地方，耽误救人的话，怎么办？”

凌峰对自己的推论十分有把握，斩钉截铁地说：“很简单，无论最后是谁抵达受害者那里，我们都可以通过电话或视频教对方解救人质。”

姜云凡不以为然，犯罪狂徒可没有那么简单，他们以杀人为乐，怎么可能让你轻松地救人？但是，时间紧迫，加上开车过去又缩短了救人时间，唐寒雨必须马上分配成员组队出发。

最后，根据大家自主的选择，姜云凡和唐寒雨为一组去 A 点的化工厂，陆明飞和于风吟去 B 点的钢铁厂，老何和凌峰则去 C 点的炼铁厂。

但是，谁都没有料到，开车半小时后，前往 C 点的凌峰和老何开始遇见了莲花。正值盛夏，池沼中大片大片的荷叶，白色莲花像婴孩般躺在荷叶上，花朵饱满而硕大，又不失可爱。

而抵达 A 点的姜云凡，正在为没有看到莲花而失落，但他兜里的手机忽然响了。

“喂，你怎么还没到？还有 28 分钟，我就要死了，怎么办？”何蕊儿那细细悠长的哭泣声音充斥着他们的耳膜。

“我们就在附近了，再等一等，很快就到。”姜云凡开始疯狂地跑向那条出租屋的街，唐寒雨跟在他身后，不断地呼唤何蕊儿。可是，出租屋楼下的门紧闭。空荡的马路上，安静得不可思议，仿佛从没有人在此生存过。

“姜兄，只剩最后20分钟，你可能还不知道，其实现在有人来到了我身边，但不是你。他为了打败你，想尽千方百计，让你身边的人都相信他。到最后，大家都怀疑你、责难你。”

“不，你想误导我，我不相信！”

“只有我才不会害你，因为我们是同一类人！”

“不，不！你闭嘴，闭嘴！不要再说了！”

唐寒雨听到身后的姜云凡忽然歇斯底里地叫喊，匆匆回头一看，他双手捧着脑袋，痛苦得单膝下跪。她跑去抢过手机一听，那边并没有发出声音。姜云凡怎么了？他怎么这么痛苦？

“没有人说话了，别吓我啊，你怎么了？”唐寒雨看着他，恐惧地瞪大眼，心慌意乱。

“寒雨，你相信我吗？”

“当然相信啊，我们是队员，不会背叛彼此的队员啊！”

姜云凡拉过她，一把拥在怀里，紧紧拥住她，低声道：“你相信我就好。”

唐寒雨头一次看到内心脆弱的姜云凡，没有推开他，而是在一边轻轻安慰他，一边静静地听自己心脏快速跳动的节奏。

片倾，姜云凡松开她，支支吾吾地说：“谢……谢谢。”

唐寒雨微微一笑，但此地长时间没人出入。她感到隐隐不安，便说：“我们分别打电话给他们问问情况吧。”

姜云凡点头，掏出手机打给陆明飞，听到他那边人声嘈杂，想必附近有很多工人。

陆明飞把于风吟从工人堆里拉出来，寻个较安静的地方，开口道：“姜疯子，我问了一圈，这里除了工厂和宿舍，没有开门的出租楼。你们呢？”

姜云凡暗叫不妙，正要回答，却听到唐寒雨的手机传出凌峰的声音。他凑过去仔细一听，得知对方在路上看见了莲花，已确定附近有家炼铁厂，目前正要走进开着门的出租屋大楼。

姜云凡顿时脸色极难看，抢过手机，怒气冲冲地喊：“凌峰，你是不是故意的？想借此机会加入特案组是吧？早知道，我就不听你的！”一气之下，姜云凡挂断电话。

不远处，伴随着一股恶臭的气味，炼铁厂传来“咚咚咚”的声响。凌峰收起手机，露出自己才能察觉的笑容，与老何小心翼翼地走进楼梯道，边走边往上看，但一路都没有遇到其他人和恶作剧。

二楼有两户人家，其中有一扇门开了个缝。他们顺势推开门，再往里一看。咦，这个屋子似曾相识，熟悉的电脑，熟悉的海报，还有正背对着门口的铁椅上，那个穿着病服的长发女孩，以及她头顶的血液吊瓶。

他们相互一望，脸上露出欣慰的神色，终于找到她了！

“何蕊儿，你还好吗？”老何焦急地跑进去，站在她面前关切地问。

这个 16 岁的女孩，比他的儿子大 9 岁，小小年纪被人绑架，而今还经历了这般非常人能承受的痛苦，内心的恐惧和无助不是旁人能够明白的。

果真，女孩听到呼唤，睁开那双清澈的眼眸，盯着笔记本上的倒计时，哆哆嗦嗦地哭：“只剩最后 16 分钟了，怎么办？”

两大男人望向笔记本，倒数的速度非常快，一晃眼只剩 15 分钟了。但是，此刻女孩身上除了麻绳之外，还有许多条粗线连接着血液吊瓶。

凌峰伸手去碰粗线，打算研究如何救人，却被何蕊儿叫住了：“别动！他说了，如果有人动了我的针管和身上的粗线，我就会死，还会引起一系列的恶果！”

凌峰收回悬在半空的手，仔细想了想，意思是拔或不拔掉针管，受害人都会死。如果剪掉粗线，大家很有可能都会死。这仿佛陷入了一个打不开的死结。

救人的时间紧迫，他硬着头皮，让老何打电话给姜云凡求助。此时，姜云凡正在开车赶往C点炼铁厂，坐在副驾驶上的唐寒雨替他接了电话。

“姜长官……是唐长官啊，我们见到受害者了，但是现在有个很严重的问题，你让姜长官出出主意吧。”

唐寒雨按下免提键，仔细听完老何分析的问题。车室沉默许久。她看向疯狂开车的姜云凡，不知他在想什么，但她非常担心车速过快而造成的影响，不禁伸手握紧了扶手。

“我想出来了，你按照我的做吧，绝对没问题。”姜云凡忽然开口，信心满满。

“你怎么能确定？我们现在根本看不到他们那边的画面。不行，这样太冒险了。”唐寒雨觉得不妥，断然阻止。

“等我们过去的话，受害者就死了！”姜云凡开始着急。

“可是，如果现在受害者身上的线路出了问题，说不定他们都会死！”唐寒雨亦很忧虑。

“寒雨，我们的人生本来就是一场冒险的旅行，如果你不勇敢点儿，就看不到前面的惊喜了。相信我，一切后果由我来承担。”

唐寒雨紧蹙眉头，仍旧觉得这样做十分不妥，她不知自己在担心出租屋中的三人，还是更加担心眼前人。

后来，她才明白自己此刻的心已经趋向于姜云凡，在他毅然决然地离开特案组时，她比任何人都难过，时常想起他此刻那么不顾一切，却只为救人的情景。

瓦斯爆炸

此时，凌峰沿着粗线一路寻找线头，直到他来到阳台，发现多根线头连着两台瓦斯，这才明白犯罪狂徒想做什么。倘若两台瓦斯连接着其他的爆炸物，那这栋小楼都将被摧毁，所有人都逃不过死神的追捕！这就是那一系列的恶果啊！

他连忙拍下瓦斯的照片，又回到客厅，拍下血液吊瓶的照片，全部发给唐寒雨。

可是，来不及了。笔记本上的倒计时已经从10分钟开始倒数，老何也已听从姜云凡的建议，剪断了血液吊瓶上的一根粗线，再拔掉她手背上的针，最后解开她身上的麻绳。

何蕊儿站起来，发现自己安然无恙，屋内也没有异常情况。她欣喜地笑道：“太好了，我得救了，我可以活下来了。”

老何作为父亲兼警察，亦非常高兴，丝毫没有注意到，他剪断那根粗线之后，粗线迅速收缩，笔记本上的倒计时加速，灾难即将发生！

十、九、八、七、六、五……

“姜长官，我们成功解救了人质……”

“老何，快，从落地窗跳出去！”

凌峰几乎使尽全身力气跑过去，打断喜上眉梢的老何谈话，拉着对方一起往窗外跳。可惜他没有拉住老何的手臂，眼睁睁看着自己身子往外扑，老何却落在了出租屋里。随后，“轰”的一声巨响，屋内的物品被炸得到处飞，熊熊烈火从两扇落地窗冒出，浓烟冲上云霄。凌峰摔在马路上，背脊滚烫且疼痛难忍，但他还是忍不住回头看了一眼，还想伸手去抓住老何的手臂。

当爆炸声响起的那一刻，车内的两人面面相觑，过了十几秒才反应过来。姜云凡对着手机，一遍遍大声呼唤老何，可是对方没有回应。他一脚踩下油门儿，车子宛如火箭般冲出去。

十分钟后，他们来到出租屋的楼下。不远处，停着陆明飞的警车和几辆消防车。这里已经被刑警队封锁了现场，二楼的房屋还在冒烟。他们跨过警备线，心情沉重地走上二楼的出租屋。

陆明飞在屋外拦住他们，劝道："目前还没有排除危险，你们先别进去，等他们找出受害者……"他顿了顿，喉咙里仿佛卡着一根刺，哽咽道，"受害者和老何的尸体，再进去吧。"

姜云凡望向屋内，落地窗的玻璃已经碎成了渣，墙上的海报被烧成灰，墙壁黑黢黢一片，铁椅倒在地上，客厅俨然成了废墟。消防员们戴着口罩，还在一一检查。但他没有过多犹豫，淡淡地说："让我进去，我再说一遍，让我进去。"

陆明飞红着眼眶，不想与他争吵，便放下手臂，随他的性子去。

唐寒雨跟着进屋，忽然听到"扑通"一声，姜云凡跪在砖块和玻璃混合的废墟堆中，双手拼命地挖砖块。他挖呀挖，把十根手指都挖破皮，血液沾着细碎的石子，像伤口被撒了盐似的，让人看得生疼。

但是，没有人敢去拉他起来。屋内静悄悄的，消防人员们行动时很小心，几乎只能听到翻动砖块的声音。他的头发被脸上的汗珠浸湿，紧咬着下唇，连一丝吃痛声都没有。

唐寒雨站在她身后，伸手拍他的肩膀，又停下动作，担心惹怒了他。可他的双手严重受损，再挖的话只会严重地感染细菌。她再次伸出手，轻轻拍他的肩："云凡，起来吧，别挖了。"

他不听，手上的动作还未停止。她站在他的侧边，用力地拉住他的手臂，劝道：“你的手受伤了，不能再挖了，让专业的人来做这种事……”

“不，老何还在等着我救他们，我要救他们。”姜云凡不领情地甩开她的手。

唐寒雨连退几步，险些摔倒在地，是陆明飞扶住了她。陆明飞很不高兴，只觉姜云凡在阻碍其他人工作，简直无理取闹。他堆积在心底的怒气一爆而发，用力地揪起姜云凡的衣领，粗鲁地拉他起来，吼道：“老何已经死了，你现在救还有什么用！”

姜云凡拨开对方的手，却怎么也拨不开，衬衫衣领紧紧勒住他的脖子，勒得他脖间一圈红。他实在没有耐心再耗下去，吼道：“你放开我，我要救老何！你他娘的放不放？”

陆明飞正在气头上，一拳打中他的脸颊，边哭边喊：“我就不放！你在这里只会阻碍大家寻找他的尸体，你知道吗，他的儿子才七岁！我都不知该怎么向母子俩交代……”

这番话真如万箭穿心，姜云凡眼中闪烁着泪光，胸口有股气始终喘不上来。两个大男人缠绕在一块，争先出拳，谁也不让，把对方打得鼻青脸肿。

一时之间，刑警队的同事们涌进来，用力扯开他们。于风吟出现在门口，看着他们俩的模样，不禁皱了皱眉。后面追上来的凌峰扶着门框，头部和手臂分别绑着很多层绷带，像个木乃伊，愣在门口，傻傻看着屋内黑压压一片的人。

陆明飞被抬进卧室，于风吟提着法医箱跟进去，客厅这才免了一场大战。

唐寒雨走上前，看见姜云凡呆坐在角落，嘴角溢出的血液格外刺眼，脸颊红肿得厉害。她跑去卧室，从法医箱中找来药水，帮他轻轻地上药，疼得他龇牙咧嘴。她皱着眉头，忍不住骂道：“你明知自己打不过陆队，干吗还要和他打？打完就痛快了吗？”

姜云凡两眼瞪着伤口的药水，不吭声，也不回应，认为自己没错。

唐寒雨不禁轻声叹口气："我知道，你们心里都不好受。但事已至此，不能挽回。我们当下最要紧的，是揪出犯罪狂徒，这才能让地下的老何和受害者瞑目。"

她一向秉承的信条是：成事不说，遂事不谏，既往不咎。这三则信条，常人难以做到，但只有时刻提醒自己，才能在关键时刻冷静下来不出乱。

姜云凡从不奢求理解，但听到这番话，他还是心动了。在得知老何还有个七岁的儿子时，那种真真切切的心痛感侵袭而来。或许是因为他从小无父无母，带着怨恨父亲的心结长大，他比任何人都清楚，没有父亲的陪伴，那种细数忧伤的感受。而今，因为他，有个孩子可能也将重蹈自己的覆辙。

忽然，在废墟中寻找尸体的人群里，有个同事大声喊："找到了，找到了！"

话音刚落，陆明飞跑出来，只见废墟中的大坑隐约露出警服和病服的面料。同事们一点点搬开砖块，将两具尸体先后抬上来，放在担架上用白布遮盖死者。

刹那，在场所有人都站起身，神色严肃，低头看着担架上那张苍白又熟悉的脸，忆起平日像个大家长一样操心，脸上总是洋溢着和蔼笑容的老何，眼眶不禁微微泛红。就连流血不流泪的铁血汉子陆明飞，也鼻头一酸，眼泪簌簌掉落——他本不该躺在那里的。

在沉默中，大家的眼泪对老何说了很多话——你是个尽职尽责、为天下人爱戴的好警察，更是一个为儿子做好榜样的父亲！

姜云凡偷偷擦掉眼泪，他真的快受不了满屋浓浓的悲伤了。正要走出去，便看见身旁掠过熟悉的人影，乍一看，很像是那个害人精。

小小告别仪式举行完毕，刑警队的同事上前抬担架。凌峰心中愧疚不已，想上前出一把力帮助大家。可他还没碰到担架，肩膀就被姜云凡捏住了。

“你有什么资格来抬？如果不是你，今天不至于沦落到这样的地步。”

“让我为他做点儿事吧。”凌峰几乎哀求。

“不行，你没资格！”姜云凡斩钉截铁。

凌峰愣在原地，默默收回双手。屋中仿佛充满冷气，于风吟最受不了特案组自己人争吵不休，先是打架后是争吵，尽让人看笑话。在死者面前争吵不休，难道不觉得羞耻吗？

她忍不住站出来，对姜云凡说道：“我知道，老何的死让你责怪自己，我们也很难受。但是，你能不能现在不要发泄自己的情绪？能不能让死者安安静静地走完最后一程？”

“对不起，都怪我，但是请允许我最后一次，安静地送老何离开，不然我会恨死我自己的。请求你们允许……”凌峰哀求着，看起来可怜极了。

一时之间，现场没人说话。在大家的寂静中，唐寒雨冲凌峰点点头。他这才上前抬起担架，冲姜云凡露出一丝两人才看得到的得意的笑。

姜云凡实在无法忍受这个虚情假意的人碰老何，二话不说就冲过去，一拳落在凌峰的脸上，吼道：“你们看不出来吗？他明明就是故意的，害了我们的人，还装作自己最无辜。之前他没来的时候，我们一直相安无事，几乎没有出过错。为什么他一来，老何就死了？！”

“云凡，你太激动了，我们先出去吧。这种时刻，我们真的不应该打扰逝者。”

矛盾进一步激化，向来淡定的唐寒雨也慌了。情况太过混乱，她只能先顾好眼前，让逝者安心离世，再商讨抓犯罪狂徒，以及姜云凡怀疑的事情。

可是，姜云凡一刻也容忍不了，他就是要在事情发生的时候，定住那个人的罪行。他生怕世人都一样，时间一过就不了了之，哪怕那件事曾让自己伤筋动骨留疤痕。

他扫了一眼满屋低头不语的同事们，脸上浮现不可思议的表情。这些领导们辛辛苦苦选拔培养的人才，难道也要选择蒙蔽自己的眼睛吗？

“你们铁了心要包庇这假惺惺的家伙，是吧？”姜云凡指着凌峰，真希望有人站出来说一句，他们会公正地看待这件事，不会包庇任何一个内鬼，无论对方是谁，也会死磕到底。可惜，没有，一个都没有。

“姜长官，你一直说罪魁祸首是我，但是你有什么证据呢？我可以理解你现在的心情，但我无法容忍别人侮辱我引以为傲的职业。麻烦你让一让，我们要送逝者回家。”凌峰抬起担架，屋里的人陆续走到门口。

忽然，姜云凡冷笑两声：“你们说什么知道别人难受，尊重逝者？放屁，如果真的尊重，就应当知道，死亡是件严肃的事情。现在，逝者根本不需要你们移动他的身体。你们现在所做的，才是真正地打扰逝者安静地离开。”

话音刚落，所有人停下步伐，仔细想想，姜云凡所述不无道理。但令凌峰停下来的原因是，他还想看看对方要说什么，他有种预感，对方即将做出一个不可思议的决定。

姜云凡拨开人群，走到曾经自己最熟悉的四人面前，心灰意冷地掏出警察证件，往废墟中一丢，冷冷道：“呵，我算是看明白了，只有老子是罪人，不该来瞎掺和！”

他负气离开，留下一屋人傻眼和悲伤不已。

后来，他才意识到，自己从失控的那一刻起，就输了，输给了自己的自尊心。

英雄葬礼

葬礼在清武里市最大的殡仪馆举行。第一天，市局所有的警察都去了，除了姜云凡。

沈老穿戴着警服、警帽，脸色庄重严肃地走在最前面，年过半旬却仍旧身强体壮，走路的背影还像个年轻人。不得不说，有些老年人活着，还浑身散发年轻的活力，而有些年轻人却反之，像是将死之人。

姜云凡把自己关在公寓，一天到晚躺在浴缸中，长出细碎的胡茬儿也不清理，像个颓废的糟老头。他不用脑袋想，也能知道此刻殡仪馆的场景：大堂立着几个花圈，在沈老的带领下，警察们献花默哀，朝黑白照片中的老何敬礼。沈老会评述老何此生的贡献、战绩带来的荣誉，大家被推进回忆的浪潮，眼眶浸湿。末了，沈老会给老何的妻子一笔抚恤金，以此保证他们七岁的儿子能够完成漫长的学业，等等。

在那一片乌泱泱的人群中，少了姜云凡也不明显。更何况，他还是个有罪之人，不能再去现场牵动家属的情绪。他这么想着，渐渐闭上眼。

直到葬礼的最后一天，他家的门再次被敲醒。他微微皱眉，不想起身去开门，打算让对方无功而返，知难而退，就像三天前于风吟来找他一样。

其实，葬礼举行的第二天，也就是昨日，唐寒雨也来敲过门。她是为了劝服他去参加葬礼，顺便检查他的饮食起居。打开门后，她看到一个眼窝深陷的男人，不禁吓了一大跳，略带歉意地说：“对不起啊，我可能敲错门了。”

姜云凡拉住她，淡淡道：“你没走错，这是我家。”

听到熟悉的嗓音，唐寒雨才回过身，不给他拒绝的机会，从他的胳肢窝下钻进去。她应该是头一次来，但对房间的布局并不感到新奇，看到墙上的骨头海报也只是淡然置之。反而打开他的冰箱和厨房的储藏柜翻看半天，然后摇摇头，觉得对方真是没救了。

“你是要把自己饿死吗？”

“你不明白，在饥饿和痛苦的环境下，能清醒地思考重要的问题。”

“对对，就你姜大才子厉害，最擅长一本正经地胡说八道！”

唐寒雨拿出冰箱里的全部食物，椰子奶油、吐司面包、椰汁、鹅肝、青菜、剩饭、三颗红石榴，再无其他。她想了几分钟，开始清洗菜锅和青菜，开启烤箱和榨汁机。

姜云凡给自己倒了杯咖啡，倚靠在门槛上，静静地看她有条不紊地切菜、倒油、放材料、酱料等，等菜熟的空闲时间，便榨石榴汁，做椰汁奶油烤吐司。

约莫半小时后，厨房飘出香得肚子咕噜叫的菜香。姜云凡回头望去，唐寒雨已端着两盘食物走来。她把那盘鹅肝青菜炒饭递给姜云凡，自己选择了椰汁奶油烤吐司。再端来两杯新鲜的果汁，坐下来自顾自吃起来。

姜云凡抢过她的椰汁奶油烤吐司，说道：“你那么瘦，吃鹅肝炒饭。”

唐寒雨迅速抢过吐司，死死抱在怀中，像个怕被抢玩具的孩童，反驳道：“你比我还瘦，我喜欢椰子味的一切食物，别和我抢，否则菜刀伺候。”姜云凡被逗笑了，只好遂了她的意。

吃完饭，唐寒雨临走时，仍旧不忘劝他：“当时大家都手忙脚乱，说的话你也别太介意。明天是葬礼的最后一天，你一定要去，不然就再也见不到他了。”

姜云凡当时不知作何回答，只是目送她离开。

可是此刻，谁来敲响了门？而且，这人一直不死心，反反复复地敲门。门铃声吵得他头疼，再也无法静下来入睡。

于是，他怒气冲冲地起身，拉开浴室的门帘，打算把门外的人臭骂一通。可当他通过门上的猫眼，看见门外那道熟悉的身影时，心中的怒火瞬间荡然无存。他犹豫一会儿，还是开了门。

“臭小子，我好不容易来一趟，你还不欢迎我？”

“我哪敢这样对您，还不得被您的徒弟们剁了。”

“那我坐下，连杯茶都没有见着，这是欢迎的方式吗？”

“不瞒您说，这是我这里特有的招待方式。说吧，您来有何要事？”

“回去吧，那里还需要你，犯罪狂徒开始渐露尖角，很快就会出现了。”

“我不回。君子一言，驷马难追！”

“你这臭脾气……”简直和你亲生父亲年轻时完全相同——这句话沈老没说出来，他把桌上的礼物推给姜云凡，“罢了！这是监狱长让我带给你的东西，他说你看了就会明白该怎么做。”

姜云凡抬头看去，脸色奇怪地接过一个用棉麻布包裹的盒子，打开之后看到里面装着数十块玫瑰姜汁饼干和姜氏特制的糕点，眼泪差点儿掉下来。

这是他小时候的奖赏，只有与监狱长玩游戏赢了，他才能得到的食物。他咬一口糕点，味道仍旧没变，满满都是父亲的爱。他不禁想起老何的家人，那个七岁的男孩，失去父亲的他，如今怎样了？

沈老看见他的情绪变化，满意地笑了。他装作恼气地站起身，轻叹一口气：“监狱长的儿子真是抠门儿，来这里连杯茶都喝不到，我和他可能白交这么多年的朋友了。看你也没心思招待我这个老头，我还是早点儿回去好了！”

姜云凡低着头，细细品尝漂洋过海而来的食物，没有挽留沈老，亦没有吭声。等铁门的声音响了，他才抬起头，淌了一脸泪水。

这一天，他刮了胡子茬儿，穿戴好警服和警帽，来到静悄悄的殡仪馆。

入门只见三两个前来慰问的中年男女，但他们没有穿戴警服，估计是老何的老朋友吧。再走两步，便见形影孤单的母子俩。那个中年妇女穿戴丧服，脸上满是倦容，双眼好似空洞，含着浓浓的悲伤。而她身旁的小男孩，天真可爱的小脸蛋上面无表情，紧紧依靠着她，乖巧地对前来慰问的人鞠躬。

姜云凡不敢再看那中年妇女的眼神，更不敢看那个小孩。他静静地走上前献花上香，站在黑白遗像前，看着老何许久。脑海中浮现了初次看见老何的画面，在破案过程中老何持枪与歹徒恶斗的身影，以及老何开车去接他们时微笑的面容等。这些情景一下子蜂拥而出，像纪录片一样一一回放于眼前。

对不起，老何。你放心，我一定会抓到那个犯罪狂徒。无论他是谁，就算他逃到天涯海角，我也会把他抓来忏悔！

姜云凡暗暗许下诺言，两个拳头不禁攥紧。他准备朝母子鞠躬，然后匆匆离开。

但这时，老何的妻子走到他面前，声音已经哭得沙哑："姜长官，你终于来了。"

姜云凡凝视着她，点了点头回应，低头看向黏在她身旁的小男孩。孩子似乎感到有目光看着自己，好奇地看了一眼他，又迅速低下头，有点儿害羞。

"我对不起你们，如果不是我错误的推测，过于自信，老何也不会……以后，你们要照顾好自己。我会抓住犯人，给老何一个交代。"

"姜长官，这不是你的错。我了解老何，他身为一名警察，最后闭眼的时候应该没有后悔，反而是有一种油然而生的荣誉感吧。我们都以他为荣，及时雨，你说是不是？"妇人搂了搂小男孩的肩膀，温柔地问道。

“对。我爸爸很厉害的，他教会了我好多绝技，不过这是我们之间的秘密，不能告诉你们。”小男孩一脸骄傲地说。

妇人欣慰地笑了笑：“老何以前总提起你，说你傲慢自信，但是破案一流，是他们学习的榜样。他从你们身上学到了推理破案的方法，犯罪心理学、犯罪行为学、法医常用的知识等。每次他谈起这些，眼睛就像在发光，可高兴了。”

姜云凡心中一动，眼前的妇人不但没有怪罪他，反而在安慰他。他冲妇人点头表示感谢，摸摸裤兜，掏出一颗彩色的大棒棒糖，蹲在小男孩的面前，说道：“及时雨是你的小名吗？”

小男孩点点头，眼睛好似圆溜溜的葡萄，一直盯着他手上的棒棒糖。

“我跟你说句悄悄话。”姜云凡递给他棒棒糖，见他接过去，把自己的耳朵凑过来。忽然姜云凡笑了，这小家伙真可爱啊！

“你要记住哦，你爸爸是个英雄。”

“我知道呀，因为我以后也要像我爸爸一样，当个英雄。”

“好，有志向！”

姜云凡宠溺地抚摩他的脑袋，然后转身离开殡仪馆。接下来，他还有重要的事情要办。

葬礼结束之后，唐寒雨又来了一次公寓。但这次，她并没有劝说他回到特案组，也没有为他做餐点，而是递给他一份法医鉴定报告，上面写着何蕊儿和老何都死于瓦斯爆炸，身体面部烧伤范围很广，体内器官全部被烧毁，惨不忍睹。

爆炸当日，特案组离开之后，勘查现场的同事们在整理废墟时，发现了一盒磁带。

姜云凡取出透明文件袋中的磁带，仔细嗅了嗅，只有泥土的气味。再拿放大镜检查上面的指纹和痕迹，是一块崭新的磁带，背面有一朵黑玫瑰花图案。他记得，当时现场的笔记本都不知被炸飞到何处去了，怎么还会有一块毫发无损的磁带?

这应该是犯罪狂徒后来留下的。然而，在搜寻现场的期间，除了市局的警察们，几乎没有其他闲杂人进过那间出租屋。所以……他心头一惊，仿佛发现了一个惊天的秘密。

他急忙跑到书房翻箱倒柜，翻出一台古旧的录音机，将磁带插进其中许久，录音机终于传出滋滋的沙哑声：“爱而不得，誓言破碎，心生怨念。不辞辛苦，日夜思念，你却远离。是罪是罚，是爱是缠，至死方休。吾在牢笼，死亡之前，等你拯救。礼物就藏在这首诗歌中，节日快乐姜兄，咱们新一轮的游戏开始了！”

这道悠长的歌声中，含着怨念、纠结、痴迷和仅仅剩下的最后一丝希望，但赠送这块磁带的“黑玫瑰”却请了一位女孩来歌唱。

唐寒雨从歌声中仿佛可以看到，有个深陷爱河的女孩，因为爱而不得，越想靠近心爱之人，却越被对方拒之门外，痛苦不已。女孩举着一枝黑玫瑰花，轻轻地拔掉花瓣，心中不甘，决定要么惩罚恋人，要么纠缠对方至死。

但最后一句话，还是让姜云凡和唐寒雨面面相觑，歌词中藏着什么东西？他们暂时解不出答案，但深知即将发生的游戏中，将有受害者等着特案组去拯救。

第八案

无间计划

虚伪的真诚，比魔鬼更可怕。

——泰戈尔

引子

下着暴雨的深夜，遥远的闪电亮瞎人眼，雷鸣声响彻天际。特案组三人坐在办公室里，大家还在为老何的死而闷闷不乐。还有离开特案组的姜云凡，这家伙一不在，于风吟连调侃他和陆队的机会都没了。

唐寒雨遥看窗外的暴雨，豆大的雨珠敲击着玻璃窗，噼里啪啦响个不停，也听得她心神不宁，总觉得最近要发生什么大事。

忽然，办公室的门被打开了，进来的人是凌峰。他一脸惊慌地说：“地方派出所接到一个报案电话，案发地在白河公寓，是一宗灭门惨案，全家三口无一人幸免，请你们马上赶往现场！”

灭门惨案

老何在世时，他的职位是刑警总队的副队长，一直充当陆明飞的左膀右臂。这下他走了，对应的职位也空了下来。陆明飞对老何仍旧心怀愧疚，起初有严重的抗拒心理，不愿意让任何人坐上这个位子。

但他思考了很久，倘若某日发生重大案件，他要配合特案组这边办案，根本无暇发派刑警队的任务。于是，这日清晨，他来到市局的办公室，与唐寒雨商量许久，最终决定由熟悉破案的人来接手。

凌峰接到唐寒雨的电话后，来到特案组的办公室，看着眼前不说话的特案组三人，觉得有点儿别扭，忍不住问道："请问，找我来有什么事儿吗？"

陆明飞轻咳两声，像要宣布大事："经过我们深思熟虑，通过人才选拔之后，我们决定让你来当刑警队的副队长，你意下如何？"

话音刚落，于风吟意味深长地笑了，短暂地看一眼凌峰，却见对方露出惊讶的神色，没有一丝高兴的样子，似有推脱之意。

果不其然，凌峰愣了愣："真的吗？你们不多考虑一下吗？我觉得我不太适合。"

唐寒雨心生疑惑，他不是一直都渴望加入特案组吗。虽然现在没有直接加入，但是当一名刑警队的副队长，总比当特殊编外人员，每天只能跟在特案组身后做记录强吧。转念一想，或许，他也在因为老何的事情而对自己耿耿于怀吧。

"这是沈老的意思，你要是想拒绝，就自己打电话和他说。"

凌峰看向唐寒雨，见她没有玩笑之意，再想到沈老听到自己拒绝的神情，便答应了。

大家坐下来之后，唐寒雨提着一台录音机放在桌面上，再把磁带放进去，女孩悠长的歌声传出来："爱而不得，誓言破碎，心生怨念。不辞辛苦，日夜思念，你却远离。是罪是罚，是爱是缠，至死方休。吾在牢笼，死亡之前，等你拯救。礼物就藏在这首诗歌中，节日快乐姜兄，咱们新一轮的游戏开始了！"

这首诗歌，他们反反复复听了五遍。唐寒雨将其摘抄下来，然后按下录音机的暂停键，先把磁带的由来解释了一遍，问道："现在咱们的人，除了姜云凡，都在这里了。大家对这首诗歌有何见解？"

"很明显，对方是冲着姜疯子来的。不过，也是冲着我们而来。游戏的开始意味着又要有案子发生了。"于风吟解释道。

"话是这么说，但最近有什么节日吗？为什么要说节日快乐？"陆明飞看了看日历表，今天是 8 月 27 日，没有重大的国际节日。

"死亡之日，便是犯罪狂徒唯一认可的节日。"唐寒雨的眼中似有寒光。

"他应该听过这首诗歌了吧，有没有发现什么？"凌峰暗指姜云凡。

唐寒雨摇摇头，没有人知道其中藏着什么样的玄机，连向来认为自己最了解罪犯的姜云凡也解不出。此刻，在公寓的姜云凡，正一边放着震耳欲聋的歌曲，一边琢磨这首诗歌。若不是顾忌他的头脑和职业，隔壁的业主们早就举起扫把来敲门了。

深夜，暴雨倾盆。遥远的闪电刺眼炫目，雷鸣声响彻天际。特案组三人坐在办公室，听着噼里啪啦响个不停的雨声，心情越发压抑。他们情不自禁地联想起那些伤感的事情，包括老何的牺牲和姜云凡离开特案组。

说来也奇怪，这家伙在的时候，大家都看不顺眼他傲慢的模样。但他一旦不在这里，总让人觉得某个位置空空的。就连于风吟也觉得日子越发无趣，调侃他和陆队的机会都没了。

唐寒雨遥看窗外的暴雨，豆大的雨珠敲击着玻璃窗，听得她心神不宁，总觉得最近要发生什么大事。

现在，他们坚守在办公室，也是在等一个时机。他们知道，既然“黑玫瑰”发出了挑战，即便姜云凡目前退出了特案组，对方也不会放弃这一场安排好的游戏。犯罪狂徒喜欢游戏，姜云凡也喜欢游戏，特案组四人肯定会因这宗案子而再次齐聚。

忽然，办公室的门被打开了，进来的人是凌峰。他一脸惊慌地说：“地方派出所接到一个报案电话，案发地在白河公寓，是一宗灭门惨案，全家三口无一人幸免，请你们马上赶往现场！”

二话不说，大家纷纷带上自己的证件、背上法医箱，快步走出市局大门坐上警车。

白河公寓位于阳光镇，距离市中心二十多分钟的车程。前往的途中，雨势没有丝毫减弱。车子堵在拥挤的车道，道路两旁盏盏灯火，忽近忽远，越发不清晰。由于目前不了解案情，也还没抵达现场，大家都望着窗户上的雨珠没有说话，车室的气氛有点儿压抑。

陆明飞心急如焚，但也不敢开得过快，便放起歌曲来。伴随着歌声的响起，他们才觉得时间不再那么漫长。整整半个小时之后，车子终于抵达白河公寓的楼下。

此时已是午夜 11 点 45 分，公寓楼下围着不少人，刑警队已经封锁了现场，其中还有一些当地派出所的警察在维护秩序。特案组一行四人相继进入现场，踏入发生命案的房屋，看见刑警队的同事正在录相关人员的口供。

一个年轻警察跑过来，介绍自己：“长官们好，我是负责这片区域的派出所副所长，叫我小刘就行。这么晚了，还下着大雨，你们辛苦了。”

于风吟微微一笑，这个小刘虽长得一般般，但还挺会说话。唐寒雨一如既往地点头回应，让小刘初步讲述一下案情。

小刘拿出随身携带的记录本："死者是一家三口。男死者叫郑龙，38岁，是银行的会计师。他的老婆崔笛子是银行的副行长，最后一个是她未出世的胎儿。两人的家产暂时还没有查实，但是他们有三台高级轿车，目前都在停车场。我们找到死者的手机、钱包、车钥匙，都装在这里了。"

唐寒雨接过物证袋，环视四周，没有发现其他市民，却看见一只小狗，便问道："大概是多久前发现的死者？报案人是谁，怎么没看到？"

小刘愣了愣，挠了挠后脑勺："半小时前发现的，报案的是一条狗。"

陆明飞顿时瞪大眼："开什么玩笑，报案的是狗？这怎么可能？"

于风吟朝他翻了个白眼："你说的什么鬼话哟？这当然不可能，报案的是狗的主人，应该是狗闻到了血腥味，才发现了这宗惨案。"

小刘尴尬一笑："没错，狗的主人正好就是死者对门的户主，叫罗海洋。"

唐寒雨往身后的屋内一看，那个正在配合录口供的年轻男人应该就是报案人，那只灰色毛发的狗正伏在他脚旁，漆黑发亮的眼眸恰好望过来，冲她狂吠两声。

报案人循声望来，轻柔地抚摩狗的毛发，告诉它不要怕，没人会伤害他们。原来是一条护主心切的忠犬，看到一下子来了这么多陌生人，担心自己主人会受到牵连。

正在录口供的警察看到唐寒雨等人，与报案人说了几句话，便见报案人牵着狗朝门外走来。到了近处才看清，这是个20多岁的大男孩，浑身散发出这个年纪该有的青春活力。

"你们好，我是罗海洋。刚刚那位警察大叔说，我有必要再和你们说一遍当时的情况。"

午夜11点，夜深人静的时刻，公寓很多户人家都熄灯入睡，只有罗海洋还在为明日的策划案烦恼。狗狗一向黏他，也不肯去睡。他工作困乏，想着出门散散步，顺便进行每晚必备节目——遛狗。

原本他以为自家的狗会像平时一样兴高采烈地出门撒泼，可是今晚很奇怪，狗狗一踏出家门，就跑到对面的户主家铁门外，无论他如何拖都拖不走。过了几分钟，狗狗的举动更是令他瞠目结舌，不仅在他身旁打转，还大半夜对着别人家的门狂吠，这很不符合它平日乖巧安静的性格。

难道这户业主家发生了什么事？罗海洋很是疑惑，小心翼翼地敲了敲门。但是，过了很久，屋内既没有回应声，也没有咒骂狗狗打扰人休息的声音。于是，他打电话通知物业公司的管理前来开门，要不然他家的狗就要狂吠到天亮了。

管理员打开门之后，两人一狗都被室内的血泊吓傻眼了。管理员大着胆子，踮着脚尖踏入玄关处，探头看一眼客厅内的情况，顿时像见了鬼似的冲出来，指着里面哆哆嗦嗦地喊道："好多血血血……"

罗海洋愣在门外，忽然听到"扑通"一声，他回过神来看向四周，管理员溜得这么快，一转眼人影都不见了？

这时，狗狗用牙齿拉了拉他的裤脚，低头一看，原来刚才那一声响，是管理员晕倒在地了。之后，他先拨打当地派出所的电话报案，再拨打急救电话将管理员送到医院。

"走廊上也有监控视频，你们如果不相信我的话，可以看看监控。"罗海洋指了指天花板上的天网探头，讲述全程基本没有流露出慌张之色，肢体动作也十分自然。

唐寒雨见状，问小刘："录过管理员的口供了吗？"

"还没有，刚刚医院那边来了消息，管理员没啥大碍，只是有点儿晕血症，等会儿就回来了，我们会找他录口供的。"小刘认真地回答。

唐寒雨满意地点点头，初步了解完案情，他们才可以安心进入现场。但眼下这满屋的血液，必定不能随意走进去破坏现场的重要证据。

“每个人都要穿上这套衣服再进去，咦，怎么只剩我们四人了呢。”于风吟看了看周围，小刘和罗海洋不知何时离去了，估计是不敢看凶案现场吧，这么多的血液的背后，画面该有多么血腥和惨不忍睹。

血液分析

这套三室一厅的公寓，阳台种植着几盆多肉植物，悬挂着卡通版的窗帘，冰箱上张贴着卡通贴纸和便利贴，墙壁上是孩子天马行空的画作，厨房灶台上放着冷却的饭菜。

倘若没有四处飞溅的血液，柜子里的东西没有被翻得乱七八糟，地毯上没有拖拉的痕迹，血泊中没有那把锋利的菜刀，这里依旧是一处温馨的避风港。

于风吟路过一扇镜子，看见镜中的自己穿着专业的密封服，脚上套着鞋套，手上也戴着手套，神色从容不迫。再仔细一看，她的身后正好是那座曾经挤满一家三口的沙发，但不复以往的是，那一家三口不再是微笑着坐在沙发上看电视，而是一动不动地躺在了那里。

为什么三个死者都在沙发上？表面上来看，死者好像是因流血过多而死，可为何会流得到处都是？凶手作案之后，即使没有清理现场，也应该知道留下血液的同时，会留下很多不利于自己的线索吧。为何他如此张狂？这样做的目的究竟是什么？

于风吟想不明白，只觉一看到混乱的现场，就头疼脑涨。她走到郑龙的尸体前，低头看见尸体脚下的血液聚集成了血泊，证明死者死后没有被大范围地移动。再蹲下身，用放大镜仔细观察沙发的边缘，上面滴落状的血迹逐渐风干。根据这些血迹的大小可以推测，死者可能是正面朝向凶手，而且是站立着被捅了好几刀。

但是，这样的话，凶手应该和死者相识，从玄关处到沙发的位置，悄无声息地快步冲来也要好几秒钟，凶手不可能一冲进屋子就行凶，从现场的情况可以看出死者遇害前并没有反抗。她走到门口检查门锁，并未发现门锁坏了的痕迹，说明这个推测是可能存在的。

于风吟再次回到沙发前，蹲着观察血迹许久。唐寒雨走过来，看她呆呆的模样，问道："怎么了？为什么一直这么看着？"

于风吟指着脚下的血泊，又指了指沙发边缘的血迹点滴，分析道："一般来说，这种滴落状的血液痕迹是从人体滴落到凶器上才会形成，而且在静止和动态下的痕迹均不同，包括方向、低落高度也不同。通过现在的情况来看，死者应该是被正面捅死，加上我目测男死者身高应有 165 厘米左右，所以凶手身高应该超过 175 厘米。当然，如果凶手穿增高鞋，那就要另外估算了。"

凌峰站在一旁，认真地做记录。他看向沙发上另一具尸体。女死者崔笛子的手腕被割破，血液浸湿了部分沙发。她身旁并没有留下咬痕、枪伤、鞭打痕迹等致命伤口的显著特征，但是紧靠沙发的墙壁上却有不一样的血迹。

于风吟也看到了，说道："这是典型的喷溅痕迹，死者被割腕之后，血液受到血压积压，如喷泉一样从体内喷发而出。所以，我推测死者是在沙发上被凶手杀死的。"

唐寒雨指着墙上一些类似流星尾巴的血迹："那这些呢？"

"这是甩溅状血迹，通常是凶手杀人时使劲儿挥动武器而留下的，凶器上的血液会随着凶手本身的力度、方向飞溅到墙壁或者附近的物体。从飞溅方向来看，凶手应该是把女死者压在沙发上，从右侧面下手割了死者的动脉。"于风吟认真地分析。

这时，一直默默无言的陆明飞走过他们身边，手上握着一支夹了手机的直拍杆，旁若无人地走来走去，不知在干什么。

唐寒雨听完于风吟的分析，回头看到这一幕，以为他在现场自拍，这么奇葩的举动是被姜云凡传染了吧。她站在他面前，脸色不太好看：“陆队，这是自拍的地方吗？”

陆明飞意识到自己此举不妥，立刻收起自拍杆，摘下一只耳机。可他还没开口解释，就听见耳机中传出声音：“你的脸太大了，挡住我的视线了，再往右边移一点儿，最好把摄像头放远一点儿，让我看清楚那些血迹和死者的死亡状态。”

陆明飞忍不住朝他翻了个白眼，知道现下瞒不住他们了，便拔掉手机上的耳机。他再次握着自拍杆，让手机摄像头拍到一脸疑惑的唐寒雨和于风吟，还有神色淡然的凌峰。

“姜大才子在家无聊，忍不住托我找案子给他。这不，刚好案子来了，一宗灭门惨案，我自认为多一人便多份力量，就打电话给他了。可惜人家不肯来，只好开视频了。”

“我先说明一下，这是我以侦探顾问的身份帮你破案。明明自己打电话求我去帮忙，现在怎么乱说话了，真是近墨者黑啊！”姜云凡没好气地看了一眼陆明飞。但大家从最后一句话就能读出来，他比任何人都想参与破案，只是顾忌凌峰在场。

唐寒雨微微一笑：“那么姜顾问，你发现什么线索了吗？”

姜云凡没有立即作答，看了看桌面上的家庭作业本，又看了看墙壁上的卡通画作，心中有个大胆的猜想，这一家不止三口人。

门口传来“咚咚”两声，当地派出所副所长小刘敲门进来：“唐警官，刚刚我们录完管理员的口供，还调查了走廊的摄像头，确定报案人罗海洋所述属实。但有个不好的消息，管理员说这一家还有个女孩没找到。”

“果然还有个孩子，她应该还很小，被凶手藏起来了吧。陆队，你先看看屋子里有没有小女孩的照片。”姜云凡建议道。

陆明飞翻了翻抽屉，从一堆混乱的物品中，找到一枚装着小女孩照片的怀表，稚嫩的脸庞，穿着连衣裙，看起来应该有十多岁。但是，当地派出所的警察没有找到女孩，凶手会把她藏到哪里去？

唐寒雨见状，突然想起什么，对凌峰说：“正好，你去调查一下死者的私人财产，他们与谁最近频繁接触，有没有奇怪的举动等。对了，还有死者手机上的通话记录，这需要回一趟市局，辛苦你了。”

凌峰收起笔记本，接过装着死者手机的专属物证袋，点头称好。转身走出门之前，他还看了一眼视频中的姜云凡。但对方没有把他放在眼里，只是让陆明飞举着自拍杆，认真地拍死者的死亡状态、身上的伤痕和墙壁上的血迹之类的地方。

当摄像头拍到男死者的脸庞和沙发时，陆明飞停下来，减少摄影距离，可以清晰地看到死者脸上青色的伤痕，以及沙发残留的打斗痕迹。许久，姜云凡没有吭声。陆明飞便奇怪地看向视频，这家伙正在闭眼沉思呢。

倘若死者与凶手相识，那会是什么情况下，他们相见相杀的？根据两位死者都是银行工作人员的身份，极有可能是一场因经济纠纷而策划好的谋杀案。姜云凡猛然睁开眼，要求陆明飞代替自己重建犯罪现场。

陆明飞愣了愣，摇摇头：“不行，我不擅长这个，要来你自己来。”

姜云凡不耐烦地说：“别婆婆妈妈的，把手机的声音调大点儿，我会提示你怎么做。我保证，只要你跟上我大脑的节奏，会感受到其中的乐趣。”

以前，陆明飞总是不解姜云凡为何总是对破案和犯罪天才无比感兴趣，他们合作这么久了，他仍旧不能抵达对方那种境界。说实话，他倒是挺想去探索一下疯子的神奇大脑。于是，他不再推脱，把手机调到最大音量，专心地听姜云凡讲解。

“假设两个死者与凶手有经济纠纷，根据现场的报纸、厨房未炒的蔬菜、桌面上的作业本来模拟犯罪现场，需要你们三人分工合作。”

傍晚时分，每家每户的厨房都冒出浓浓的饭菜香气。于风吟充当男受害者坐在沙发上看报，忽然听到门铃响了。他走到门前，通过猫眼看见门外的人是不久之前有生意来往的朋友，心中已经想好应付他的借口，便打开了门。

陆明飞一进门就叉着腰，也不肯坐在沙发上，把正在做作业的小女孩（缺人扮演，假装有人）吓得不敢出声。于风吟先让小女孩回屋，又看一眼厨房紧闭的门，唐寒雨在专心做菜。

陆明飞没什么耐心，问道：“为什么我的钱全都不见了？”

于风吟想了想，自己是银行的会计师，应该从容不迫，便坐在沙发上，不急不缓地说：“老兄，我说句实话，你才砸那么点儿钱进去，根本不够玩啊，别说赚大钱了！”

陆明飞冷冷一笑：“别和老子说那么多！我现在是看透了，你们夫妻俩就是合伙来骗我的钱。我最后警告你们一次，现在把我的钱都还给我，否则让你们吃不了兜着走！”

两人不争不休，越争越大声，甚至动手打起来。正在炒菜的唐寒雨听到动静，顿时把煤气一关，没来得及放下手中的菜刀，跑出来问道：“怎么了？出什么事了？”

陆明飞见到她手上的菜刀，怒道：“好啊，你们夫妻俩不只要骗我的钱，还想动刀是吧？”

唐寒雨一时没听懂，抬头便见陆明飞冲向自己，抢过手上的菜刀，疯了似的朝于风吟挥刀而去。于风吟假装倒下，躺在地上一动不动。

这时的陆明飞变得非常可怕，像极了真凶，挥着菜刀，笑得很古怪，慢悠悠地走向被吓得尖叫的唐寒雨。小女孩闻声跑出来，抱着唐寒雨的大腿，看着地上浑身是血的父亲不停地哭泣。

“求求你，放了我女儿。只要你放了她，我把所有的钱都给你。”

“现在已经晚了，因为你们，我先是身无分文，然后家破人亡，我什么都没有了。”

“求求你……”

在一阵哀求声中，小女孩看到了一道血光，终于再也承受不住内心巨大的恐惧感，两眼一闭，昏厥在地。毛毯上拖拉的痕迹证明了这一点，凶手可能把小女孩藏起来了。

但是，为什么他放过了小女孩，却没有放过女死者腹中的胎儿？

唐寒雨推测，有两种可能：第一，他并不知道女受害者已经怀孕；第二，他曾经也是一个父亲，所以当他因报仇而带来短暂的痛快感消失之后，看着毛毯上的小女孩动了恻隐之心。

眼下，解救小女孩成了特案组首要的任务。但是，要想救人，还得找出凶手残留的线索。

这时，他们隐约听到一道孩童稚嫩的歌唱声，从卧室的方向传来：“爱而不得，誓言破碎，心生怨念。不辞辛苦，日夜思念……死亡之前，等你拯救……”

三人不约而同地望向对方，又是那首诗歌！可是，为什么这时传出了声音？

陆明飞收起自拍杆，三人都掏出手枪，点头达成一致的决定，然后迎着未知的道路，步步靠近最里面的那间卧室。

真凶落网

“嘎吱”一声，卧室的门竟自动打开了。陆明飞走在最前面，隔着老远看了看卧室，里面竟空无一人，满眼可爱的公仔摆在床头，卡通床单上有一个书包。但声音却是书桌上的录音机传出来的，录音机里有块与特案组一模一样的磁带，反反复复地唱着那几句谜语。

三人倒吸一口凉气，这首诗歌很流行吗？为何在哪儿都听得到？

陆明飞听着歌声，忽然瞪大眼：“这声音，不会是小女孩的吧？”

他口袋中的手机传出声音来：“这不重要，重要的是，这首诗歌藏着答案。”

把手机重新夹在自拍杆上，视频中的姜云凡说完，再次闭上双眼，双手合十托腮，脑海中开始浮现诗句。前三句，很明显写的是一个坠入爱河的女子，因为得不到心爱之人，而产生出一系列的情绪和决定。但是，最后一句……对！答案就在最后一句中！

姜云凡忽然大笑两声：“我知道了！他真是太聪明了，最后一句暗示了小女孩还没死，但是如果我们不早点儿去救，她就会死。”

“但是，我们要去哪里救呢？”唐寒雨一头雾水，除了诗歌，其他啥线索都没有。

“应该在一个较封闭的牢笼里。组长，你马上再去看看监控记录，陆队去检查一下停车场里，死者名下的几辆车。”姜云凡信心满满地说。

可他却没有想到，不久之后，犯罪狂徒“黑玫瑰”要他救的，不只是小女孩，还有他们俩命中很重要的那个女人。

回到客厅，唐寒雨先把物证袋丢给陆明飞，两人便急匆匆地跑出去进一步调查。只剩下于风吟吩咐刑警队的同事进来，先将两名死者装入塑料袋中，再抬到车上送往法医中心。

在监控室里，唐寒雨完整地看了一遍监控视频。在当地派出所的警察到来之前，除了罗海洋和他的狗，还有管理员之前，便只剩那个穿着黑衣的嫌疑人。对方背着登山包，左顾右盼，鬼鬼祟祟，但看样子是有备而来。可惜，通过监控视频根本看不清他的面貌。进屋的时长约有一个小时，但自始至终都没有看到他抱出小女孩。

她把视频的画面放大，看见嫌疑人的背包很鼓，包中的物品似乎很沉重，肩带几乎快被扯断了。根据电梯中的监控一路追踪，嫌疑人来到了停车场，可忽然画面一片漆黑，什么也看不到了。

唐寒雨立刻来到停车场，走到正在走向红色轿车的陆明飞面前，说道："我看了监控视频，嫌疑犯背着大包来到停车场，然后把电闸关了。如果我的推测没错的话，他应该是把小女孩藏在这里了。你有什么新的发现吗？"

陆明飞皱着眉："我下来才发现，咱们只有两把车钥匙，还有这台红车没有打开检查。"

事情逐渐明朗，陆明飞去门卫室寻了一根铁棍来，站在那台红色轿车面前，两手攥紧铁棍，三五两下砸烂一个后刹车灯，望见露出来的一丝红色面料。

"真的有人！可是，没车钥匙，怎么打开车后备厢？"

"陆队，我跟你说句悄悄话，教你一门绝招。"

陆明飞奇怪地掏出手机，通过姜云凡的指示，成功撬开了后备厢，女孩的身影映入眼帘。

唐寒雨立刻上前，探了探女孩的鼻息，顿时松了一口气，所幸被关的时间不长，她还活着。这时，她的手机响了，来电显示人是凌峰。

"寒雨，小王恢复了死者手机的通话记录，发现通话最频繁的联系人是欧五阳。在此之前，我去了一趟银行，发现最近汇大笔金额给死者银行卡的，正是这个叫欧五阳的人。听银行大堂经理说，这人前两天还去银行闹得鸡犬不宁，说是找郑龙讨债。我看了银行的视频，已锁定这人的模样，且拿到他基本的信息，就等你们回来了。"

"好，我们立刻回去。"

唐寒雨看了一眼正在抱小女孩的陆明飞，打算自己先去开警车。可是这时候，小女孩动了动身体，那张脏兮兮的小脸上残留着泪痕。她猛然睁开眼睛，尖叫一声，然后整个人缩在后车厢，浑身颤抖。

“坏人！不要过来！不要过来……”

“乖孩子，别害怕，叔叔阿姨是警察，不是坏人。”

小女孩抬起头，清澈的眼眸含着泪水，露出恐惧之色。她盯着唐寒雨手上的警察证件，豆大的泪珠倏然掉落，看得唐寒雨心都碎成两半了。

“警察阿姨，我好怕，有人杀了我爸爸，又杀了我妈妈，我好怕……”小女孩抱住唐寒雨的大腿，哭得鼻涕眼泪一起流。

“不怕，我们来接你了哦，警察叔叔会抓住坏人的。”陆明飞把她抱起来，宠溺地摸摸她的脑袋，从口袋中掏出手帕擦干净她的小脸。每次遇到幸存的孩子，他既高兴又心痛，高兴于她平安无事，心痛于她这么小就要经历血腥的场面，导致心理遭受影响，往后要非常坚强地生活。所以他一定要抓到这些穷凶极恶的罪犯才行啊！

回市局的路上，小女孩枕着唐寒雨的大腿，发出低微婉转的呼噜声，睡着的样子非常惹人怜爱。下车后，陆明飞抱她回到办公室的沙发上，唐寒雨则去信息调查科见凌峰。

“怎么样？查到了吗？”

“小王核实了，目前锁定的嫌疑人欧五阳热衷炒股兼开珠宝公司。但是，我们查出他的珠宝公司很有问题，在现在最火热的网络交际平台，用传销模式忽悠很多中年人投资他的珠宝公司。其实，就是表面上买他们的珠宝，但暗地里这些钱都被卷去玩什么货币、炒股去了。不久前，他公司倒闭，还离婚了，现在估计是躲起来了，那些被忽悠投资的人也在找他。”

“忽悠中年人？那他的父母还在世吗？”

“有个老父亲还在，现在住在乡下，但父子已断绝来往，多年来没见过面。”

“哦？那就去探访一下老人家吧。”

唐寒雨收起资料，让一名同事照顾小女孩，便与他们俩驱车去光明乡。

约莫半小时之后，他们抵达光明乡。从村民口中得知，那栋三层楼的房子就是欧家。只是，他们要爬一段小山坡，而唐寒雨出门太急，没来得及换掉高跟鞋。走到一半，她的脚趾疼得像被刀割，只好默默地停下来休息几分钟。

凌峰时不时回头，见她没跟上来，便原路返回去。通过她的脸色和高跟鞋，他观察出她在逞强，就扶着她到一棵古树下，蹲着身替她脱鞋。

“你要干啥？这样不太好吧？”唐寒雨仿佛受到了惊吓。

“你的脚都脱皮了，肯定很痛吧，穿我的鞋好了，我们大老爷们脚板厚。”

凌峰说着，就脱下自己的运动鞋，再次伸手去帮她穿鞋，可那双白皙的脚条件反射般缩了回去。他抬头一看，她正愣愣地看着自己，有点儿不好意思。

“我不习惯别人摸我的脚。”

“可你不穿的话，脚会更痛。不如这样，上去之后找欧大爷借一双鞋穿？”

唐寒雨这才穿上运动鞋，虽然她个子高，但脚却出奇的小，看起来像穿着一艘船。

等他们走上去，陆明飞已在那栋房子的庭院外，隔着竹子制成的栅栏，通过满栅栏蔷薇花藤的缝隙，眺望院子里喝茶的老人。

他们三人一起走进去，那老人望着他们身上的警服，也不慌不忙，仍旧在喝茶。

陆明飞出示警察证件，说道：“欧大爷，我们找欧五阳，他在家吗？”

欧大爷放下茶杯，忽然神色大变：“你们快把这个兔崽子带走，我不想再见到他。”

三人不禁愣了愣，欧大爷应该不是糊涂人，知道警察来找欧五阳的原因。可欧五阳不是别人，他怎么催着警察带走自己的儿子，反而一点儿阻拦的意思都没有？

陆明飞也不再废话，举起手枪，轻轻推开门，却见欧五阳被捆绑在地上，嘴上被抹布堵住。一开始，对方还以为是欧大爷回心转意，兴奋地扭动身子求得原谅，不料进来的人是拿枪的警察。

陆明飞走上前，扯掉他嘴上的抹布，揪住他背上的麻绳，把他提起来，两人一同走出房屋。欧五阳被五花大绑的模样，自然也让唐寒雨和凌峰很吃惊。难道真如传言那般所说，两人断绝了父子关系，所以欧大爷六亲不认，狠心送自己的儿子去坐牢？

“欧大爷，您儿子欧五阳涉嫌杀人，我们要暂时逮捕他回警局。”

“我没有这样的儿子，你们要抓就抓走吧。”欧大爷挥了挥衣袖，双手背在身后，迈着蹒跚的步伐回屋。

大家都没有吭声，反而是欧五阳瞬间红了眼，一个三十岁的大男人不顾旁人异样的眼光，忽然放声哭泣。欧大爷停住脚步，没有回头，像在等待欧五阳开口。

“爸，你就这么狠心，不肯原谅我吗？”

唐寒雨望向欧大爷的背影，那道苍老的背影啊，正在微微发颤。他们到底有什么样的过往，导致血浓于水的亲情摆在这里，也不肯坐下来好好说话？

“不是我不原谅你，是你犯下太多罪孽，我不能再纵容你。”

“所以，你就把我关起来，把我绑起来，让警察来抓走吗？可是，我是你儿子啊，这要是坐了牢，以后还怎么做人啊？”

“正因为你是我的孩子，所以我不能看你一错再错。只要你好好改过自新，出来之后还是可以重新再来，做一个正直的人。”欧大爷推开门走进屋。

没人看到，屋内正有一个年过花甲的老人，坐在木椅上偷偷抹眼泪。

作为父亲，他从未与欧五阳计较过，哪怕当年对方离家出走，瞒着自己结婚生子，与自己大吵大闹，两人在气头上恩断义绝，从此多年没有见过面等。

看到欧五阳回来的那一刻，他心底乐开了花。他为欧五阳下山买菜，满桌都是对方喜欢的食物，父子俩甚至喝了酒。

可惜，酒后的欧五阳哭哭啼啼地说，自己杀了人。他几天几夜不得眠，犹豫再三，在欧五阳睡着时，用绳索绑住了对方。

欧五阳嘶吼一声，实在不能理解父亲的行为。在他看来，父亲还是没有接纳自己，没有原谅自己，自己回家就是个最大的错误。

无间计划

回市局的路上，唐寒雨收到于风吟的信息，在命案现场的那把菜刀上，残留着女死者和欧五阳的指纹，鉴定报告已经发送至特案组办公室。一下车，唐寒雨立刻小跑着去办公室，取鉴定报告的同时，看到沙发上的小女孩正在吃棒棒糖。

忽然间，姜云凡叼着棒棒糖的俊脸浮现于脑海中，他什么时候才回来呢？

她不禁轻轻叹口气，拿着三份报告，牵着小女孩的手，一同来到审讯室。

推开门的那瞬间，小女孩与欧五阳四目相对，两人神色微微一愣。随后，小女孩的棒棒糖从嘴上掉落在地，躲在唐寒雨身后，抱着她的大腿，大声喊道："坏人！警察阿姨，快走！"

唐寒雨蹲下身，抱起小女孩，摸着她的小脑袋："别怕，我们在这里，别怕。你告诉阿姨，他是不是进过你家？"

小女孩怯怯地抬头望去，却看到那张凶神恶煞的面目，似乎想起了很不美好的回忆，忽然大声哭起来："他拿着刀，杀了我的爸爸妈妈，他们躺在地上，流了好多血。"

唐寒雨连忙抱着小女孩到隔壁的监控室，安抚着对方很久，直到对方跟随凌峰离开，她自己才回到审讯室。她一坐下，便见对面的欧五阳盯着门口，久久没有回过头，像是期待谁的出现。

陆明飞敲了敲桌面："欧五阳，你为什么要杀郑家三口人？"

欧五阳回过头，脸上浮现失落的表情："姜长官怎么没来？这未免也太没趣了。他不来的话，我是不会开口的。"

陆明飞掏出手机，很快，视频连接成功，姜云凡的脸庞呈现在眼前。他将屏幕朝向欧五阳，对方定睛一看，忽然满意地笑了。

"姜长官，你不在这里，我好生寂寞。"

"听说你找我，有话快说，有屁快放，别肉麻兮兮的。"

"姜长官，你仔细想想，磁带里的那首诗歌到底藏着什么暗语。这个答案对你们非常重要，如果你解答不出，那下一次可救不到人了。"

这时，那头的姜云凡听到"叮"的一声，他另一台手机上传来了新的短信，内容只有寥寥数语："游戏尚未结束，死亡之前，等你拯救。下次的礼物没有预告，敬请期待。"

欧五阳大笑两声："需要我给你一些提示吗？别恶狠狠地瞪着我，也别去找白宰烈，下次的灾难会降落在谁的头上，我们都不知情。首先，我要告诉你，那个人是你的粉丝，对你产生了爱慕之情。"他顿了顿，在姜云凡等待他说其次的时候，他却做了个飞吻的动作，"再见姜长官，我们的谈话该结束了。"

手机屏幕突然一片漆黑，姜云凡抿着下唇，感到心中燃烧着怒火，差点儿把手机摔烂。

"这个嚣张的罪犯，竟然敢挂断我的视频！这就算了，我最讨厌别人说到一半就不再说话，你们是不是也有同感？”姜云凡神经兮兮地问眼前一排金刚十八罗汉的小铜像。

他低头看着纸上自己摘抄的那首诗歌，根据敌人透露的信息，仔细想想，这个受害者的范围太大了。首先，敌人没有透露性别。其次，自己最近的粉丝上涨不少。谁他妈猜得出？但是，敌人这次寻找的受害者明显是有目标性的。

而审讯室里，陆明飞再次敲了敲桌面：“你的心愿完成了，该回答我的问题了。”

欧五阳收回笑容，忽然十分气愤：“陆队长真破坏气氛，你不提他们还好，一提起他们我就来气。夫妻俩合伙骗我去投资公司，搞得我欠一屁股债，老婆带着儿子离开。我好端端的家被毁了，而且还身无分文，他们一家人却好快活。我也不是没给过机会，郑龙老是躲着我，我能怎么办，你要我一个做梦都不甘心的人怎么办啊……”

欧五阳滔滔不绝，将犯罪动机和杀人过程一倾而出。

连续几天，他去银行找郑龙无果，还债之事却迫在眉睫。他没有耐心再耗下去，便一天到晚在郑龙家附近观察，摸清对方一家三口的日常规律。之后，他背着登山包混进小区，来到郑龙家门外，打电话给对方说是谈项目。

起初，真如姜云凡所推测的那般，他们在客厅商量着如何解决危机。顺着这条路，郑龙狮子大开口，建议他再投几十万，保证他赚的钱翻两倍，足够还那些巨额债款。

欧五阳自然不信，认为对方在忽悠自己入坑。倘若再发生这种事，以郑龙的人脉，自己根本不是他的对手，只会越亏越多。两人意见不合，开始争吵，声音也越来越大，把厨房的崔笛子引了出来。

但是，他误会了崔笛子，她怀着身孕，根本不可能拿刀杀他，只是顺手带着菜刀出来了。愤怒和冲动一旦组合，就是可怕的恶魔。当时他正在气头上，任凭恶魔驱使自己，没有听她解释，二话不说，抢过她的菜刀，根据于法医所推出的杀人招式，先后杀了夫妻两人。

而小女孩还能活着，是因为他当时的脑海中浮现了儿子的脸庞，动了恻隐之心，不忍心亲手将其杀害。

唐寒雨默默地看着他，从他的言语中可以看出，他的内心极度扭曲，对世界满怀恨意、埋怨和绝望。在他的世界里，充满了背叛、谎言、欺骗等种种恶意，还有无法原谅和无法理解的已经失去的亲情。他把自己的不幸怪罪于郑家，不再对世界抱有任何希望，甚至不抱任何幻想。只有死亡能满足他心中的猛兽，哪怕是露出最丑陋的面目，也在所不惜。

浑然不知，自身的不美好，大多源自内心。

每个人得到多少福报，取决于他如何为社会服务。好比农夫洒下良好的种子，勤勤恳恳地播种，才能来年收到硕大饱满的果实，而不是收到漂亮的外表下藏着溃烂的果肉。

欧五阳的罪行坐实，等待他的只有法律的制裁。但是，等待特案组的却是未知的苦难。唐寒雨知道，“黑玫瑰”一旦让犯人“通风报信”，必定不是个好兆头。

灭门惨案结束之后，特案组迎来了两天的假期。凌峰趁着这个好机会，邀请唐寒雨抵达哈临大道的海边餐厅共进晚餐。

唐寒雨没有拒绝，这么长时间过去了，她逐渐听见自己的心声，她要为自己的意愿做出选择。即使这一次仍要飞蛾扑火，她也没法违背自己心中的意愿。

为了这顿晚餐，她特意穿上白色不规则设计的长裙，坐在梳妆台前，取出沉睡在抽屉首饰盒中的戒指。这是一枚私人定制的戒指，是凌峰曾送给她的生日礼物。她戴上戒指，拎着手拿包，优雅地离开公寓，驱车来到哈临大道。

黄昏时分，夏日的海滩，地上的美人婀娜多姿，天边的晚霞五彩缤纷。

但这些美丽的万千风景，在凌峰戴着墨镜的眼中，都抵不上正朝自己缓缓走来的白衣女子。看到她笑靥如花，他也不自觉地笑了，上前扶住正在脱高跟鞋的唐寒雨，两人光脚来到一艘白色快艇面前。

“这是要去哪里？”

“去对面的岛上，那里人少安静，餐厅别有一番风味。”

一路迎着夕阳的光芒，飞驰在无边无际的海上，海风徐徐吹来，撩动两人的发丝。唐寒雨遥望逆光飞翔的海鸥，回头深深地望着掌舵男人的背影。恍惚间，她眼中泛着亮晶晶的泪光，忆起四年前，曾为她痛打流氓而在腿上留下一条疤痕的大男孩。

她下意识地看向穿着七分裤的腿，忽然一怔，连忙擦干眼泪，定睛看了看，脸上却浮现疑问的神情。偏偏这时，他们抵达岛屿，使她忍住了开口询问对方其中的缘由，凌峰率先跳下去，扶着她到岸上。

此时，豪华的餐厅里，只有他们两人，坐在海边的位置上，彼此相望。

凌峰摘下墨镜，认真地看了看她，这才发现她手上有枚戒指。

唐寒雨发现他盯着戒指很久，以为他忆起了曾经的回忆，笑道：“四年前的快艇之战没让你留下恐惧海洋的后遗症，不知道你有没有留下健忘症。让我来考考你，这枚戒指是你送给我的什么礼物？”

凌峰本来要松口气，听到最后一句话，心再次被提起来。他努力在脑海中搜寻记忆，却一无所获，不禁试探着问：“订婚戒指……不对，那是定情信物？”

唐寒雨微微皱眉，他怎么会忘记呢？这可是他送给她的生日礼物之一。他担心自己去执行任务不止一年，来年赶不及庆祝她的生日，便送了她现在身上穿的白色长裙和脚上那双包含百分之四十水晶的高跟鞋，以及手上这枚戒指。这一套礼物，几乎用光他存了三年的工资。

今日正好是 8 月 30 日，她的生日。难道今天带她来到这么浪漫的地方共进晚餐，却不是庆祝生日？抑或，他已经忘记她的生日了？不，这不可能。除非……除非他真如姜云凡所说的那样，已经不再是她所认识的凌峰。但今夜，无论他是谁，她都不能再犹豫了。

夕阳归家，月亮升上海平面，昏暗的夜色中，只听得见潮水一涨一退的声音。

“谢谢你，带我来这么美的地方吃饭。”唐寒雨不再犹豫，凝视对方，“我想了很久，决定不再欺瞒自己和你。你最清楚我这个人，向来无法违背自己的心意，所以，以后我们还是做朋友吧。”

天旋地转。从未见过的隆重打扮，微笑着与我并肩而走，却是要告诉我，你不再爱我了。一切变化得太快了，凌峰顿时哑口无言，不知如何作答，只觉胸口疼得快要撕裂。

过了许久，他开口问：“那你会和姜云凡在一起吗？”

唐寒雨望向幽深的大海：“我不知道。未来有太多的变数，很多东西无法持久，我无法保证掌控不了的东西。”

话音刚落，她的手机响了，是沈老打来的电话。她知道对方没有重要事件，不会在假期打电话来，便按下了接听键。

“是，我立刻赶回去。”

第九案

双面亡者

面具戴太久，就会长到脸上，再想揭下来，除非伤筋动骨扒皮。

——鲁迅

引子

唐寒雨接到沈厅长的密电，匆匆离开海岛的豪华餐厅，留下凌峰一人黯然失神。

谁都没有想到，第二天沈厅长接到绑匪的信息，得知昨夜回家途中的唐寒雨被绑架，而今下落不明。绑匪不给予任何线索，只通知特案组筹备葬礼，唐寒雨的躯壳将成为玫瑰花的艺术品，被公之于世。

为何敌人一直要暗杀唐寒雨？她的背后牵扯着谁的命运？

“黑玫瑰”凌峰临危不惧，誓死拯救唐寒雨，却在路上遇到处处阻拦自己的黑衣人。多辆轿车进行生死时速比赛，他的真实身份逐渐被暴露，最终他的结局又该如何？

黑夜追踪

“你要去哪里？发生什么事了吗？”凌峰拉住她的手。

“沈老让我马上回市局，不知有什么事，但听他的口气，应该很重要。抱歉，辜负了你的心意。”唐寒雨拎起手拿包，匆匆走出餐厅。

凌峰愣在原地，目送她乘坐快艇远去，海平面上激起一阵浪花，很快又恢复了平静。

原来爱上一个人，会时时刻刻想看到她，会要求自己变得更美好，与她正大光明地并肩走在街上，而不是带着她躲躲藏藏。但是，她永远都不会知道了，他本想趁着今晚花好月圆，告诉她关于自己的身份，告诉她自己要帮助特案组。最重要的是，他要带着她逃离这个危险的地方，他无法下手杀了她。

一切都太晚了。他深知，如果一个人不爱自己，自己做再多的事都是徒劳。更何况那个人是爱憎分明的唐寒雨，她向来活得清醒，她的不爱就是真的不爱了，从不留余地。

次日清晨，凌峰一如既往地来到特案组的办公室，原以为看到唐寒雨时会很尴尬，没想到陆明飞却说唐寒雨一直没来。此时已是9点30分，如果按照平日的习惯，她应该在1小时之前就到办公室了。他有点儿疑惑，打电话给唐寒雨，只听到客服小姐冰冷的提示声，对方处于关机状态。

这时，门被推开了，于风吟看了一眼面露难色的两个大男人，问道：“你们的脸色怎么这么难看呢？唐老大呢？我找她问个私密的事情。”

“她一直没来，手机关机，公寓的电话也没人接。平日她最守时了，不知道怎么今天还没来。香芋，今天我的眼皮一直在跳，是不是要出什么事了？”陆明飞指着自己的眼睛。

于风吟翻了个大白眼：“你个乌鸦嘴，别瞎说，她一向谨慎，应该不会出事。”

可下一秒，门再次被打开了，姜云凡冲进来，非常气愤地说：“寒雨失踪了！”

“什么？！”三人惊讶不已，纷纷看向他，“你怎么知道她失踪了？”

于风吟脸色大变，疑惑地看向凌峰，可对方眉头皱成八字，摇头表示不知此事。

通过姜云凡的叙述，大家得知昨夜沈老与唐寒雨一同去劝姜云凡回归特案组，是因为沈老收到了一则消息。绑匪的口气十分狂妄，大概意思是要特案组做好迎接葬礼的准备，即将有人的躯壳成为玫瑰花的艺术品，被公众于世。

大家根据消息的内容来推测，绑匪很有可能是“黑玫瑰”的人。

凌峰的脑海中忽然忆起杀神下的命令，不禁打了个寒战。难道杀神等不及，已经找别人绑架唐寒雨了吗？不行，我不能再等下去了。

“砰”的一声，凌峰甩门而出。于风吟深知他要去做什么，找个借口也跟着跑出去。可他跑得相当快，转眼间消失在市局大厅，她跑出大门外，看见凌峰在路边拦车。

“你要去送死吗？”于风吟拉住要上出租车的凌峰。

“你放开我，如果他真的绑架了寒雨，我死也要去救她。”

“好，你去吧，我不拦你。”于风吟放开手，目送出租车载着凌峰离去。她有点儿好奇，爱情到底是什么？值得杀人不眨眼的浪子，为一个女人不惜性命，那么疯狂。

“跟着他。”不远处，黑色轿车上里的男人收起报纸，指着凌峰的那辆出租车说道。

凌峰回到自己的住处，打开保险柜里的电脑，试图联系上杀神。他从来不主动联系对方，通常都是对方直接下达命令，他只要照做就行。但是这一次不一样。

他焦急地等待着，在心中一遍遍地催促着“快接”，可对方久久没有接通视频，无论他拨打多少次，那头传来的依旧只有忙音。

杀神是个很神秘的人，经常来无影去无踪，基本只有他找别人的份。即使是跟随他十多年的“铁玫瑰”，也只见过他三面。凌峰急得差点儿摔电脑，关键时刻联系不上，是故意躲避自己吗？

他收起电脑，起身离开公寓，驱车来到红灯区的巷子里，七拐八拐之后在一家酒吧前停住脚步。外面把守的人一看他衣服上的玫瑰胸针，立刻让出道路，恭恭敬敬地迎他进去。

“咔嚓”一声，这一幕被不远处的姜云凡用手机拍下。他果然有秘密瞒着大家。

不久前，姜云凡通过黑客朋友的暗中追踪，得知了凌峰的踪迹，一路小心翼翼地来到红灯区。他望了望四周，没发现有人走来，便从小路折回，坐上那辆黑色轿车。

“怎么样？查出什么了吗？”

“凌峰真是你们的人吗？他现在进的是白宰烈曾经经营的酒吧，非常隐蔽，极少人知道，应该是一家进行秘密交易的场所吧。”

“可是白宰烈入狱了，他还去酒吧干什么？让我想想，他急忙忙地离开，除了担心寒雨之外，应该是知道谁要杀唐寒雨。”姜云凡愣了愣，被自己的推测吓了一跳，“现在为了救人，他应该是去找幕后主使了。既然白宰烈不在酒吧，那是谁在掌管那里的一切？”

“查不出这个人。”

姜云凡大感不妙，掏出手机看了看时间，已是下午 5 点 15 分。接着，他将凌峰进酒吧的照片，以及酒吧曾经的老板是白宰烈的消息发给沈老。

酒吧里的包厢里，卷发男人抽着雪茄，双手揽住两个当地女子的腰部，分别吻了吻她们的脸颊，两位女子这才依依不舍地离开包厢。

他吐出一口烟雾，看着对面的凌峰，笑道："你别再等了，自从'铁玫瑰'入狱之后，那个人就没再来过这里了，今天也不会来的。如果那个人愿意见你，自然会联系你。"

"你老实告诉我，是他找人绑架了唐寒雨？"

"我不知道。他哪会和我们这些不起眼儿的小喽啰说话，更何况我们之前的老大都坐牢了，他才懒得来看我们。只不过，你迟迟不执行他的命令，恐怕再有耐心的人也发飙了。更何况他是杀神，找人杀个女人多容易，'砰'的一枪就解决了。"卷发男人右手摆出开枪的手势，脸上浮现了讽刺的笑容。

凌峰没时间再听对方说废话，起身就走。他要回一趟市局找于风吟，或许她会有办法。他走得太匆忙，丝毫没有注意红灯区外的黑色轿车，姜云凡坐在后排车座上用报纸遮住脸。听到车子急速离去的声音，姜云凡连忙让黑客朋友追上去，却看到凌峰又回了市局。

然而，凌峰推开办公室的门时，室内空无一人。

从同事小王口中得知，于风吟和陆明飞已经去唐寒雨的公寓调查了。

不一会儿，黑客看到凌峰又开车出来，奇怪地问："这人疯了吗？为什么跑来跑去？"

姜云凡笑了笑，推开车门："老兄，你帮我继续盯着他，我先去另外一个地方了。"

此刻，海天公寓的监控室里，陆明飞和于风吟还在调查唐寒雨的出入情况。可偏偏这时，工作人员告诉他们监控系统出现问题，昨日的记录全部被系统自动毁了，已经无法恢复数据。

"你们有眉目了吗？"凌峰忽然出现在监控室的门口。

"没有，我们之前还问了小区管理员和她的邻居们，甚至问了附近餐厅的老板。只有邻居说，昨天她穿着一身白裙，在小孩放学的时候，大概是 5 点多钟时离开了公寓。”陆明飞答道。

“这个是事实，昨天我邀请她于黄昏时分，和我一起吃晚饭。但是，7 点多时，我们还没来得及吃饭，她就接到了沈老的电话，匆匆地离开了。”凌峰有点儿失落。

“真是愁死人了！老大该不会又像上次一样，被什么玫瑰抓到野外的林子里，然后敌人安排了炸弹引我们过去，要把我们都炸死吧？”陆明飞哭丧着脸。

“你太小看敌人了，他们也不傻，用过的招数不管用，怎么可能还这样做？……不是，陆队你别眼红，我说错话了，老大会没事的。”于风吟见他眼眶一红，破天荒地安慰他。

陆明飞看到她因为自己而着急的可爱模样，忍不住“扑哧”笑出声。这时，他口袋里的手机响了，按下接听键，姜云凡的声音传了出来。

“疯子，你去哪里了？”

“陆队，立刻派人来到幸福镇，黑客查出 IP 地址了，我正在赶过去的路上。”

天色渐渐暗淡下来，三人飞快地跑到停车场，准备驱车前往。可凌峰刚上自己的车，正要发动引擎，听到手机振动了几下，一道熟悉的铃声响起。忽然脸色一变，这是特意为杀神设置的铃声，与其他人的都不一样。

他看到陆明飞的车子离去，这才掏出手机解锁。他看到短信的内容时，瞳孔不自觉一缩，连忙踩下油门儿，车子呼啸着冲出去了。他脑子里萦绕的全是杀神那条短信消息——如果你还想抓住最后的机会，就马上来皇后镇的杜家仓库。

很久之后，他仍旧不后悔，自己此刻的奋不顾身。即使结局非常悲惨，即使自己会一无所有。

生死时速

凌峰放下手机，甩甩头发，发动引擎开出停车场。原本停在他右手边的黑色轿车，不紧不慢地跟在他身后。两辆车行驶在灯火璀璨的柏油路上，身后无数辆车灯格外刺眼，凌峰按下右转向灯，看了看车外后视镜的路况，突然眉头一皱，好像有人在跟踪自己。

他故意右转之后，驶入较为人烟稀少，却街道纵横的地方。他将车停在较为隐蔽的角落，看着黑色轿车被骗入其中，从自己的对面开过。但是跟踪者一袭黑衣，又戴着黑帽子和大墨镜，完全看不清对方的面容。

他立刻掏出手机打电话："大山，你们来明媚耶路，给我拦住一辆黑色轿车，敌人的车前灯上贴着长长的眼睫毛，像两只大眼睛一样。"

不一会儿，黑色轿车发现了凌峰，两辆车面面相对，两个车主把车前灯开到最亮，强光刺得人睁不开眼睛。但黑客戴着墨镜，并不畏惧强光。他们俩非常警惕，生怕对方身上有枪，因此都没有拉近距离。但他们相隔两台轿车的距离紧盯彼此，使车子发出猛兽一般的怒吼，冲对方宣泄着自己的愤怒和耐心。

黑客摸了摸耳朵上的蓝牙，打电话给姜云凡："凌峰正在明媚耶路，很有可能要前往皇后镇。目前我挡住了他的去路……"

忽闻一阵响声，黑客像被一双无形的手猛地推了一把，身体不自觉地往前倾了倾。他看向车后视镜，后面不知何时亮起了几盏强光，约莫有两辆车包围着自己。

其中，有辆银白色车上的男人得意地笑了笑，他就是凌峰所唤的"大山”。他的上半身探出车窗，手上举着喇叭：“黑色轿车里的人听好了，赶紧退出来让我们老大离开，否则撞烂你的车！”

黑客不满地冷哼一声，想为爱车复仇，但为了解决眼下的纠缠，他先退出了街口。凌峰与他擦车而过，通过窗户朝他得意地挥了挥手，嘴型似乎在说“再见”二字。当凌峰开出巷口的那一刻，黑客立马尾随而去，紧跟其后。

大山还没得意多久，愤怒地指着黑客的车，摸了摸蓝牙耳机，指挥道：“你快追上去，包抄那辆黑色轿车。”

四辆车陆续开上车流稀少的高速公路，凌峰的车在最前头，中间是黑客的轿车，后面的道路被两辆银白色轿车强行封住。凌峰抬眼看向车后视镜，发现黑客依然紧跟不放，便开上了高架桥。

那是一座非常高的大桥，桥底的江水深似海，只要掉下去基本没命。凌峰深知这一点，不禁嘴角上扬，用蓝牙耳机对手下说：“大山，追上来夹住敌人的车，如果他仍不知妥协，就解决掉。”

“是，老大！”大山兴奋不已，将凌峰的命令传达给另一辆车上的黄毛小子。

顿时，高架桥上仿佛是精神病人聚会的场所，充满了神经兮兮的喝彩声。两辆银白色轿车追上黑客的车，大山和黄毛小子摇下车窗，冲黑客兴奋地欢呼，癫狂地大笑，像极了即将要吃到鱼虾的饥饿鲨鱼。紧接着，他们的车头渐渐靠拢黑色轿车，三辆车相撞的瞬间，黑色轿车的车身擦出了火花，一时被甩在了最后。

黑色轿车本身的性能不是特别高，在这样威逼的情况下，根本没有什么办法摆脱。除非黑客豁出自己的爱车，与他们誓死相拼。

黑客不禁暗骂一声他娘的，全力操控车子，在前方扭转方向盘，来了个小旋转，车头往左边微微倾斜。他猛地踩下油门儿，狠狠地撞上旁边那台轿车的尾部，再次追上了凌峰的车。

黄毛小子很是愤怒，冲着黑色轿车骂道：“不知死活的东西，老子送你上路！”

他的眼中闪过一丝阴狠之色，用左手控制方向盘，右手从腰后摸出一把手枪，枪口对准黑客的太阳穴。黑客一眼看见枪口，不禁浑身打了个激灵，顾不得太多，立刻加大油门儿往前冲。

黄毛小子依旧不屈不挠，右手持枪伸出窗外，开始射击黑色轿车的车轮。“砰”的一声响，轮胎不幸被射破一个洞，车子开始急速旋转。黑客察觉到车轮爆了，但两个歹徒还夹击着自己的车，要是自己再不逃走，可能要和他们同归于尽了！

黑色轿车在公路上左右摇摆，黑客极力控制车子，匆忙地按下蓝牙耳机：“疯子，我尽力了，对不住啊，我要跳江逃亡了！”

话音刚落，他推开车门，在地上打了几个滚，爬上高架桥，毫不犹豫地跳了下去。

黄毛小子和大山见状，踩急刹车把车停在路边，下车去高架桥边，看到下方波光粼粼的江水，他们不可思议地骂道：“胆小鬼，居然跳江了！”

此时，凌峰已经下了高架桥，见后面没有车跟来，便知手下已经解决了黑色轿车的敌人。他猛地踩下油门儿，一路往杜家仓库冲。

约莫二十分钟后，凌峰终于抵达那片被废弃的仓库。这里非常大，只有一间仓库开着门，可四周却无人把守，平静得让他心生怀疑，其中可能有诈。

他掏出手枪，小心翼翼地靠近那扇门，却见仓库里只有唐寒雨一人。她被绑在铁椅上，嘴上塞着白布，垂着脑袋，几缕发丝遮住她的脸庞，脚上还有伤痕。

凌峰顿时眼眶一红，实在是看不得她受这么大的苦。他警觉地巡视四周，发觉角落只堆着一些沙袋和箱子。他不禁有点儿奇怪，为何没有小弟看守人质？难道杀神的作风变了？

没有过多犹豫，他悄无声息地冲进去，蹲在她的腹部前，替她解开脚上的鞋带。

这一动把唐寒雨吓醒了，她下意识地双脚一抬，踹红了凌峰的双手。抬眼见是他，下意识地瞪大眼睛猛地摇头，似乎在提醒他离开，又像是在说这一切不是真的。可她嘴中塞着白布，什么也说不出来。

凌峰很快解开了她身上的绳索，扯掉她嘴中的白布，牵住她的手："快跟我走，什么也别说了，以后再解释。"

唐寒雨猛地摇头，使劲地甩开他的手，嘴唇动了动，犹豫很久才说："你到底是谁？"

凌峰停下步伐，惊愕地回头，凝视她的眼眸好一会儿，不解地问："什么意思？"

唐寒雨像是受到了很大的打击，捧着脑袋大吼一声："你到底是谁？为什么会知道这里？为什么你第一时间拿到了消息，这么快就赶来了？"

这一刻，时间仿佛停止，画面被定格。凌峰紧张得浑身僵硬，久久无法说出话，不知如何作答。杀神让他来到这里救被绑架的女人，这个理由似乎有点儿违背逻辑，除非唐寒雨没被杀神绑架。不，不对，他似乎漏了什么重要的消息，导致自己推测错误，而且好像把自己推进了火堆中。

唐寒雨恢复平静，冷冷地说："回答我，你是不是那边的人？"

凌峰眼角一紧，自然知道她指的是"黑玫瑰"，倘若他此时承认，必定无法再翻身。他既回不到杀神的身旁，也回不到刑警队了。最重要的是，他以后再也不可能挽回她那颗心，待在唯一最温暖、最安心的港湾。

"你不相信我，你选择相信姜云凡，开始怀疑我了？"凌峰反问。

"你要我怎么相信你，那天我生日，穿你送的白裙子、水晶鞋和戒指。那是你去执行任务之前送我的生日礼物，可是你都忘记了。还有，你腿上的伤疤怎么不见了？"唐寒雨眼中尽是悲伤，她最厌恶的就是欺骗，可而今偏偏是眼前人骗了自己。

凌峰不敢轻易解释，生怕越解释越露出马脚，被她发现自己又在骗她。可是，他必须要说点儿什么，必须要带她离开这危险的地方。

“这里太危险了，你先和我离开，然后我再慢慢告诉你，好吗？”

“不，如果你不说，我死也不会离开。”唐寒雨倔强地拒绝。

“好吧。其实那晚我准备了一个大惊喜，是庆祝你生日的礼物，可是你没来得及收下就走了。而我腿上的疤痕，几年前就去医院用激光技术祛除了。”凌峰心虚地躲闪她锐利的目光，生怕被她看穿自己的心思。

“那你告诉我，疤痕的位置在哪里？”唐寒雨不肯罢休，明显知道他撒了谎。

凌峰再次缄口不言，他简直要被问疯了，愤怒地踹了一脚铁椅，“咚”的一声巨响，铁椅倒地的声音把唐寒雨吓了一大跳。他望向她，眼神令人难以琢磨，你什么时候变得这么不顾大局！为何要一直揪着我的小尾巴不肯放手？难道……你发现了什么？

他看了看手表，惊觉自己来这里很久了，再待下去可不妙。他不再和唐寒雨废话，三两步冲过去，将她横抱起来。唐寒雨大声尖叫，拍打他的肩膀，可他死活不放手，脸上还浮现若隐若无的笑容，一步步朝大门走去。

内鬼现身

“不要碰我的女人！”姜云凡忽然出现在门口，堵住了去路，伸手要从他手上抢人。

“让开，我不想和你吵架。如果你不想她受到伤害，就马上给我让开！”凌峰冷冷地说，没有把唐寒雨拱手相让的意思。

姜云凡仿佛听到了笑话，冷笑几声，凑到他耳旁，咬牙切齿地说：“别演戏了，我已经知道你是谁了，别用你沾满鲜血的脏手碰她。如果有一天她深陷危险之中，那也是拜你所赐，不是吗？”

凌峰微微一愣，仿佛被人说到心底的痛楚，不禁垂着脑袋，默默松开了手。

姜云凡顺势接过唐寒雨，把她轻轻放在地上，然后一只手插进突然鼓起来的裤兜。

“谢谢你，刚才的举动证实了我的推测。我想听你解释一下，今天为什么要去白宰烈的酒吧？为什么这些歹徒叫你老大？你，到底是谁？”姜云凡掏出几张照片，那些红灯区的酒吧有凌峰的身影，银白色轿车上的歹徒维护了凌峰。

“原来跟踪我的人是你，卑鄙小人！”凌峰扯过他手指间的照片，往空中一抛，冷冷地看着掉落在地的照片，“你以为靠区区几张照片，就想指证我是白宰烈的人？莫非你以前的超级能力都是装出来的，这么糟糕的作风可不是我认识的姜疯子啊！”

姜云凡淡然地笑了笑，不屑用语言反驳对方的嘲讽，他掏出裤兜银白色的手机，玩味地看了对方一眼，随即快速破解锁屏密码。

凌峰下意识地摸了摸口袋，发现自己的手机被姜云凡偷走了，伸手去夺却愣住了。自己的手机屏幕上正是杀神发来的短信，而姜云凡的手机上也有同样的短信。他忽然揪住胸口的衣服，像是被人狠狠地捶了一拳，疼痛从背后直窜入胸口，痛到直不起腰，痛到快要无法呼吸。

原来这一切，充满了谎言。原来绑架案是假，逼自己现身才是真。

他忽然抬起头癫狂地大笑几声，既然大家都心知肚明，他索性也不藏着掖着了。不用再撒谎骗人，真是格外轻松。毕竟，撒谎是一件非常耗人心血的事，圆一个个谎言实属不易。

他拍手鼓掌，笑道：“姜长官，很好，非常好。自导自演一出绑架戏，好玩吗？”

姜云凡耸耸肩：“我觉得还不错，但你好像生气了。‘黑玫瑰’玩不起游戏了？”

凌峰听到“黑玫瑰”三字，收回笑容，问道：“说说吧，你是怎么看出来的？”

从什么时候开始的呢？起初，凌峰的出现太巧合，他身为沈厅长的徒弟，以沈厅长的能力，足够帮他争取到特案组成员的职位，可是沈厅长并没有这么做。

之后，凌峰明明很想参加特案组去破案，却一直乖乖当着特殊编外人员，也不争着出头，很多时候像个透明人。或许在这段日子，他可能已经开始筹划如何参与破案了。

加深姜云凡的疑点在于拐卖一案，他渐露尖角，通过线人的线索，联系上酒庄的老板，使特案组瓦解了拐卖组织，还救回了人质。因此立了一大功，博取了特案组成员的信任。

紧接着，在吊瓶案件中，他成功判断出受害者所在的位置。可救人的紧要关头，老何牺牲了。这使姜云凡重拾疑点，根据自己的暗中观察推测出凌峰心怀不轨，可是没人相信自己。离开特案组之后，他的推测得到证实，凌峰代替了老何。这就是敌人的目的，升职靠近最高权的人，获得更多有用情报，再一一陷害他们。

很多次，姜云凡在破案的过程中，总觉得有人在背后偷偷观察自己。包括命案现场、医院门口和小巷早餐店附近等。

唐寒雨生日那晚，沈厅长暗中打电话通知她去见姜云凡。三人通过手机开了一场视频会议，沈厅长表示当初不让凌峰直接加入特案组，就是为了防止组内有内鬼，因此必须考验凌峰。这时，唐寒雨没再犹豫，将自己在海岛发现的线索说了出来。

姜云凡策划了绑架案的所有细节，目的是为了观察凌峰的反应。没想到，早上他通知大家营救被绑架的唐寒雨，只有凌峰没有疑问，也没和他们讨论，独自甩门而出。通过此举分析，姜云凡发现敌人真有杀害唐寒雨的念头。于是，他找人跟踪凌峰，亲自调查与凌峰来往的种种人事。

但最让姜云凡可疑的是，凌峰居然进入了白宰烈的酒吧。之后，黑客朋友一路跟踪他，却被他的手下两面夹击，逼到黑客跳江逃亡。所幸，姜云凡及时通知蛙人队潜伏于江水中，成功营救了黑客，否则又将有个朋友离开人世。

姜云凡叙述完毕，步步逼近凌峰，冷眼相对："所以，要杀寒雨的人是谁？"

凌峰再次鼓掌喝彩："姜长官不愧是姜长官，我很佩服。能与你一决高下，成为对手，我很满足。但是，我不能告诉你那人是谁。"

"你宁愿死，也不愿说出那人的名字？"

"是！宁可死，也要忠诚，是我们的原则。"

"好，好一个原则！那人为什么要杀她？"

"我不知道，但肯定与我们逃不了干系。你大概不知道，他非常了解你，凡是阻碍你发展的人和事情，他都会像清理垃圾一样，处理得一干二净。"

"不准你们这些恶人传递隐晦的消息给我！既然你认识他，应该会有联系他的方式吧，让他听好了，老子才不想听这么多传话筒的声音，有本事来跟老子一决高下！"

凌峰摇摇头，倘若姜云凡真见到自己背后的那个人，恐怕会后悔。虽然自己暂时也不能确定，杀神与姜云凡究竟有什么关系。但是，杀神实在太关注姜云凡了，可根据姜云凡的言行举止来看，他根本不知道杀神的存在。

这些人的葫芦里在卖什么药，不是自己要去猜测的。目前最要紧的是，他该如何抉择。

他不敢看唐寒雨投来的目光，甚至希望她不要出声。他害怕听到她提问，害怕她知道真实答案之后，会更加憎恨自己。可是，她还是忍不住开口了。

“你告诉我，真正的凌峰是否还活着？你们把他怎么样了？”唐寒雨停顿了好几次。说完这段话，她眼中噙着泪光，哽咽了。

真正的凌峰？他再次感到胸口疼起来，这一刻，他居然开始在意自己无名无姓，一直用着别人的名字生存。原来他才是最可悲的那个人，连名字都没有的可怜虫……不，他就是凌峰，这世上独一无二的凌峰，是刑警队的副队长，谁都不能改变这个事实！

“寒雨，我就是凌峰，我回来了，你怎么不相信我？”

“你别叫我的名字！我们都到这一步了，你还骗我？莫非凌峰四年前真的牺牲了，是你们的人杀了他，所以你还想转移话题？”

“寒雨！难道连你也要抛弃我了吗？”凌峰忽然单膝下跪，一只手摸着疼痛难忍的脑袋，一只手支撑地板，神色非常痛苦。

姜云凡拦在唐寒雨的面前，两人频频往后退了几步，生怕对方耍花样。可几分钟后，凌峰仍旧跪在地上，疼痛得喊出了声音，看样子像是真的犯毛病了。

唐寒雨作为心理学者，仔细分析了一下凌峰的情况，初步鉴定为对方可能患了精神疾病。但是如果不听对方叙述自己的病情，她很难确诊或帮助对方走出困境。于是，她缓缓走上前，却被姜云凡拉住手臂。他摇摇头，不能让她去冒险。

“没事儿，你忘了吗？我以前的副业是心理医生，也了解精神疾病方面的病症。现在我看到一个可能患了精神疾病的人，做不到眼睁睁地看他被折磨。你放心，我就站在离他一米的地方。”

姜云凡松开手，看她渐渐靠近冒牌凌峰，不禁皱起眉头。难道她还对眼前的冒牌凌峰存有情感吗？毕竟，那人有着一张她曾深爱的躯壳和面容。

然而，下一刻，冒牌凌峰迅速地站起来，牵起唐寒雨的手就往轿车的方向跑去，像是私奔一样，跑得非常快。

姜云凡愤怒不已，就知道这家伙狡猾。他掏出腰间的手枪，瞄准正在奔跑的男人："凌峰你给我站住，再不站住，我就开枪毙了你！"

凌峰停下步伐，缓缓转身，看见姜云凡朝自己快步走来，却在一步之遥停下。他紧紧抓住唐寒雨的手，主动上前一步。三人隔着手枪的距离，仿佛闻到一股浓浓的火药味。

"放开我的女人！"

"我不放，有本事你就开枪啊！"

凌峰不屑地看姜云凡一眼，用手抓住对方的枪顶住自己的脑门儿。

姜云凡瞪着凌峰，手指放入扳机，随时能够击毙对方。

只有站在他们身旁的唐寒雨，急得快要疯了。眼下就快要抓住潜伏者归案，可他们怎么又掐起来了，这他妈都在搞什么！

"我再次警告你，放开她的手，否则我要了你的命！"

"姜长官，就算你杀了我，那人也不会放过寒雨，反而是你要坐牢了呢。"

唐寒雨一听，顿时心慌意乱，一个头两个大，她该拿他们怎么办。姜云凡背负着使命，下半辈子不能在牢狱中虚度。而眼前的凌峰，她知道他的爱意，但对他更多的是歉意。她没法看着自己爱慕的人，杀了爱慕自己的人，一人犯罪坐牢，另一人步入死亡。

双面亡者

忽然，她掏出自己的手枪，指着自己的脑门儿："既然你们的战争是因我而起，而你又不肯放下枪，那我消失吧，这样就能够安宁了。"

姜云凡放下手枪，抢走唐寒雨手上的枪，怒道："他不值得你死！我不杀他也可以，前提是他现在必须跟我们回市局。"

"不可能！"一道硬朗的声音从不远处传来。

三人循声望去，只见前方来了两辆银白色的轿车，下车的人正是大山和黄毛小子。他们举着手枪瞄准姜云凡和唐寒雨，却见姜云凡迅速掐住凌峰的脖子，将他作为人质迫使敌人停下靠近的步伐。

"你们放下枪，转身离开，否则他性命不保！"姜云凡掐住凌峰的脖子说道。

那两人盯着他们仨，渐渐弯腰放下枪，可就在姜云凡放松警惕的时候，力大无穷地凌峰逃脱他的魔爪，打了个滚躲在货箱后面。

紧接着，一道枪声响起，子弹射穿仓库的大门，留下一个洞眼。

姜云凡与唐寒雨躲得快，躲在仓库旁的货箱后面，通知陆明飞赶来支援。

凌峰见到手下开枪，急忙吼道："不准伤害那个女人！"

姜云凡冷哼一声，心想虽然我不是神枪手，但也不是吃素的。他从口袋里摸出子弹，全部填入手枪，对付这些逼迫自己陷入危险的恶徒，不能讲究仁义，只能和他们先拼一场，尽量拖到陆明飞赶来救援。

唐寒雨也举起手枪，刚探出头，还没看到敌人。从姜云凡的方向传来两道枪声，她回头一看，姜云凡枪毙了开银白轿车的两名歹徒，他们躺在地上颤抖，胸口还在冒血。

“寒雨，和我们走吧。万一他们带人来了，我们就走不了了。”

忽然，凌峰出现在唐寒雨的身后，吓得她条件发射地举枪瞄准他。她听到他一遍遍要带自己走，盯着那张熟悉的脸庞，不禁眼眶一红，摇了摇头。

“不行。我不能和你走，不然我怎么对得起地下长眠的他？”

凌峰微微一愣，差点儿忘记了，自己的代号是“黑玫瑰”，这意味着自己也是她的仇人。他不是她的善缘，不是她的归宿，不是她命中注定的爱情。如果可以，再不济，他可以当她的朋友。可是，这辈子他们除了仇人，大概再也不可能存在别的关系了。

这时，姜云凡回到货箱后面，看见唐寒雨持枪对准凌峰，还不停地流泪，以为凌峰欺负了她。他再次持枪对准凌峰，说道：“寒雨，你放下枪。”

然而，画风忽然转变，唐寒雨出奇地持枪对准姜云凡，坚定的摇头，语气冰冷得让人不敢反驳：“不，你先把枪放下！”

姜云凡疑惑不已，觉得唐寒雨此刻的情绪不太对劲儿，便乖乖地丢抢于地面。

凌峰见状，快要熄灭的眼眸再度亮起希望之光，她果然还是在乎自己的。可是，他还没高兴几分钟，就看见唐寒雨持枪对准了自己，不许他靠近她。

唐寒雨很为难，此时此刻只想去万山墓园，见一见那个从不为难自己的凌峰，询问他，到底该不该替他报仇，杀了眼前的冒牌凌峰?

她要枪决曾经的爱人，哪怕眼前的这一个是假爱人，但要对那张熟悉的脸庞和身躯下手，实在太艰难了。她紧紧握着枪，两分钟过去了，她还是下不了手。

姜云凡看出来了，他一把推开唐寒雨，顺势夺下她手中的枪。为了不让她看见凌峰的身躯喷出血液的场面，他揽过她的脑袋到自己的怀中，反手就朝着凌峰开了一枪。“砰咚”一声，凌峰的鲜血喷发而出，重重地倒在地上。

不远处，无数盏车灯照入废弃的仓库区域，仿佛一瞬间昼夜交替，仓库通明如白昼。陆明飞带领刑警队封锁了仓库，正在用喇叭警告歹徒放下枪。

唐寒雨听着警车鸣笛声，知道这一切都要结束了，眼眶的泪瞬间落下来。她不记得自己是怎么回到公寓的，只知道当时冒牌凌峰受到枪伤，但姜云凡没有一枪打死他，他被医疗车送往医院急救了。

几天之后，冒牌凌峰从昏迷中醒过来，枪伤逐渐痊愈，他又被扭送关在了监狱。

而唐寒雨再次陷入迷茫之中，请了好几天假，却什么也不做。她每日只在家发呆、喝茶、看书，表面上过得没有什么变化，似乎之前的一切都是一场戏，戏拍完了，她回家休息了。可是，她常常看着书就走神儿了。

某一个夜里，她梦见了真凌峰，梦境中两人一言不语，默默流着泪。醒来之后，她坐在阳台上抽了一根烟，烟雾缭绕，深深的夜色，她自言自语：“凌峰，该结束了吧。”

次日，姜云凡来到她家，看着她穿戴整齐地打开了门。可她发黑的眼圈，屋内弥漫的烟味，冰箱里冰冻的速食，或是剩下的外卖食物，通通暴露了这段日子她过得并不好。

他望着她，眼中尽是心疼，用她曾经对自己说过的话问她：“你要把自己饿死吗？”

唐寒雨摇摇头，不愿承认自己过得那么糟糕，淡淡道：“别学我说话，我只是需要清醒地思考一些事情。为什么我以前那么笨，连仇人都认不出？”

姜云凡没有作答，拉着穿着 8 厘米高跟鞋的唐寒雨，推门而出，她不能再继续宅在家了。

他开车前往清武里山上，两人爬上半山腰，气喘吁吁地站在观景台，眺望天边的夕阳。那火烧云的天空啊，光是让人看一眼，就觉得世界无比美好，好像什么都可以重新开始。

“姜疯子，你是不是偷偷调查过我？要不然，你怎么知道我喜欢看日落？”

“谢谢你告诉我，我现在知道了。但我带你来这，是因为日升日落，唯有与你一同观赏，才美。”

“哦？那你告诉我，是日落美，还是我美？”

“当然是日落美。”姜云凡看到她像个小孩一样噘嘴，偷偷地笑了。

下山的石梯多不胜数，快到山脚的风筝广场时，喜欢观望天空的唐寒雨停下脚步，抬头看了看。开阔的蓝天中，只有一架高高翱翔的风筝。它似乎很孤独，但它好像很享受这种自由。就在这一刻，唐寒雨似乎明白了上天安排的这一切，决定接受所有的苦难和不公。

姜云凡开车送她回海天公寓，车子停在楼下好一会儿，唐寒雨仍旧坐在座位上。她转头看向他，忽然开口：“你知道吧，凌峰这个人永远都会在我心里，每年 6 月 28 日我都要去看他一整天，不与任何人联系。而且，我没法忘记他。”

姜云凡很高兴她能够敞开心扉，这说明她心中是有自己的。他也望着她，微笑着说：“没关系，我不会和他抢那一天。只要你留点儿时间给我，你的心属于我就好了。谢谢你愿意给我这个机会，等你决定好了再告诉我，我不会再让你受惊受伤了。”

言外之意，他会在我们之间，却不会影响我们。像你对待我那般，我甘愿珍藏你的往昔。我会等你，等你说我们在一起吧。但在此之前，我仍旧会保护你。

唐寒雨充满感激地点点头："我不去审讯他了，你和陆队解决这件事吧。"

姜云凡点头称好，看着她下车回公寓。直到她房屋的灯光亮了，他才掉头离开。

回到市局的时候，已是晚上 9 点了，姜云凡刻不容缓地来到审讯室。推开门便见冒牌凌峰坐在那里，从对方的坐姿和脸色来看，他的枪伤好得差不多了。

"我们都这么熟了，非要上镣铐吗？"

"谁和你很熟，别和我搞什么自来熟。说吧，你幕后主使是谁？……不是吧，你遇难的时候，他都没来救你，你还想包庇他？"

"他是谁并不是很重要，但是姜长官，我最后一次通知你，秋天你生日的时候，真正的玫瑰就要和你相见了。"

"终极玫瑰？哇哦，那肯定会很有趣，不是吗？"

"呵，对你而言，未必是件好事。你最好是做足准备，迎接他的召唤，绝对让你大吃一惊。实不相瞒，关于你的身世，我略有耳闻，只是你藏得蛮深，我托侦探也查不出最重要的那部分。"冒牌凌峰实在想不明白，为何自己只能查到姜云凡是监狱长收养的儿子。

姜云凡动动食指，示意对方凑过来："因为，我才是最厉害的侦探，你找错人了。"

审讯了将近两个小时，困意渐渐侵袭而来，姜云凡打了个哈欠，他知道自己不是冒牌凌峰的软肋，撬不开对方的嘴，只能改天托唐寒雨来审讯。

他按下门铃，走出审讯室，忽然像是想起了什么东西，猛然转身。两人隔着一扇铁门，通过小窗口，不约而同地抬头盯住彼此，久久无言。这一门之隔，不同的选择，亦迎来不同的结局，一念天堂，一念地狱。

番外 | 记忆晶片

9月9日上午9点，唐寒雨独自开车来到2号监狱的监牢，坐在最里面的审讯室，发完一条短信，抬头便见铁门被打开了。

她看着对方慢慢走来，那张熟悉的脸庞干净清透，嘴唇旁的小伤口，没有剃干净的胡茬儿，原本黯淡无光的双眼，在看见她的那一刻重燃一丝光亮，即便他粗鲁地拉开椅子，坐下之后不看她一眼。

但，那些小细节通通都证明了他心中仍旧有她，所以他在接受她的见面邀请后，因紧张而慌乱地剃胡子，过程中划伤了唇边的肌肤。他这么做，只为见她的时候，保留那份初次见面时干净的印象。

两人相对无言。良久，唐寒雨的手机振动了一下，她知道姜云凡已经戴着测谎仪抵达隔壁的审讯室。于是，她主动聊起过去的生活，包括两人一起去过的冰激凌店、餐厅、游乐场、海边等地，却绝口不提对方想尽办法参与破案的事情。二十分钟不到，他们再次相对无言，又像是在等待对方说那一句话。

“我来到这里之后，只有今天剃了胡子。”冒牌凌峰终是没能把那句“我喜欢你”说出口，而是委婉地表达了自己的爱意。

“还是剃了好看一点儿，显得年轻。”唐寒雨自然明白，但也只能顺着字面意思接下去。

“你还有什么想问我的吗？这应该是我们最后一次见面了吧，于我们而言，少见面是最好不过了。”其实他想说的是，我每见你一次，之后就会在见不到的日夜里思念到疯狂。

“好，我明白了。”唐寒雨顿了顿，“你是如何拥有凌峰的记忆的？难道是那人输入了虚假记忆给你？”

果然，她是为了这些答案而来。可是为什么自己的脑海中都是过去美好的回忆，为什么即便我知道对方是敌人，对方的问题对自己不利，仍旧想要告诉她真实的答案，仍旧想让她安稳地坐在那个职位上？在来之前，我告诉自己，她是个善于察言观色之人，我不能露出一丝悲伤，可是现在我真的忍不住了。

冒牌凌峰凝视对面的女子，沉默中说了很多对方听不见的话，他的脸上终是露出了悲伤的神色。这使唐寒雨微微一愣，躲闪他投来的目光。

他最终输给了她。他原以为自己得不到她，将来肯定会惩罚她一生爱而不得，或者纠缠她至死方休。谁知最后，他一个都没办到，反而期盼她往后能够好好生活，从此无惊无忧，安稳一生。遇到她，他竟产生了善念，明白了爱是一种祝福的真谛。

人动了感情之后，情绪总是难以自控，大多数人都忘记了该怎么自控。

冒牌凌峰收起所有复杂的思绪，恢复一脸平静，淡淡地说：“听过一种叫记忆移植的黑科技吧，将存着凌峰的记忆的芯片植入我的皮肤下，就能拥有他的部分记忆，也能同时保留自己的记忆。”

“其实，这很简单。人的大脑也有中央处理器，就像电脑一样。而人是通过图像、视觉、文字和听觉等来进行影响记忆储存。如果人的大脑记忆被重写或者删除，然后借助开颅手术，重写植入全新的记忆芯片，将芯片融入大脑的前叶额内，也就是大脑的记忆中心。苏醒之后，大脑会自动重启，而之前的记忆会消失不见，取而代之的是融合到脑子里的晶片记忆。”

唐寒雨面露讶异之色，语速极快地追问：“按照目前的科技发展，这种技术虽有过报道，但还未施行过吧。根据我们对你的调查，凭你一己之力，应该无法联系科学界或医学界最厉害的专家来实施这种技术，你是怎么成功植入的？”

冒牌凌峰先是一愣，然后摇摇头：“我不清楚，醒来之后，我才知道自己被移植了记忆。”

在他成为凌峰之前，他善于扮演好的角色，游刃于形形色色的女人之间，除了初次爱上的人，再也没有动过真心。每一次他都当是玩一场游戏，结束之后拍拍手走人。面对女人的纠缠，他从来都是冷漠处理，哪怕对方要去自杀，他仍旧无动于衷。

他把自己当个坏蛋，以此来惩罚自己，并且乐此不疲。

直到那天，他收到一个不可抗拒的任务，之后在那人的领域进行长期训练，从瘦不拉叽的身材练就军人般的壮实臂膀。只有一点儿出乎他的意料，那便是眼前这个女人。她好似有一种魔力，竟扭转了他命中坚固的方向盘——那颗冷藏已久的真心。

“总之，我认识一个很厉害的人，他可以做到。”冒牌凌峰不愿透露更多。

“他，是白宰烈？”唐寒雨看他神色自然、吐字清晰、声调平和，没有撒谎迹象。

“不是。我只能说这么多，你不要再问了。”冒牌凌峰彻底拒绝回答下一个问题。

唐寒雨知道自己再追究下去，他也不会道出。能够让他维护的人，肯定是他和白宰烈背后的人。只是她不明白，这个人为何一直与特案组作对？

走出审讯室，唐寒雨在监控室看测谎仪的结果，上面显示冒牌凌峰句句属实。

姜云凡从凳子上跳起来，很是激动：“居然不是白宰烈，居然还有比白宰烈更厉害的高手！不行，我要去会一会审讯室里的人。他背后的人一定与我们有关，否则不会千辛万苦地派人来和我们作对。”

唐寒雨还未开口，见他像只兔子似的溜进审讯室，淡然地坐在冒牌凌峰对面。两人紧紧地盯着彼此，眼中似乎要释放出闪电般的杀气，两张脸色都不太好看。

“你来做什么？”冒牌凌峰低眉冷眼。

“作为你的情敌，我来警告你这样的人，不要再靠近寒雨。”姜云凡冷然道。

唐寒雨望着单向透视玻璃窗，忽然眨了眨双眼，现在这两个男人想干什么，难道要在审讯室挑衅对方？

冒牌凌峰冷笑一声：“笑话，我凭什么要听你的！”

姜云凡揪起一桌之隔的冒牌凌峰的衣服，两人面对面，用对方才听得到的声音：“你最好是安分一点儿，我知道你背后的人肯定在打我们特案组的主意。”

冒牌凌峰瞪着他，龇牙咧嘴地说：“那又怎样？你来找我也没用，我现在就像被囚禁的小鸟，已经不能造成你们的威胁，也无法收到外界的消息。他下一步要做什么，我一点儿都不知道！”

单向透视玻璃窗传来“笃笃”两声，姜云凡知道是唐寒雨在敲窗户，提示他少动手。他乖乖地松开手，重新回到座位上。

“你还想保护她？”

“废话！”

“那就告诉我们，那人到底是谁？”

“姜长官，我劝你还是不要知道的好，不然你一定会后悔。”

“少说废话，既然那人提拔你，你肯定知道他很多信息。至少他的身份、相貌、代号，你们的联系方式和见面地点应该都知道吧。你说三个出来，就能将功赎罪，从轻发落。”

“呵，我出去也难逃死罪，还是让我待在监狱里吧，至少安全一点儿。”

无论姜云凡怎么引诱，冒牌凌峰始终缄口不言，杜绝一切诱惑。过了很久，姜云凡不再多费口舌，拆两颗棒棒糖，自己塞一颗进嘴，再往冒牌凌峰嘴里塞一颗。

唐寒雨看到这突如其来的迥异的画风，“噗”地笑了。姜云凡的心理素质强大到超出她的想象，恐怕是再也找不出第二个像他这样与罪犯打交道的人。

“你真的不打算说？你想过后果会是什么？”姜云凡一口咬碎棒棒糖。

“你知道之后，一定会后悔。”冒牌凌峰信誓旦旦地说。

“行，如果寒雨出了一点儿差池，你也活不了！”姜云凡站起身，准备按门铃。

“等一下。”冒牌凌峰拿出嘴里的棒棒糖，补充道，“这周之内，我会给你准确的答案。”

姜云凡没有回头，听到最后一句时，脸上浮现淡淡笑意，似乎早已预料到了对方会上钩。

番外2 狱中猝死

凌峰入狱后第九天，温柔的晚风钻入车内，撩起于风吟的发丝。她开车来到远离霓虹灯的昭南耶路，远远看见那道熟悉的背影和插入河中的鱼竿，还有他身旁的两盏灯。

忽然一阵河风袭来，吹走了坐在小椅子上的男人的渔夫帽，可男人无动于衷，没有扭头，亦没有走动，只是握着鱼竿，静静地钓鱼。

她微笑着走过去拾起渔夫帽，打算放在小桶中。可走到近处，却见今晚的小桶中装了几条鱼。她微微一愣，想必他今夜的心情不太好，否则不会花心思认真钓鱼。于是，她默默地拔出插入河中的鱼竿，再坐在离他一臂之远的凳子上。

岂料，男人竟主动从她手中取回渔夫帽，重新戴在那一头略有几根银白发丝的脑袋上。他异常的情形和举动都让她坐立难安，隐约觉得即将要刮起一场腥风血雨。

“今晚的鱼好像特别饥饿，我十分钟就钓了三条上来。”

于风吟扭头看了一眼对方，明白这句话的意思：警察利用内部不和来混淆敌人的视线，敌人放松警惕掉入警察的陷阱——冒牌凌峰被识破。警察的鱼竿很长，鱼饵丰厚，只要鱼儿出一点儿差错，就会被装入他们的桶里，成为锅中鱼。他在提醒她，按照特案组成员的聪明才智和人脉来看，或许很快，下一个就会轮到她。

“风吟，你知道我当初为什么会选你吗？”

“不知道，但我想我肯定有过人之处。”

“如今看来，我的选择应该没有错，你伪装得很好，和他们相处得也很好。只有聪明的人混在两大高手之中，才能做到不露蛛丝马迹。但我仍然要提醒你不可掉以轻心，凌峰被抓之后，警局会整顿内部成员，深入调查成员的身份信息，以及监视成员的行踪。”

“您放心，来见您之前，我换了手机、衣服、车子，都是平时不会用的东西。他们追踪不到这里，也监听不了。”于风吟顿了顿，稍有迟疑地问，“但是……您怎么知道当初特案组的成员会是姜云凡和唐寒雨呢？”

按照自己调查的情况得知，姜云凡和唐寒雨皆是沈老亲自聘请的专家，不属于警局高层的领导应该都不知此事。莫非，他还隐藏着另外一个身份？

“风吟，有些事你还是不知道的好，也莫要猜测什么。要记住，路都是自己选的，或许不是出自真心，但每个人都要为自己的选择负责。”

“是，我明白。但特案组的成员之中，您为何如此偏袒姜云凡呢？”您是否与他有着千丝万缕的关系——这句话于风吟没敢说出来。

他微微上扬的嘴角，侧脸浮现的淡淡笑意。于风吟忽觉自己出现了错觉，他是在笑吗？

“我以前所认识的姜云凡，是个聪明又疯狂和缺少人类正常情感的家伙。我很喜欢，与这种人打交道几乎没有障碍。原本我期待他加入特案组之后，能够越来越强，将这些优点发挥到极致，但是没想到他越走越偏了。果然，人一旦动了感情，就会变得愚蠢。你觉得呢？”他扭头望向身旁人，脸上的笑意已经完全消失，换上了平日那副冷漠的神色。

于风吟乖顺地点点头，完全不敢反驳，明白他其实是借姜云凡的例子来告诉她——你若动了真情，就会难以保全自己，甚至轻易暴露自己。将自己置身于险境之人，难道不是愚蠢的傻瓜吗？难怪他会命令冒牌凌峰杀掉唐寒雨，这个让两个男人不惜生死去救的女人。

但是他不知道，于风吟有自己的一番见地，爱是多么奇妙的奢侈品，遇到真正的爱，修炼成真正的爱人，都是一种福报。这些见地，眼前的男人永远都不会明白，她也不会和无法理解的人对牛弹琴。

“如今，‘黑玫瑰’已被困在监狱，您打算如何处置他？”

“自会有人处理这件事，你不用担心，他不会造成你的威胁。”

“劳烦您了，这些年给您添了不少麻烦。”

“不说这些。你是我们的人，以你的身份不好出面，我们自然要帮你排除这些后顾之忧。时间不早了，都回去吧。”

语毕，他递给于风吟一桶鱼，独自携带鱼竿和凳子起身，慢慢地走向路旁的兰博基尼。一个戴着墨镜的黑衣保镖为他打开车门，随后车子消失于她的视线中。

回到家中，于风吟倒了一杯白开水，盯着厨房里那小桶鱼发呆。

她忆起今晚，听到对方处理冒牌凌峰的答案时，并没有长嘘一口气。以她对他的了解，想必那个冒牌凌峰不会有好下场。而监狱中的“铁玫瑰”之所以能够活着，是因为他还有利用的价值，那便是他入狱之前，为保全自己的性命做好的计谋。

而那个效忠于他的冒牌凌峰，如今正在监狱中苦受煎熬，没有事先准备，再也不能替他做事，也就没有了利用的价值，反而可能会成为他的累赘，留着也是夜长梦多。

忽然，于风吟被自己的观察和逻辑能力吓了一大跳，他好似地狱中的恶魔，能够救你一命，也能将你置于死地。仔细品味他今晚的话语，她才知道对方还有一层意思。

风起了，从窗户钻进来。于风吟不觉得冷，却抱住自己起了鸡皮疙瘩的双臂。

三天后，清晨六点半，安静的卧室响起手机铃声。于风吟打开床头灯，半眯着双眼，伸手摸索床头柜的手机，然后熟悉地滑到接听键，是唐寒雨的声音："出事了，快来一趟市中心的2号监狱。"

"什么？！冒牌凌峰暴毙了？"于风吟猛然坐起，头脑瞬间无比清醒，再也没有一丝困意，"好，你们等一等，不要让任何人接触死者和进入现场，我马上过去！"

挂断电话，她的耳旁不断萦绕着那晚的对话，特意换上一袭黑衣，以法医尸检的名义为对方送行。可当她抵达那一间封闭的监牢，看到血肉模糊的尸体时，那种恶心得快要呕吐的反应一拥而上，立刻走到门外寻找垃圾桶。

唐寒雨见她头一次这样，有点儿担心，毕竟她曾见过那么多比这还要令人反胃的尸体，却都没有过一丝一毫的反应。

"你还好吗？"唐寒雨递上一张纸巾。

于风吟接过纸巾，摇头回应，然后调整呼吸，再次走进监牢。任何人都不会知道，她心底涌上的恶心感并不是来源于尸体，而是忆起冒牌凌峰这个蝼蚁没有利用价值后，被她曾一直相信又敬畏的人无情地杀害。她不知自己是否会有这么一天，只知人心的冷漠，比冰冷的尸体更恶臭、更可怕。

过了一会儿，于风吟走到特案组三人面前，说道："经过检测鉴定，冒牌凌峰死于夜里凌晨两点左右，身上没有致命伤。但是，尸检结果表明，他体内有附子花调和而成的毒素，一般会在四个小时之内毒发身亡。"

姜云凡蹲下身，捡起席子角落的饭碗和残留水渍的杯子："是因为他吃的东西？"

于风吟接过残留着饭粒的饭碗和杯子，转身从法医箱中取一根试管进行检测。

陆明飞很是疑惑，忍不住叹道："他死得太奇怪了，实在是太奇怪了！一个入狱的犯人，为何会遭人杀害？能够接触他的人少而又少，下毒的人会是谁呢？"

姜云凡淡淡地说道："陆队，你抢了我的台词。没错，他死得很离奇。但首先，入狱的犯人会遭人杀害，是因为于别人而言，他的存在是个威胁。其次，下毒的人如果不是他自己，那就是监狱里的人了。"

陆明飞点点头，忽然恍然大悟："你的意思是，冒牌凌峰的背后还有人？"

于风吟微微一愣，不敢再听下去，便打断他们的对话："检验结果出来了，饭碗和水杯中都没有毒素。"

特案组三人面露讶色，拜托监狱长找出当晚值班的警察。后来，值班警察叙述夜里 11 点左右，冒牌凌峰提出要见"铁玫瑰"白宰烈一面，值班警察当场拒绝，却被他吵得无法入睡。无奈之下，两个罪犯被押送到最里面的完全封闭的审讯室里，隔着一面玻璃，通过电话进行谈话，但他们并不能交换物品。

冒牌凌峰的死因成为一个谜，市局将此案定为悬案，犯人白宰烈被隔离关押——他四周的监牢都没有其他犯人居住。

《九重禁》（第三季）剧情预告

假凌峰狱中猝死，是谁对他暗下毒手？于风吟深夜赴约与神秘老者在河岸密谈，究竟有何计划？姜云凡意外发现特案组内居然还有个潜伏者，特案组又该如何处置？一切的一切开始渐渐浮出水面。当年的爱恨情仇也会再次上演，姜云凡的身世之谜即将公之于众，那时他该如何面对与抉择？

图书在版编目（CIP）数据

九重禁. 第二季 / 茶又清著. -- 南昌：百花洲文艺出版社, 2017.10
ISBN 978-7-5500-2402-1

Ⅰ. ①九… Ⅱ. ①茶… Ⅲ. ①长篇小说—中国—当代
Ⅳ. ①I247.5
中国版本图书馆CIP数据核字(2017)第200440号

九重禁·第二季

茶又清　著

出 版 人　姚雪雪
责任编辑　刘　云
美术编辑　王　鑫
制　　作　朱明月
出版发行　百花洲文艺出版社
社　　址　南昌市红谷滩世贸路898号博能中心A座20楼
邮　　编　330038
经　　销　全国新华书店
印　　刷　北京慧美印刷有限公司
开　　本　787mm×1092mm　1/16　　印张　17
版　　次　2017年10月第1版第1次印刷
字　　数　153千字
书　　号　ISBN 978-7-5500-2402-1
定　　价　39.80元

邮购联系　0791-86895108
网　　址　http://www.bhzwy.com
图书若有印装错误，影响阅读，可向承印厂联系调换。